ジムグリ

飴村　行

集英社文庫

目次

本書は、二〇一五年六月、集英社より刊行された『ジムグリ』を文庫化にあたり、大幅に加筆改稿したものです。

初出
第一章〜第三章　集英社WEB文芸「レンザブロー」
　　　　　　　　二〇一二年八月〜二〇一五年五月
最終章　　　　　単行本時書き下ろし

＊作品はフィクションであり、実在の人物・団体とは一切関係ありません。

ジムグリ

第一章　傷《しょう》痍《い》夫《ふ》人《じん》

トンネルにまいります

1　美佐

居間の座卓の上に置かれたメモ用紙には、鉛筆でそう書かれていた。

見慣れた妻の筆跡はしっかりとしていた。迷うことなく一気に書き記したのが見て取れた。太く濃い鉛筆の跡からは力強ささえ感じられた。

仕事帰りの内野博人《うちのひろと》は右手にメモを持ったまま、左手の黒革の鞄《かばん》を床に置き、喉元のネクタイを強く引いて緩めた。そして大きく息を吐くと背広の内ポケットから煙草《たばこ》を一本取り出し、口にくわえた。

「トンネルにまいります、美佐《みさ》……」

博人は煙草をくわえたまま低い声でメモを読み上げた。

読み上げて笑おうとした。

フンと鼻先で笑い飛ばし、「くだらん」と呟《つぶや》いてメモを丸めようとした。

しかし博人は笑えなかった。笑う代わりに顔が強張《こわば》り、嘲笑は喉元に詰まって土塊《つちくれ》のように崩れた。

理由は文面だった。

美佐は今まで五度家出をし、その度に書き置きを居間の座卓の上に残していた。それらはどれも長文だった。自分の精神がいかに混乱し、疲弊しているかを便箋にびっしりと書き込み、最後は決まって「もう戻りません。捜さないでください」で終わっていた。しかしその一文とは裏腹に美佐は決まって翌朝六時に帰宅し、寝室でまどろむ博人の隣の布団にそっともぐり込むのが常だった。

しかし今日は違っていた。

メッセージは『トンネルにまいります』という極めて簡潔なものだったが、その必要最低限の情報のみを迷いのない筆跡で書き残したことにより、美佐がいたって冷静であること、そして確固たる決意のもとに家を出たことを如実に物語っている気がしてならなかった。

博人はゆっくりと歩いていくと、南側の庭に面した居間のサッシ戸を引き開けた。

同時に初秋の澄み切った風がさらりと吹き込み、優しく頬を撫《な》でた。

十坪の庭には高さ一メートルほどの秋桜《コスモス》が咲き誇り、上空には夕暮れと共に薄《うつす》らと赤らんだ鮮やかな青空が広がっていた。

博人は庭を見渡し、美佐が育てた淡紅色の美しい花々を眺めた。やがてその上に憂いを帯びた、うつむき加減の美佐の横顔がぼんやりと浮かんだ。

「……あいつ、本当にトンネルにいったのか？」

博人は微《かす》かな声で囁《ささや》いた。

『トンネル』とは勿論《もちろん》、町の南東にある『虻狗隧道《あぶくずいどう》』のことだった。確かに今までの五度の書き置きにもそれを連想させるような記述はあった。しかしそれらは『悪い処』や『汚れた場所』、『戻れない街』、『危険な暗闇』などと婉曲《えんきょく》な表現がなされており、『トンネル』と明確に表記したのは今回が初めてだった。

「あっ……」

そこで博人はあることに気づいた。

同時にくわえていた煙草を庭に投げ捨てると歩いていき、居間の北側の壁際に置かれた茶簞笥《ちゃだんす》の前で立ち止まった。古びた茶簞笥の上には昔の蓄音器ほどの大きさの、小さな仏壇が置かれていた。博人は五秒ほど躊躇《ちゅうちょ》した後、左右の手で両開きの扉をゆっくりと開けた。中央に位牌《いはい》が一柱見えた。半年前に亡くなった昌樹《まさき》のものだった。しかしその前に置かれていた写真立てが無くなっていた。中には二十五歳の美佐と、一歳の昌樹が回転木馬に乗っているスナップ写真が入っていた。

博人は小さく舌打ちし、仏壇の扉を閉めた。

それは美佐が人生で最も幸せだった頃の姿を写したものだった。博人がネガを失《な》くしたため、二度と焼き増しのできない写真ということもあり、美佐の一番の宝物だった。そして今までの五度の家出で、仏壇からその写真が持ち去られたことは一度もなかった。そのため博人は美佐が発作的に家出をしたのだと判断し、冷静になればすぐに帰宅すると予想して特に慌てることはなかった。そして予想通り美佐は毎回翌朝六時に帰宅していた。しかしその一番の『宝物』を持ち去ったということは、美佐がいよいよもって計画的に家出をし、宣言通りトンネルに向かったと判断せざるを得なかった。

「……くそ」

博人は小さく呟き、また舌打ちをした。

これからあのトンネルに入り、『ヒヨコ』である自分が凶暴な『モグラ』共の中から命懸けで美佐を捜し出すことを思うと、それだけでうんざりした気分になった。しかもどれだけ苦労して連れ戻しても美佐はまた必ず家出するはずであり、全てが徒労に終わるのは目に見えていた。

「あの馬鹿野郎、いい加減にしろ」

博人は吐き捨てると踵《きびす》を返し、開け放ったサッシ戸の前に戻った。怒りが込み上げてきて脳内がカッと熱を帯びた。いつまで我慢すりゃいいんだという思いがぐるぐると激しく渦を巻いた。博人はズボンのポケットに両手を突き入れ、睨《にら》みつけるように庭を見た。

咲き誇る秋桜の花々が再び視界に広がった。

しかしいつの間にか、自分がその美しい花々から厭《いと》われているような、拒まれているような奇妙な感覚を覚えた。博人は憤りながらも己の胸中を探り、やがてその原因が美佐に対する罪の意識であることに気づいた。確かに美佐の家出は精神的苦痛を覚える迷惑行為だったが、その原因の一端は自分にもあり彼女のみを責めるのは酷だった。

勿論博人はそれを自覚していた。

自覚してはいたが、それでも決して変わることのない過去に雁字搦《がんじがら》めになり、未《いま》だに家出を繰り返す美佐に強い苛立《いらだ》ちを覚えるのも事実だった。

博人はまた背広の内ポケットから煙草を一本取り出し、口にくわえた。

庭の東側から子供達の弾《はじ》けるような声が聞こえてきた。

すぐ近くにあるオバケ神社の境内で遊ぶ子供達のものだった。

不意に博人の脳裏を昌樹の顔が過《よぎ》った。生きていれば一歳半になるはずだ、そう思った途端目に涙が込み上げてきて視界がじわりと滲《にじ》んだ。

「悪いのは美佐でもないし俺でもない。ただ……、昌樹の運が悪かっただけだ」

博人は自分に言い聞かせるように呟き、目を伏せた。美佐に対する怒りや不満が急速に薄れていき、やがて胸中には虚《うつ》ろな物悲しさだけが残った。

博人は右肩でゆっくりとサッシ戸に凭《もた》れ、ズボンのポケットから銀色のライターを取り出した。そしてくわえた煙草に火を点《つ》けて大きく吸うと、花弁の群れに向かって勢い良く紫煙を吐き出した。

2

博人が北関東の山間部にあるこの町に来たのは四年半前、十九歳の時だった。目的はツチヘビの食品加工工場で働き、金を貯《た》めるためだった。

博人は一九六九年、埼玉県の大宮で生まれた。父親が高校の数学教師、母親が音楽教室のピアノ講師をしており、一人っ子だった。資産家ではなかったが、それでも家は裕福であり金銭的には何不自由ない生活を送っていた。

博人は幼い頃から内向的だった。加えて兄弟がいないためその性格に拍車が掛かった。とにかく人付き合いが苦手で集団行動に苦痛を覚えた。小学校に上がるとその傾向はより強まった。常に一人でいることを好み、様々なマンガを読み漁《あさ》ってはひたすら空想に耽《ふけ》った。そのため学校でも友達ができずクラスでは浮いた存在となったが、特に気にすることもなく気ままな日々を過ごした。

しかし博人が四年生になった頃から母親が干渉してくるようになった。そのあまりの成績の悪さに教師の息子として恥ずかしいと言いだしたのだ。そして部屋から大量のマンガを撤去すると大学生の家庭教師を雇い、勉強を強制した。内向的で反抗する術《すべ》を知らぬ博人は渋々従い、結果それ相応の成績にまで到達したが、相変わらず人付き合いは苦手だった。

小学校を卒業すると地元の大学の付属中学に進んだが、今度は母親に高校受験のための猛勉強をさせられた。そのためただでさえ友達がいない上に部活も禁止となり、またクラスで浮いた存在となった。さすがに博人も十三歳になると自我が発達し、己の束縛された生活に不満を漏らすようになった。が、「高校に入れば好きなことができる」という母親の言葉に説得され仕方なく三年間勉強を続けた。その甲斐《かい》あってギリギリの成績ながら、第一志望の私立の進学校に合格した。

しかし博人はそこでどん詰まった。

高校生活が始まるといきなり鬱状態に陥ったのだ。

原因は母親の言葉だった。「高校に入れば好きなことができる」と言われてきたが、そこで待っていたのはまたしても孤独だった。それまでまともに人付き合いをしたことがないため同級生の誰ともコミュニケーションがとれず、入学三日目で完全にクラスの輪から弾き出された。そのため密《ひそ》かに期待していた彼女どころか、ただ群れるだけのうわべの友達すらできなかった。

それは母親の言葉とは正反対の世界だった。好きなことどころか、高校生としてできて当たり前と思っていたことが何一つできない地獄だった。

博人の衝撃は大きく、瞬く間に食欲を失い極度の不眠症になった。見兼ねた母親が叱《しっ》咤激励《たげきれい》すると「お前がだましたんだ！」と怒鳴り、胸倉を摑《つか》んで壁に叩《たた》きつけた。驚いた父親が慌てて止めに入り収まったが、その一件で母親は怯《おび》えきり博人に何も言わなくなった。翌日冷静になった博人は自ら病院に赴き、精神安定剤を処方してもらったがそんなものは焼け石に水だった。

結局博人は砂を嚙《か》むような孤独で空虚な三年間を送った。

友達も彼女もついに誰一人できなかった。全てに対してやる気が起きず、ほとんど勉強しなかったので成績は常にどん尻だった。そのため誰からも相手にされず、まるで目に見えぬ存在であるかのように完全に無視された。それは博人自身も自覚しており、学校では意識して気配を消し、極力目立たぬように過ごした。授業中は静かに文庫本を読み、休み時間は机に突っ伏して寝たふりをした。歩く時は終始顔を伏せ、誰とも目を合わせないようにした。

高校三年の春、担任から卒業後の進路を尋ねられ博人は就職しますと即答した。そして面倒なので親には先生から伝えて欲しいと頼んだ。進学校のため就職するのは学年でただ一人だったが、常にどん尻の成績だったためか担任は納得したようにうなずいた。

そして親への連絡もあっさりと了承してくれた。

その夜、父親が部屋を訪ねてきた。博人はドアを開けたが中には入れず、その場で用は何かと尋ねた。父親は担任から電話がきたことを告げ、本当に就職する気なのかと問うてきた。博人は真顔でうなずき「どこか見知らぬ土地で一人暮らしをして自活したい。自活しながら堕落した高校時代を深く反省し、冷静に自分を見つめ直して本当に行きたい大学を探したい」と訴えた。父親は黙って聞いていたが、やがて納得したようにうなずくと母さんと相談すると言って去っていった。

しかしそれはあくまで建前だった。

博人の本音はただ一つ、地元との永遠の決別だった。友達が一人もいないこの大宮から、孤独と屈辱に満ちたこの忌まわしい土地から一刻も早く引っ越し、誰も知り合いのいない場所で別人となり、誰にも指図されずに自由に生きたかった。そのため進学するつもりなど毛頭なかったが、大学出で堅物の両親が高卒での就職など許すはずがなかった。そこで博人は狡知《こうち》を巡らせ、もっともらしく大学探しを理由にすれば必ず二人をだませると踏んで一芝居打ったのだ。

翌日の夜、また父親が部屋にやってきた。そしてドアを開けた博人に「母さんと相談した結果お前に二年間の猶予をやることにした。その間だけ別の場所で自活しながら自分を見つめ直して、行きたい大学を探しなさい」と告げた。それを聞いた博人は自分の読みが正しかったことを知りほくそ笑んだ。父親はさらに「引っ越し先なんだが、お前も知っているあの瀬戸口《せとぐち》君のところがいいと思うんだ。北関東の山奥にある、自然に囲まれた静かな町だから疲れた心を癒してくれるはずだ。連絡を取れば瀬戸口君が住む場所や働き口を紹介してくれるはずだから、そこにしたらどうだ？」と続けた。

「そうするよ」と博人は即答した。

当面の目標は忌まわしい思い出しかないこの土地から一刻も早く出ることだった。その逃避場所を父親の方から提示してきたのだからまさに渡りに船だった。しかも誰も知り合いのいない遠方の田舎ときては願ったり叶《かな》ったりだった。

引っ越しさえしてしまえばこっちのものだ、と博人は思った。

その後は決して大宮に戻らず、大学にも進学せずにその場所でひたすら働く。そしてある程度金が貯まったら自分にとっての理想の場所を求めて全国を旅して回る予定だった。親は間違いなく怒り狂うであろうが何を言われても鼻であしらい相手にしないと決めていた。あまりにもうるさい場合は罵声を浴びせた上で、こちらから親子の縁を切るつもりだった。

翌年の三月、博人は高校を卒業した。留年寸前のギリギリの成績だった。

その一カ月後、博人は念願の引っ越しをした。

場所はX県小仲代郡獅伝町《しょうなかだいぐんしでんまち》。

北関東中部にある山間の町で、戦争中都内の国民学校初等科に通っていた博人の父が、学童疎開のため一年八カ月を過ごした思い出の地だった。

獅伝町は人口約二万五千人だった。町の西部が小仲代高地の北部と接しており、南部を白菊川が流れていた。元々森林地帯だったが一八九〇年代に開墾され、疎水が開通したことにより畑作が可能となった。酪農、野菜栽培を中心とした農業が盛んで、機械、木材・木製品、食料品などの中小工場が多かった。

町には父親の友人が一人いた。瀬戸口淳一《じゅんいち》という五十代半ばの男だった。疎開中父親達が宿泊していた寺の近くにある農家の長男で、役場から依頼されて食料を運んでいるうちに父親と知り合い友達になった。やがて戦争が終わり学童はみな帰京したが、妙に気の合った父親と瀬戸口はその後も頻繁に文通を続け、夏休みや冬休みには互いの実家に交互に泊まりにいった。

高校を卒業すると父親は都内の有名私立大学へ進学して教師に、長男の瀬戸口は実家を継いで専業農家となったが交際は尚《なお》も続き、年に数回は必ず東京で会い、酒を酌み交わして旧交をあたためた。二十代半ばで共に結婚し、家庭を持ってからはさすがに会う機会も少なくなり疎遠になったが、年賀状や暑中見舞いのハガキは欠かしたことがなかった。

博人は面識こそなかったが昔からセトグチ君という名前を良く聞かされており、子供の頃からその見知らぬおじちゃんに親しみのようなものを抱いていた。

そのため獅伝町で二両編成の電車を降り、駅の改札口で出迎えにきた瀬戸口と会った時、初対面にもかかわらず奇妙な懐かしさを覚えた。

茶色いとっくりのセーターを着、黒いジャージのズボンを穿《は》いた瀬戸口は背が高くて痩せていた。無造作に撫で付けられた白髪はうねうねと縮れ、少し頬のこけた浅黒い顔には白い無精髭《ぶしょうひげ》が生えていた。一重の細長い目は笑みを湛《たた》えたまま左右に垂れており、一目で温厚な性格だと分かった。

「あの、内野博人君かい？」

瀬戸口が遠慮がちに訊《き》いてきた。博人が「はい」と答えて一礼すると、瀬戸口は照れたように笑った。同時にその口元が緩み、上の前歯が一本ない歯茎の痩せた歯列が見えた。それは子供の頃から思い描いていた通りの気のいいおじちゃんの顔だった。博人は嬉《うれ》しくなり「よろしくお願いします」と張りのある声で言った。

二カ月ほど前に父親から連絡を受けていた瀬戸口は住居と働き口を手配してくれていた。

二人は駅舎を出ると、閑散としたロータリーに停《と》められていた軽トラックに乗って出発した。

博人の住むアパートは町の北東にある小学校の近くにあった。

その『レジデンスホング小仲代』という洒落《しゃれ》た名前とは裏腹に、木造モルタル三階建ての古びた建物だった。一階が四隅に柱だけある貸し駐車場で、二階と三階が住居部分だった。部屋は各階に二つずつしかなく、木製のドアの左側に洗濯機を置くスペースが設けられていた。博人の部屋は二階の右側、二〇一号だった。

「これでも、この町じゃ上等なんだよ」

瀬戸口がそう言って不動産屋から借りた鍵でドアを開けた。室内は六畳一間で南側と西側に窓があった。玄関の四角い三和土《たたき》の左側には小さなキッチンがあり、右側には新設したらしいピカピカのユニットバスがあった。

「三階は便所だけで風呂無しなんだけど、二階は半年前に改築してこれを付けたんだ」

瀬戸口が少し得意げにユニットバスを指さした。「だから家賃が三階より割増になってるけど、それでも東京と比べたらタダみたいなもんだよ」

博人はその料金を聞いて驚いた。東京の相場の約五分の一であり、大宮と比べても三分の一ほどでしかなかった。鈍行に乗ってたった二時間北上しただけで、これだけ物価に差が出ることが信じられなかった。

続いて二人が向かったのは町の南西にある食品加工工場だった。

『おろろんフード』という地元の食品メーカーの直営工場で、蛇肉を使った食肉加工品を製造していた。中でも売れ筋は地元に生息するツチヘビを使った『ツッチーの珍味シリーズ』で、特にモツ煮の缶詰は人気が高く全国各地のコンビニなどで売られていた。それらは父親が晩酌の時によく食していたため、博人にとっても子供の頃から馴染《なじ》みのあるものだった。しかしツチヘビというものには酒の肴《さかな》というイメージしかなく、下戸《げこ》である博人は一度も口にしたことがなかった。

工場に着くと瀬戸口の案内でプレハブの事務所に行き、工場長の関本《せきもと》という男に会った。瀬戸口と旧知の仲らしい関本は笑顔で二人を迎え、さっそく職場に案内した。博人が配属されたのはツチヘビを扱う部署だった。ここでツチヘビを捌《さば》き、腹から内臓を取り出す係を任されることになった。

「これはバラシと言ってキツい仕事なんだけど、君が一番給料のいい仕事をしたがってるって瀬戸口から聞いてここに回したんだ。ツチヘビをバラすのは初めてだと思うけど大丈夫かな？」

関本が少し心配そうな顔をしてこちらを見た。

「大丈夫です。すぐに慣れると思うのでよろしくお願いします」

博人は笑みを浮かべて頭を下げた。一番給料のいい仕事をする理由はただ一つ、とにかく一日でも早くまとまった金を貯め、自分の理想の場所を探す旅に出るためだった。したがってこの工場も、この町も一時的な仮の宿でしかなく、親から与えられた二年の猶予期間以上留《とど》まるつもりは毛頭なかった。

翌日から工場での博人の新生活が始まった。

バラシ班には十五人の工員がおり、班長は長井《ながい》という六十代の男だった。いかにも職人という雰囲気を漂わせており、寡黙で無愛想だったが目には優しい光が浮かんでいた。長井は他の工員達を呼び博人を紹介すると、低くしわがれた声でモツ煮の缶詰を作る工程を説明した。

バラシの工程にはゾリ、ヌキ、ギリの三段階があった。

一番目のゾリとは毛剃《けぞ》りのことだった。

体長約八十センチ、幅約十センチのツチヘビは地下にトンネルを掘って棲《す》み、ミミズや甲虫類の幼虫などを捕食する。左右の眼は退化しており極めて小さく、視力は殆《ほとん》どない。背部には象牙色の細かい体毛がびっしりと生えている。これらは柔らかくて光沢があるのでとても重宝されており、主に乗馬用ズボンや婦人コートなどに用いられている。

そのためまずこの体毛を細長い手動のバリカンできれいに剃り上げる。

二番目のヌキとは内臓を抜き出すことだった。

まず二人一組となり、頭部と尾部を持って仰向けにしたツチヘビをステンレスの台に載せる。次にムグリ刀という、ツチヘビ解体用の角ばった特殊包丁で頸部《けいぶ》の左側を突き刺して血抜きをする。出血がおさまりツチヘビが完全に絶命したことを確認したら、今度はムグリ刀を頸部中央のやや上側、つまり下顎骨の付け根に突き刺して尾部方向に向かって一気に裂く。ツチヘビの腹部に体毛は無く、腹板《ふくばん》という灰白色の鱗《うろこ》が露出しているため、体毛に覆われている背部よりやや硬く、その分力がいる。尾部まで裂いたら一人が両手で腹腔部《ふっこうぶ》を押し広げ、もう一人がムグリ刀を水平にして滑り込ませる。ムグリ刀には面切っ先、角峰、幅直刃があり、さらに幅直刃の先端に『腸《わた》引き』と呼ばれる鋭角の鉤《かぎ》が、後端に『骨引き』と呼ばれる鈍角の鉤が付いている。ヌキの場合、この先端の腸引きを内臓下部にあてがい、傷をつけぬようゆっくりと弧を描くように、時には大きな弓型を描くようにしながら、生麩《なまふ》のような砂色の肺臓、その間にある野いちごのような紅色の心臓、その下に続く雲丹《うに》のような鬱金色《うこんいろ》の肝臓、その右側に連なる絡み合った塩辛のような朱色の小腸と緋色《ひいろ》の大腸の順に切除していく。そして作業台の後端に設置された洗い場の水道で内臓の血と滑《ぬめ》りを完全に洗い流した後、足元に置かれたブリキのバケツに入れる。それらは班長のチェックを受けた上、『ツッチーの珍味シリーズ』を製造する第一食品加工室へと運ばれる。

　そして三番目のギリとは骨と肉を分けることだった。

　残ったツチヘビの体軀《たいく》から頭部を切断。腹部と同様に背部も裂き、今度は幅直刃の骨引きを用いて背骨を丁寧に除去する。さらに各部位を幾つかに分解して一つ一つを念入りに洗浄する。その後、肉はスーパー・飲食店等の業務用食材を製造する第二食品加工室へと運ばれる。

最後に、ムグリ刀についての短い説明があった。

獅伝町では「殺す」ことを「ムグる」と言い、「ムグリ」は「殺害」や「消去」を意味した。ムグリ刀は直訳すれば「殺し包丁」だが、物騒な呼び名とは裏腹に、地元の鍛冶職人が一本一本手間暇かけて作る獅伝町の伝統工芸品であり、非常に高価であるため、貸与されたムグリ刀を大切に扱い、作業の後は必ず入念に血液を洗い流すよう指示を受けた。


「どうだい？　やれそうかい？」

長井は喫煙室のベンチに腰を下ろすと、作業着の胸ポケットから煙草の箱を取り出した。銘柄はゴールデンバットだった。

「はい、大丈夫です。頑張ります」

博人は傍らに立ったまま明朗な声で答えた。

「そうかい、そりゃ頼もしいね。初めは独特の臭いが気になると思うけど、慣れると臭いと思わなくなるから大丈夫だ。それに一カ月もすれば体が勝手に動くようになるから、思っているよりずっと楽な作業になる。ツチヘビのバラシってのは、ほんのちょっとの忍耐力さえあれば、ある意味都会のサラリーマンよりもずっと楽で、ずっと儲《もう》かる仕事だってことが身に染みて分かるさ。あんた、この時期にヌキの工員に空きがあって本当に良かったな」

長井は煙草を引き抜いて口にくわえ、百円ライターで火を点けた。そして勢い良く紫煙を吐きだすと「やんなよ」と言ってバットの箱を差し出した。

「いえ、吸わないもので……」

博人は言葉を濁し、おもねるような笑みを浮かべた。長井は少し驚いたような顔をすると小さくうなずき、バットの箱を大切そうにしまった。

博人の胸を罪悪感が掠《かす》めた。立っているのが気まずくなりベンチの隣に腰かけた。博人は愛煙家だった。十五歳から喫煙を始め、今は一日一箱セブンスターを吸っていた。しかしバットのような旧3級品を、しかもフィルターのない両切りをどうしても吸う気になれず咄嗟《とっさ》に嘘《うそ》を吐《つ》いた。

廊下に面したガラス戸が開き、工員が二人入ってきた。作業を終えた直後らしく、どちらも作業着の袖を肘までまくり上げていた。

「お疲れ様です」

二人は長井だけに挨拶すると、向かいのベンチに腰を下ろした。博人は気まずくなり無言でうつむいた。

「終わったかい？」

長井の目にやわらいだ光が浮かんだ。

「終わりました」

右側の小太りの男が愛想よく答え、左側の眼鏡の男が相槌《あいづち》を打った。

「バリカンの調子が悪くて難儀しましたよ」

小太りは作業ズボンに付いた細かい毛を両手で払った。

「全部アタリだったか？」

長井はスタンド型の吸い殻入れに煙草の灰を落とした。

「一匹だけロータイがいました。一服したらムグります」小太りは胸ポケットからハイライトの箱を取り出した。「図体がデカいから、ゾリが終わるまで誰も気づかなくて」

「そのムグリ、この新人にやらせてもらえんかね？」

長井は班長らしい鷹揚《おうよう》な口調でいい、博人の顔を横目で見た。


ゾリを行う処理室は原料受入室の向かい側にあった。広さは作業場の三分の一ほどで、床もコンクリートではなくタイル張りだった。

長井は足早に歩いていくと、正面の壁際に設置された金網ケージの蓋を開けた。そして一つだけ残っていた長方形の網カゴを両手で引っ張り上げ、中央に据えられた作業台に載せた。

「ロータイとは老いた体のことで、二十年以上生きているツチヘビを指す。肉が硬くて食品加工に適さないため、その場で処分される。普通ロータイは仕入れの段階でチェックされハジかれるんだが、こいつは図体がデカい、というか肥えているから鱗が張っていて若く見えたんだろう。ゾリをやって素っ裸にして、初めて婆《ばあ》さんだと気づいたのさ」

長井は口元を緩め、台上の網カゴを一瞥《いちべつ》した。それはビールケースほどの大きさで上部にファスナーが付いていた。博人は前に進み出て目を凝らした。黒いメッシュ越しに、白っぽい塊が見えた。塊はタイヤのように丸まったまま微動だにしなかった。

「眠ってるんですか？」博人が小声で訊いた。

「麻酔が効いている。そろそろ覚めるころだ」

長井はファスナーを引き開け、右手を突き入れた。白い塊をむんずと摑み、素早く引きずり出して台の中央に置いた。

博人は目を見開いた。生まれて初めて見る〝生〟のツチヘビだった。それは毛を刈られたヘビというより皮をむかれた巨大なウナギ、あるいは引き伸ばされた滑らかな腸のように見えた。全長一・五メートルほどで、頭部から尾部の先端まで桃色の表皮が露出していた。胴体の中央がずんぐりしていて風船のように張っていた。

「ツチヘビの急所は左の首の付け根だ」

長井は首を摑んでひねり、左頸部を上に向けた。ツチヘビは無抵抗だった。全ての筋肉が弛緩《しかん》しているため死骸のようにだらりとしていた。退化した小さな眼も眼球ではなく黒い点に見えた。

「口の付け根から真っ直《す》ぐ下に行って、喉元のちょい手前のところに小さな穴があるだろ?」

長井が左の人差し指で頸部の一点をさした。新人が来るたびに説明するらしく動作が滑らかだった。博人は身を屈《かが》め、顔を近づけた。確かに、指し示す部位に一センチほどの開口部があった。しかしそれは穴というよりも三本の切れ込みと言った方が正しく、大動脈や肺動脈の弁に近い形をしていた。

「それが排砂孔だ」長井が一言一言区切るように言った。

「ハイサコウ?」博人が首をひねった。聞いたことのない言葉だった。

「ツチヘビ特有の器官だ。その穴から体内に溜《た》まった砂を排泄《はいせつ》する。小さいが弾力があり、拳大《こぶしだい》の泥の塊も平気で吐き出す。その穴をムグリ刀で突き刺せばツチヘビは即死する。理由は簡単。排砂孔と食道を繋《つな》ぐ排砂官がちょうど大脳の真下に位置している。そして排砂孔から大脳までの距離はわずか三センチ。つまり〝穴〟からムグリ刀で垂直に貫けば〝ノーミソ〟を一発で破壊できる。ムグリ刀がないときは錐《きり》やアイスピックでも構わん。ちなみに俺の先輩は、排砂孔に指を突っ込んでムグッたと言っていたが本当かどうかは知らん」

長井はツチヘビの首を押さえたまま左手を腰に回し、ムグリ刀を引き抜いた。そして台の上に置くと博人の方へ無造作に押しやった。

「押さえててやるからムグれ。穴を真っ直ぐに刺すんだ。体重をかけて押し込むようにすれば誰でもできる」

「……はい」

博人は小さくうなずき、眼前に置かれたムグリ刀を取った。オールステンレスの特殊包丁は見た目よりずっと軽かった。螺旋《らせん》状の溝が施されたハンドルも驚くほど握りやすく、まさに職人のための道具だと思った。博人はムグリ刀を握る右手をさらに左手で摑むと、台の縁《へり》に下腹を押し付けて身を乗り出した。そして刀身を排砂孔にあてがい、切っ先を刺し込んだ瞬間、ツチヘビがびくりと震え、胴体が勢い良く跳ね上がった。

「うわっ」博人は仰《の》け反《ぞ》った。同時に長井がツチヘビに覆いかぶさり首を右腕で抱えた。覚醒したツチヘビは獰猛《どうもう》だった。物凄《ものすご》い勢いでのたうち回り、尻尾を台に何度も叩きつけた。

「麻酔が切れた！」長井の声がした。「刺せ！」

「はい！」

博人は叫んだが動けなかった。ツチヘビの激しい抵抗に度肝を抜かれた。バン、バン、バンと尻尾が台を強打する音が銃声のように響き、足が竦《すく》んだ。

「刺せ！」また長井の声がした。「どこでもいいから刺せ！」長井の声は裏返り別人のように聞こえた。博人はまた「はい！」と叫んだ。長井の必死の形相を見て我に返った。右手のムグリ刀を振り上げ、前に出ようとした。不意に長井がよろめき、崩れ落ちるように膝を突いた。しかしツチヘビの首は離さなかったので、桃色の胴体も床の上に投げ出された。

博人は慌てて駆け寄った。長井はヘッドロックを決める格好でツチヘビを押さえていた。その顔は強張り、目には怯えの色が浮かんでいた。博人は床に這《は》い、上下に跳ねる体軀《たいく》を左腕で抱えた。そして脇の下に挟んで固定すると、右手のムグリ刀を突き立てた。切っ先が桃色の表皮を引き裂き、裂け目から黄色い脂肪体の塊が盛り上がるようにはみ出た。塊は外気に触れるとたちまちバラけ、無数の房状のものに戻った。

「くそっ」

博人はイソギンチャクのような脂肪体をかきわけ、さらに深い部分を突き刺した。不意に声が上がった。「ヴボォォォォム」という仔牛《こうし》のいななきに似た奇妙な叫びだった。同時に激しかったツチヘビの抵抗が止《や》み、跳ねていた体軀が床の上に落ちた。博人は手元を見た。はみ出た脂肪体が赤黒く染まっていた。ツチヘビは灰白色の腹を見せながら苦し気に体をくねらせた。博人が刺したのは胴体の上の方だった。裂け目の奥から鉱泉が湧くようにふつふつと血が噴き出していた。

「心臓だ」長井の声がした。

博人は顔を上げた。緊張と興奮で頭がぼんやりしていた。

「お前の刺した辺りに心臓がある。ムグリ刀が脂肪体の壁を突破したんだ」

長井は絞り出すように言い、ようやくツチヘビから腕を離した。そして忌々しそうに唾を吐くと「ムグれ」と命じた。

博人はうなずいた。長井のレクチャーを思い出しながら頭部の近くに移動した。噴き出した血が足元の床に広がっていた。鮮魚店のような臭いが漂い、作業靴の底がニチャニチャと張りついた。ツチヘビは体をくねらせていたが、その動きは目に見えて弱っていた。博人は慎重に首を摑み、左頸部を上にした。目を凝らして排砂孔の位置を確認し、動脈弁に似た切れ込みにムグリ刀をあてがった。

「……ふん！」

博人は一気に突き刺した。ツチヘビは感電したようにびくりと震え、とぐろを巻くように体軀を丸めると、そのまま動かなくなった。

博人はムグリ刀を引き抜いた。排砂孔から気泡の混じった血が流れ落ちた。絶命して弛緩したツチヘビは空気の抜けた浮輪のように妙に平べったく見えた。

博人はムグリ刀を置き、大きく息を吐いた。いつの間にか全身が血にまみれていた。貸与されたばかりの作業服も作業ズボンも血を吸って黒ずみ、元の色が分からなくなっていた。

3

『モグラ』とは俗称であり、それも蔑称とほぼ同義だった。

正式に、というか新聞・出版・放送等の主要マスメディアが彼らを表記・呼称する際は『ヨミ』あるいは『ヨミ族』が通例となっていた。『ヨミ』は漢字に直すと『黄泉』であり、死後魂が行きつくと信じられた暗黒の世界、つまり冥土を意味した。

黄泉あるいは黄泉族という新名詞が全国的に広まったのは大正時代以降のことで、江戸時代までは固有の名称は無く、その存在を知る者も極めて限局的だった。そのため彼らが黄泉と名付けられるまでにどんな変遷を経てきたかを記録した物は残されておらず、また彼ら自身も残していないため、その歴史は未だ謎に包まれている。

明治四年(一八七一年)、太政官布告により日本で初めて戸籍法が制定された。

それは有り体《あ てい》に言うと国家が国民一人一人の存在を掌握し、国家の意向に沿って管理・養成することを正当化するための手段だった。やがて全国から収集された数千万人分の『個人情報』は、二年後の明治六年(一八七三年)に施行された徴兵令に直結していたことはいうまでもない。

その明治の大改革によって江戸時代の悪しき身分制度は撤廃されたが、そこで全くの突発的事例として、たとえるなら撤去した古い巨石の下から得体の知れぬ虫がぞろぞろと這い出てくるように、彼らの存在が文明開化という白日の下にさらけ出された。

彼ら――。

現在黄泉族と呼ばれる人々の祖先である明治時代初期の彼らとは、北関東地方X県北部の山間部に掘られた、長大な地下洞窟で当時生活していた約一万人の老若男女を指した。地元の住人はみな彼らをモグラと呼んでいたが、周辺の町村で古くから使われてきた呼称であるという純粋な理由からであり、その三文字に現代のような強い差別的意味合いは込められていなかった。

日本には古来、国家に所属しない民が存在した。

例えば大和王権が支配していた頃には『土蜘蛛《つちぐも》』と呼ばれる、大王《おおきみ》に恭順しなかった土豪がいたことがよく知られているが、それ以後も明治政府ができるまでの千数百年の間、大小様々な『土蜘蛛』の亜流が全国各地で発生しては泡沫《ほうまつ》の如《ごと》く次々と消えていった。

また鎌倉時代後期には、志摩半島東部の山間で穴居生活をしていた『穴虯《けつきゆう》』なる一族の記録が残されているし、関東でも江戸時代中期に秩父山地・雲取山《くもとりやま》奥地において、土中に蟲路《むしみち》と呼ばれる複雑なトンネルを掘って居住する『泥蛞《でいかつ》』なる一族の記録が残されており、男達が独自の掘削器具を用いて作業する様を描いた当時の錦絵が、今でも地元の神社の宝物殿に納められている。

そのため新政府の視察団が彼らの存在を把握した際、まず初めに想起したのは秩父の泥蛞一族だった。

しかし泥蛞の民が掘削技術には長《た》けていたものの、基本的に無知で粗暴だったのに対し、彼らは一様に秩序立っていて礼儀正しかった。詳しく調べると識字率は百パーセントで文化的水準は極めて高く、善悪正邪の規範となる道徳観念も地上の日本人とほぼ同じだった。また西欧の宣教師にも匹敵する強いヒューマニズムを有する者すらいた。

視察団は驚愕《きょうがく》しつつも彼らの支配者と面会し、自分達が帝都から赴いた意図を述べた。その中で文明開化を成し遂げた明治政府がどれだけ強大かを簡潔な言葉で何度も繰り返した後、洞窟を出て地上に戻り普通の日本人と同じく勤労・納税の義務を果たせば、一人一人に戸籍が与えられる上、偉大なる新政府から手厚く庇護《ひご》されると説明した。

この視察団の婉曲な『無条件降伏』の勧告に対し、彼らの支配者は一切迷うことなく断固拒否の意思を表明した。

視察団は帰京すると早々に報告書を作成して提出。それを一読した役人たちは衝撃を受けた。特に彼らが旧制度、いわゆるアンシャン・レジームにおける賤民《せんみん》階級ではなく、自分たちと近しいか同等のインテリゲンチャであったことに驚き、困惑した。

理由は単純だった。

彼が「知識階層」＝「同じ人間」だと判明したため良心が疼《うず》き、迫害して排除するという常套《じょうとう》手段が使えなくなったからだ。役人たちは協議を重ね、出た結論は「地元警察が責任を持って監視し、地域の治安を堅守する」という、これもまた常套手段の一つである丸投げだった。

この要請を内務省より受けたX県警察では幹部たちがさらに困惑した。なぜなら彼らは古《いにしえ》に県北部の山間地に移住してから、自ら掘った洞窟内で、自らが決めた戒律に則《のっと》り厳格に生きてきたからだ。その存在は周辺地域に溶け込んでおり、野生動物と同レベルで山間の風景の一部と化していた。つまり内務省の通達にある「責任を持って監視」する必要など皆無であり、そういった発想自体が噴飯ものであった。X県警の幹部たちは必死で協議を交わし、二日後に出した結論は「馬耳東風ニ徹スベシ」という、有り体に言って「やけくそ」的要素を多分に含んだものとなった。

この、毒ヲ以《もっ》テ毒ヲ制スという格言の延長線上にある際どい戦法は功を奏した。全責任をX県警に押しつけた内務省は以後「彼ら」のことを口にすることはなく、視察団の派遣自体が無かったかのように振る舞った。結局この騒動でX県警察が取った措置、つまり「臭い」ものにした「蓋」は意外に重く、再びこじ開けられるまで実に三十五年の月日を要した。

大正七年（一九一八年）、当時無名だった文筆家兼民俗学者の大田原欒《おおたわらがく》が文芸誌『黒豹《くろひょう》』に発表した小説『地下帝国』が市井の話題を集めた。若き探検家が関東の山間で発見された未知の洞窟を下りていくと、そこで地上の征服をたくらむ地下帝国軍と遭遇、奇怪なモグラ戦士や巨大なミミズ竜などをなぎ倒しながら脱出口を探すという空想冒険譚《たん》だった。その地下帝国を構成する帝国民こそが、X県北部の山間に住む「彼ら」をモデルにしていた。

大田原は彼らを『黄泉族』と名付け、霊妙な謎の古代人というダークヒーロー的キャラクターを作り出した。特に眉目秀麗で知られる帝国総統シラネスはその象徴であり「偉大なる黄泉人が築き上げげし地下千年帝国は永遠なり」という決め台詞《ぜりふ》は読者の喝采を浴びた。

そのため当初『地下帝国』は前・後編二回のみの読み切りで終わる予定だったが、掲載終了後十代の若者を中心に多くの反響が寄せられ、すぐに一年間の十二回連載が始まった。文芸誌『黒豹』は飛ぶように売れ、連載終了後発売された単行本は二十万部を超えるベストセラーとなって黄泉ブームが起きた。原作は演劇や紙芝居、無声映画にもなり、レコード盤で発売された『地下帝国軍国歌』は巷《ちまた》で大流行した。無名だった大田原欒は一躍時の人となり、第二弾『地下帝国の逆襲』、第三弾『地下帝国の復讐』、第四弾

『地下帝国の復活』と立て続けに続編を発表、どれも好調な売れ行きを見せ次々と版を重ねた。すっかり有頂天となった大田原は銀座の有名カフェーや文壇バーの常連となり、何人もの女給と派手な浮名を流したが、第五弾『地下帝国の野望』を上梓《じょうし》した翌日、愛人宅で入浴中に脳溢血《のういっけつ》を起こして急逝する。享年四十一だった。

しかし大田原が確立した黄泉族（モグラ）＝地下帝国軍の人気は揺るぎなく、著者亡き後も原作本は順調に売れ続け、版元の銀鶏社《ぎんけいしゃ》に多大なる利益をもたらした。

その後時代は昭和へと移り、急速に台頭してきた軍国主義が瞬く間に国内を覆い尽くした。その勢いはただひたすら圧倒的であり、空想冒険譚などという『子供騙《だま》し』は即座に否定され、徹底的に断罪された上で例外なく排除されていき、ただ黄泉族という呼び名だけが人々の記憶の片隅に残った。

4

博人が美佐と交際するようになったのは、『おろろんフード』で働き始めてから二カ月ほどが過ぎた頃だった。

獅伝町の駅前には南北に延びる二キロほどの大通りがあり、その左右には幾つもの個人商店が軒を連ねていた。戦前から親子代々で経営している店も多く、買い物の場であると同時に町民同士の寄合所のような役割も兼ねていた。そのため大通りはいつも活気に溢《あふ》れ、行き交う人々はみな嬉々《きき》としていた。

博人は初め、その穏やかで家族的な雰囲気に圧倒され、心から陶然とした。これこそが日本人のあるべき姿であり、この町民達の慈愛に満ちた生活を都市部に住む全ての人間が規範とすべきだとすら思った。

しかしそれは間違いだった。一時の勘違いでしかなかった。

長らく孤独な生活を送ってきたため、久しぶりにまともな人心に触れて凍《い》てついた心が過剰に反応しただけだった。一週間が過ぎて町に慣れると、通りに溢れる活気にも嫉妬や怒りや怯えが複雑に交じり合い、嬉々とした人々の裏には厳然たるヒエラルキーが存在していることを知った。そしてピラミッドの底辺に位置する者は都会と同様に迫害され、蔑まれていることも知った。

博人は激しく落胆したが、同時に小さな安堵《あんど》の溜息《ためいき》も吐《つ》いた。

変な言い方だが、やはりそれが人間であり、むしろそうでなくては不自然だとすら思った。

博人は次第に個人商店に足を向けることを止め、代わりに大通りの南北の端に一軒ずつある全国チェーンのコンビニで弁当や雑貨、雑誌などを買い求めるようになった。二十四時間営業で店員と煩わしい会話をする必要もないため、いつしか博人は外出すると職場である『おろろんフード』と二軒のコンビニ、そして近所にある小さな書店以外ほとんど立ち寄らなくなった。そして大通りの北側の端にある『コンビニエンスストア・クローバー　獅伝胸倉《むなくら》店』でアルバイトしていたのが当時二十二歳の美佐だった。

知り合った切っかけは他愛もないことで、劇的な要素は微塵《みじん》もなかった。

ある日曜日、夕方五時過ぎに起きた博人はジャージ姿にくわえ煙草で『クローバー獅伝胸倉店』に行き、ペットボトルの麦茶とチキンカツ弁当を買った。店内に他の客はおらず、コンビニの制服を着た美佐がレジカウンターの中にいるだけだった。

「お弁当温めますか？」

そう美佐に訊かれ、博人は二秒ほど言いよどんだ後「……お願いします」と小声で答えた。

美佐は弁当を背後の電子レンジに入れてスイッチを押すと、博人から代金を受け取ってレジで精算し、釣りとレシートを渡した。

「少々お待ちください」

一礼した美佐の、ムダに明るい声が響いた。

博人も微かに頭を下げた。

二人だけの店内に沈黙が流れた。

ブォォォォン……という虻の羽音に似たレンジの加熱音だけが鳴っていた。

博人はジャージのポケットに両手を入れたまま無言で立っていたが、ふとなんとなく気になって美佐を見た。その瞬間美佐もこちらを向き、もろに目が合った。二人は弾かれたようにうつむいた。博人の心臓はなぜか高鳴り、頬が赤らむのが分かった。途端に美佐を女として強く意識するようになり緊張を覚えた。

（なんだよこれ……？）

博人が胸中で呟いた時、ボンッとくぐもった破裂音が響いた。

美佐の押し殺した悲鳴が上がった。驚いた博人が顔を上げた。

「すみませんお客様、すみませんお客様」

美佐はそう繰り返しながらレンジに駆け寄りドアを開け、中から茶色い液体にまみれた弁当を取り出した。

「爆発」の原因は単純だった。

美佐が弁当の蓋に貼られた濃厚ソースとマヨネーズソースの袋を取らずにレンジにかけたため、中身が膨張して破裂したのだ。しかも全店サービス月間でソースの量が一・五倍に増量されており被害は拡大した。

「だって、いつものカッコイイ人と二人きりになって、ドキドキしてたから……」

あの「事故」の原因を尋ねられる度、美佐はそう呟いて恥ずかしそうに目を逸《そ》らした。

そして博人がコンビニに足繁《あししげ》く通うようになってから急に気になりだし、その想《おも》いは日に日に強くなっていき、いつしかバイトの日になると博人の来店を心待ちにするようになっていたのだと照れたように付け加えた。


二人の結婚はある日唐突に決まった。

交際してちょうど二年が経《た》った頃だった。

休日博人のアパートに遊びに来た美佐が、ソファーの隣に腰掛けると改まった口調で「赤ちゃんができたの」と言い、ハンドバッグのなかから病院の診断書を取り出した。

それは博人にとって不意打ちに等しかった。妊娠の兆候は一月《ひとつき》以上前から見られたはずだが、そんな素振りなど全く見せなかったため衝撃は倍増した。

あまりのことに茫然《ぼうぜん》自失となった博人に対し、喜色満面の美佐は「男の子だったら昌樹か翔太《しょうた》って決めてるけど、どっちがいい？」と楽しげに訊いてきた。博人は言葉に詰まりながらも声を絞り出すようにして「……昌樹かな」と答えると、美佐は「あたしもそう思ってた」と叫び両手を広げて抱きついてきた。

美佐が帰った後、一人きりになった博人はアパートの床に倒れ込んだ。

虚脱感が全身を覆い、目に映るもの全てが虚ろに見えた。床の上に投げ出した手足が水を吸った真綿のように重く感じられた。

我が子ができた、というかできてしまったことになんの喜びもなく、ただとんでもないものを背負い込んでしまったという後悔だけが、ヘドロの中から湧いてくる気泡のように浮かんでは消え、消えては浮かんだ。

「畜生……」

博人はくすんだ天井板を見つめながら低く唸《うな》った。

腹が立った。とにかく無性に腹が立って仕方がなかった。

それは慎重に避妊をしなかった自分よりも、赤ちゃんができたと勝手に盛り上がり、出産すると決めてしまっている美佐に対しての方が大きかった。仮に産むにしても、まずは同じ当事者であるこちらの意見も聞いた上で、二人で相応の時間を掛けて慎重に結論を出すべきだと思った。それを妊娠＝慶事と決めつけ、子供のようにはしゃぐ美佐が酷《ひど》く愚かしい女に見えてならなかった。

「畜生……」

博人はもう一度呟き、目を閉じた。具体的な話は出ていなかったが、美佐の口ぶりだとこのまま結納を経て結婚へと突き進んでゆくに違いなかった。

眼前の闇に二回だけ会ったことのある美佐の両親の顔が浮かんだ。

共に地元の農協に勤める善良そうな夫婦だった。あの二人を義理の親と認識し、接していくのだと思うと、さすがに嫌な気持ちにはならなかったが喜悦が湧くこともなく、ただぼんやりと一抹の煩雑さを感じるだけだった。

5

博人はサンダル履きで家を出た。

帰宅時と同じ通勤用の背広姿で、ネクタイも緩めたままだった。

時刻は午後五時半を回っていた。いつしか黄昏《たそがれ》は深まり、上空には鮮やかな夕焼けが広がっていた。初秋の澄みきった風も冷え、吸い込むと鼻腔内に微細な痛みが走った。

博人はブロック塀に囲まれた自宅の敷地から出て、駅のある方向へと向かった。目的は美佐だった。

近所の様子を探り、妻が本当に家を出たということを自分の目で確かめたかった。美佐は激しく取り乱したものの正気を取り戻し、頭を冷やすために散歩に出たのではという思いがくすぶっていた。勿論それは美佐の身を案じてではなく、美佐が見つかればトンネルに行かずにすむという希望的観測から生まれた予想だった。

博人の足取りは重かった。サンダルを引きずるようにして家屋が連なる路をさまよい、美佐の姿を求めた。人通りは少なく、辺りはしんと静まり返っていた。たまに下校途中の数人の小学生や自転車に乗った中学生とすれ違うだけだった。

博人は歩きながら西の空に目を向けた。一面に鮮やかな夕焼けが広がっていたが、陽が沈みかけているため色彩の濃さが増していた。博人はその油彩画のような滑《ぬめ》った紅色の光を見つめながら、ツチヘビの排砂孔から流れ落ちる血の色にそっくりだとぼんやり思った。

徒歩数分で住宅街の東端にあるオバケ神社についた。

勿論正式な名称ではなく、地元の住民がつけた愛称だった。築三百年ほどの古めかしい神殿と、その背後に茂る鬱蒼《うっそう》とした竹林が夜になると不気味で昔からそう呼ばれていると美佐から聞いた。

博人は鳥居の前で立ち止まり中に目を向けた。

さきほど歓声が上がっていた境内は無人だった。神殿の左右に据えられた一対の狛犬《こまいぬ》の間に、子供たちの忘れ物らしいゴムボールが一つ転がっているだけだった。

博人は大きく息を吐いた。

美佐が散歩の途中に立ち寄る場所は限られていた。中でもオバケ神社は昌樹と頻繁に遊びに来ていたため最も可能性が高かった。

「くそ……」

博人は忌々しそうに舌打ちをし、来た道を引き返していった。

6

自宅に戻った時、時刻は午後五時五十分を過ぎていた。

青白い西の空には、ガーゼに染み込むインクのように闇が滲んでいた。

ブロック塀に囲まれた博人の自宅は築十五年の木造平屋建てだった。以前は美佐の叔父夫婦が住んでいたが、十年前に叔父が脳溢血で死去し、残された叔母も高齢者の一人暮らしの限界を痛感し、三年前に隣町の介護施設に入居した。しかし叔父との大切な思い出が詰まった自宅は手放す気になれず、どうしたらよいかと決めあぐねていた矢先に、可愛《かわい》い姪《めい》が地元で結婚するという一報が届いた。それは彼女にとってまさに僥倖《ぎょうこう》以外のなにものでもなかった。すぐに美佐に電話をすると、結婚の祝福もそこそこに「空き家になっている我が家を是非新婚さんに使って欲しい」と申し出た。そして「家賃は家を大切に使う事、そして可愛い子供を産む事だけ」と告げ、美佐と傍らで会話を聞いていた博人を歓喜させた。

叔母の家は六畳と四畳半の和室が二つ、八畳ほどの洋間が一つだけのこぢんまりした造りだったが、室内は清潔で日当たりは良く、家庭菜園があった南側の庭は肥沃だった。そのため美佐が植えた様々な草花もよく育ち、季節ごとに色とりどりの花弁を鮮やかに咲かせた。二人（正確には昌樹もだが）は叔母の家を心から気に入り、約束通り大切に使った。今思えば、二人の中で唯一変わらなかったものがこの自宅に対する愛情だけだった。

博人は鉄製の門を押し開いて敷地内に入り、飛び石伝いに玄関に向かった。そして背広のポケットからキーホルダーを付けた鍵を取り出した時、格子戸の右側にある郵便受けの下に何か落ちているのに気づいた。

博人は目を凝らした。表札の上にある外灯の淡い光を受けたそれは、いびつなL字型をしていた。

「え……？」

博人の心臓がどくりと鳴った。嘘だろ、と微かな声で囁きながらしゃがみ込み、さらに目を凝らした。間違いなかった。それは自動拳銃だった。鉛筆で塗りたくって光らせたような、鈍い銀色をしていた。

モグラだ、と博人は思った。思った途端拳銃を摑んで立ち上がった。予想外の事態に脳内が激しく混乱したが自分に危機が迫っていることは理解できた。そのため反射的に武器を持って自衛手段をとっていた。

博人は右手で銃把を握り、左手でゆっくりと安全装置を外した。それは旧陸軍の九《きゅう》四《よん》式自動拳銃を改良したシデン式自動拳銃と呼ばれるもので、モグラ兵士の装備品だった。

なぜだ？

博人は激しく混乱しながらも必死でその理由をさぐり、十秒ほどである仮説を思いついた。精神が錯乱した状態でトンネルに入った美佐は、何か代価となるものを支払った上で自分の殺害をモグラどもに依頼したのではないのか？

理由はいくらでもあった。

昌樹が死んだのは博人が浮気をしてあたしを深く傷つけたから。昌樹が行方不明になった時博人は死にもの狂いで捜そうとはしなかったから。昌樹を失って抜け殻となったあたしを博人は露骨に邪魔者扱いにしたから。あるいはそもそもの不幸の始まりは博人がこの町にやってきたからであり、内野博人という存在自体が悪そのものだから。

ある意味その全てが真実であり、その全てが誤解だった。

博人は昌樹の死後、双方の見解の違いについて幾度となく説明を繰り返したが、その度に美佐は激怒して「くだらない言い訳するな」「全部あたしのせいにするのかよ」と喚《わめ》き散らし怒鳴り散らすのが常だった。

不意に庭の方で音がした。

低く、くぐもった音だった。

その遠慮がちな物音から、侵入者が慎重に自分の居場所を探っているのが手にとるように分かった。殺される、という強い恐怖が湧き上がったが、死にたくない、という本能の叫びがそれを僅かに上回った。

「畜生っ」

腹をくくった博人は低い声で呻《うめ》き、右手に持つ自動拳銃を握り直した。そして細心の注意を払って足音を消しながら一階の壁際に沿って歩いていった。

博人は自宅の南東の角で立ち止まった。背中を壁に付けて耳を澄ませた。庭はすぐそこだったが、さきほどのような不審な物音は聞こえなかった。

博人はゆっくりと深呼吸をしながら（殺《や》らなければ俺が殺られるっ）と胸中で叫び自分に強く言い聞かせた。

博人は奥歯を嚙みしめ、引き金に指を掛けた。そして拳銃を中段に構えるとゆっくりと家の壁から背中を離し、右方向に進み出た。

眼前に薄闇に包まれた庭が映った。

博人は辺りを素早く目で探った。

庭に人影はなく、不審なものも見当たらなかった。博人は引き金をすぐに引けるよう、指先に微細な力を込めながらさらに数歩前進した。

不意に眼前で何かが動いた。視界の右端だった。

博人は咄嗟に息を殺した。

薄闇に包まれた自宅の縁側の先、ブロック塀の前で、黒い影がうずくまっているように見えた。博人は目を見開いた。一瞬それが何なのか視認できなかった。人のようにも動物のようにも見えた。影がまた動いた。博人は食い入るように眼前を見つめた。人形《ひとがた》をしたそれは腰の辺りを押さえるようにしてゆっくりと立ち上がった。博人は息を殺したまま、一歩一歩踏みしめるようにして距離を詰めていった。中段に構えた拳銃を僅かに前に突き出した時、縁側の前に差し掛かった。その途端博人は強い気配を感じた。

「あっ！」

不意に影が叫んだ。同時に博人の指が動いて引き金を引いた。火薬の弾ける甲高い音が響き拳銃が跳ね上がった。影は仰け反って後ろに倒れた。ドッ、という肉が土を打つ鈍い音がし、続いて飛び出した薬莢《やっきょう》がくるくると回転しながらその足元に落ちた。

博人は拳銃を構えたまま動かなかった。姿は見えなかったが、なぜかモグラだという確信があった。

「……おい」

二十秒ほど経過してから博人が押し殺した声で訊いた。

返事はなかった。さきほど感じた強い気配も消えていた。

博人は拳銃を下ろし、倒した影に近づいていって見下ろした。

電球の光に照らし出されたそれは、やはりモグラ兵だった。

ドリュウ服と呼ばれる、灰色の厚手の軍衣と軍袴《ぐんこ》を着用し、黒い革の編上靴《へんじょうか》を履いていた。頭部にも同じく灰色の頭巾をかぶり、その上に黒いゴム製の防毒面を着けていた。防毒面には大きめの防塵眼鏡がついており、そのガラス越しに兵士の左右の目が見えた。博人はゆっくりと身を乗り出し、恐る恐る中を覗《のぞ》き込んだ。兵士は男で、皮膚の張り具合から比較的若い部類に入る年齢だと分かった。頭上を見据える見開かれた双眸《そうぼう》からは光が消え、灰色の膜がかかったように虚ろだった。博人はそこで初めて兵士が死亡したことを確認した。胸に被弾したらしく、左の胸ポケットの真ん中辺りに直径一センチほどの穴が開き、周囲には赤黒い血が滲み出ていた。

警察に通報しなければ、と博人は思った。

モグラが地上に出て事が起きた場合、すみやかに最寄りの警察署に届け出るのが慣例となっていた。全く面倒臭《くせ》ぇ……と思いながら上体を起こそうとした時、博人はあることに気づいた。兵士の左の胸ポケットから紙切れのようなものが覗いていた。

「……？」

博人はわずかにはみ出た角をつまみ、ポケットから引き抜いた。

それは流出した血を吸い、赤黒く染まった厚手の紙だった。二つに折り畳まれており、開くとハガキ二枚分ほどの大きさがあった。正式な書類らしく、和文タイプで打たれた文章が六、七行記されていたが、血で文字が滲み判読できなかった。ただ左端だけ紙の白さがまだらに残っているため、最後の一行のみ、「和」「月九」「軍」の文字が断続的に視認できた。

「やっぱり、そうか……」

博人は低く呻いた。

勿論確証はなかったが、この状況から推測するに、内野博人ヲ速ヤカニ殲滅《せんめつ》セヨという指令書のような気がしてならなかった。

「……ふざけやがって」

博人は再び低く呻いた。しかし不思議と怒りは湧いてこなかった。ただ一抹の空《むな》しさが胸中を掠《かす》めただけだった。

7

「本当に一匹だけか？」

制帽の紐《ひも》を顎にかけた小太りの巡査長は念を押すように訊いた。

「他にモグラは見なかったのか？」

「はい、本当に……」

博人は一匹と言いかけて二秒ほど躊躇した。

「……一人だけでした」

「そうか。モグラの兵隊が地上に出る時は通常三匹一組が常識なんだがなぁ」

巡査長は怪訝《けげん》な顔で首をひねると後ろを振り向いた。

縁側の前では三人の鑑識班による現場検証が続いており、時折焚《た》かれるフラッシュの閃光《せんこう》が灰色の軍服を着て横たわる兵士の姿を闇の中に浮かび上がらせた。

「もしかすると残りの二匹はまだ町の中を徘徊《はいかい》しているかもしれん」

巡査長はまたこちらを向くと、うかがうような目をした。

「あんた、モグラの兵隊が家に来るような心当たりはあるの？」

「心当たりというか……」

博人は言葉を濁すと、あらかじめ背広のポケットに入れていた美佐の書き置きを差し出した。そして長男が死んでから妻の精神が不安定になり、何度かトンネルに行っては戻ることを繰り返した挙げ句に地上との決別を決意し、息子の遺影と共にモグラの世界に向かったようだ、と弱々しい口調で説明した。

「なるほど、そういうことか」

巡査長は納得したらしく大きく二回うなずいた。しかしその顔にも態度にも驚いた様子はなく、浮気の相談に乗るような気安さが漂っていた。

「……妻は戻ってくるでしょうか？」

「無理だね」

巡査長は即答した。

「む……」

博人はその早さに驚き絶句した。

「無理、と言いますと……ど、どんな風に無理なんですか？」

「だから二度と地上には戻ってこないよ。穴ん中に入ったままでそれでおしまい」

そこで巡査長は何かに気づいたような表情をし、博人の顔をまじまじと見た。

「あんた、もしかして余所《よそ》から越してきた人？」

「そうです。四年半前に埼玉の大宮から越してきました」

「大宮から来たの？　なんでわざわざこんな田舎に来たの？　あっちだったら東京もすぐだし、仕事も女もよりどりみどりでしょうよ」

「それが……」

博人は素早く思考を巡らせて適当な理由を捏造《ねつぞう》した。

「……昔から体が弱くて、都会の水がどうしても合わないので療養も兼ねて来たんです。初めは『おろろんフード』でバラシの仕事をしてました」

「『おろろんフード』で？」

巡査長は少し驚いた顔をした。

「そうです。二年間働いたんですけど、結婚を機に転職しました。今は妻の両親が勤める農協で事務の仕事をしてます」

「まあ、そうだろうな。ツチヘビが町のシンボルだなんだってどれだけ持ち上げても、所詮若い女にとっちゃ毛の生えたミミズの化け物だから、露骨に嫌がるわな。特にバラシだと独特の臭いがつくから嫌がっただろ？」

「ええ、デートの時は念入りに手洗いさせられて困りました」

博人は口元に苦笑を浮かべた。

「全く、ツチヘビが臭ぇとかいったってよ、あいつらのマタグラから垂れるヌルヌルのナメコ汁の臭いといい勝負じゃねぇか。なぁ、そう思うだろ？　お前の嫁のナメコ汁だってツチヘビの内臓臭といい勝負だったろ？」

「いや……ど、どうですかねぇ」

博人は目を逸らすと曖昧な返事をした。警察官による明らかな侮辱だったが、巡査長に対する怒りよりも怒らせた時の恐怖の方が上回り、なんとか我慢することができた。

「辻《つじ》さん、こっち終わりましたけど」

背後で張りのある声が上がった。

辻と呼ばれた巡査長は振り向くと「ご苦労さん」と言って右手を上げた。三人の鑑識官が全員こちらを向いて一礼した。

「モグラの死体、車に乗っけちゃうんでもうちょっと待っててください」

胸から一眼レフを下げた署員が叫んだ。

「あいよ」巡査長はまた右手を上げるとこちらを向いた。

「あの、話が前後して恐縮なんですけどいいですか？」

話題を変える好機と判断した博人が明瞭な声で言った。

「ん？　いいよ。何？」巡査長は何事もなかったようにうなずいた。

「トンネルに入ったら二度と地上に戻ってこないって、どういうことですか？」

「どういうことって、そのままの意味だけどな」巡査長は真顔で言った。「もしかしてあんた、トンネルに対する世間一般的な知識しか持ち合わせてないの？」

「多分、そうだと思います」博人は正直に答えた。

「トンネルの中が秩序正しく保たれていたのは戦前までだ。特に東京じゃ未だに大田原欒の『地下帝国』が人気で、神田の古本屋じゃ『地下帝国』シリーズの初版本が高値で取引されてるし、昔の映画版もビデオ化されて若者にも人気があるから、無意識のうちにあの大正時代の幻想的なイメージが独り歩きして現代人の頭に染み込んでるけど、あの戦争が終わってから全てが変わっちまって、今じゃまったくの別物になったと思っていい」

「べ、別物ですか？」

博人は思わず声を上げた。

「そう。百パーセント別物。まあ、あんたはマスコミとは無縁の名も無き市井人だから言うけど、今現在あのトンネルの中がどうなっているのか把握している者は地上にはいない。これは勿論我々地元の警察も含めてということだ。驚いたか？」

「驚きました」

博人は眼前の虚空を見つめた。この地に四年以上住んでいたが初耳だった。同時に、自分のような余所者にとってあのトンネルは無縁の存在であり、『背景』の一部でしかなかったことにも気づいた。阿片《あへん》を吸わない者にとって阿片窟が何の意味もなく、この世に存在しないのも同然であるのと一緒だった。

「戦後何十年という時間の流れの中であのトンネルはある意味、あくまである意味だが完全な聖域、完璧なサンクチュアリとして完成してしまったんだ。とどのつまり、人知のおよぶところではない」巡査長は低い声で呟くと、上目遣いでこちらを見た。「あんた、それでも嫁を捜しにトンネルに入るんだろ？」

「…………」博人は眼前の虚空を見つめたまま小さくうなずいた。

「好きにしな。あんたの自由だ」巡査長は博人の肩をぽんと叩いた。

「うちの署長が大田原樂の大ファンでな、彼の小説は勿論、随筆の類まで全て読み込んでいるのだが、大田原が版元の銀鶏社の社長に宛てた手紙の中で、あのトンネルのことをこう表現していたそうだ。『あの長大な洞窟は、腐乱した幻に満たされた、終わりのない迷宮であります』と。さすがは流行作家だ、中々いい表現ではないか。でも忘れるな、迷宮には必ず出口がある」

巡査長は口元をわずかに緩めた。

第二章　哀《あい》願《がん》天《てん》使《し》

1

博人は赤信号を無視して閑散とした交差点を渡ると、南西の角にある書店の前で立ち止まった。戸口の右上に目をやると、モルタルの壁に設置された白い突き出し看板があった。古びたプラスティックの表面には赤字で大きく『本』とあり、その下に横書きで小さく『鍾文堂《しょうぶんどう》書店』という店名と、現在は使用されていない市内局番が一桁の数字で記されていた。

博人は遠慮がちにサッシ戸を開け、店内に入った。土曜日の午前十時を過ぎたばかりのため他に客はおらず、正面の壁際にあるレジの前で顔見知りの店主が新聞を読んでいるだけだった。

「こんにちは」

博人は低く呟き、一礼した。六十一歳の太った店主はこちらを一瞥すると無言でうなずき、また新聞に視線を戻した。昌樹が生きていた頃は週に四、五回ほど通っていたが、あの事故以来殆ど足を向けたことはなく、最後にここを訪れたのも半年以上前のことだった。

博人は足早に文庫本コーナーに向かうと、右端の書棚の上半分を占める銀鶏社文庫の前で足を止めた。そして「あ」行に分類された二十冊ほどの中から大田原樂の著作六冊を見つけ、さらに六冊中最もページ数の少ない『無限軌道の夢』なるタイトルの文庫本を引き抜き、レジへ向かった。

「ご無沙汰してます」

博人は愛想笑いを浮かべ、レジ脇の机上に文庫本を置いた。

「しばらくだね」

店主は新聞を畳み、大儀そうに椅子から立ち上がった。いつものように白い長袖のYシャツにサスペンダー付きの黒ズボン姿で、ビロードの赤い蝶《ちょう》ネクタイを締めていた。その、所謂《いわゆる》モボの影響を強く受けた装いは基本的に一年中変わらなかった。

「元気だったかい？」

店主は文庫本を裏返すと値段を確認し、レジに打ちこんだ。

「元気というか、まあまあです」

博人は曖昧な返事をしながら百円玉三枚をつり銭用のカルトンに置いた。

「まあまあか……」

店主は興味なさそうに呟き、レジの四角いキーボードを叩いた。同時に派手な音を立ててドロアーが開いた。店主はカルトンから百円玉三枚を取ると、代わりに小銭受けから十円玉二枚をつまんで博人に手渡した。

「カバーはいいです。そのまま持って帰りますから」

博人は机上の文庫本を取り、ぎこちない仕草でパラパラとページを捲《めく》った。そして裏表紙に記載された物語の梗概を眺めるふりをしながら「……これ、面白いですかね？」とさりげなく訊いた。

「何と比較するかによるね」

店主は即答した。

「『無限軌道の夢』は大田原が死んだ後、遺稿を掻《か》き集めて作った短編集だから完成度は低い。でも代わりに、今までの作風にはない純文学的な表現が顕著になっている。たとえば長編の『地下帝国』シリーズの圧倒的迫力には及ばないけど、同じ短編集の『瑪《め》瑙《のう》兵士』や『柘《ざく》榴《ろ》石《いし》戦線』みたいな、活劇に特化したやつよりは遥かに奥が深くて読み応えがある。だから短編集としてなら抜群に面白いね」

店主は力強く断言し、口元を緩めた。

「なるほど、さすがですね。参考になります」

博人は感心したように何度もうなずきながら（やっぱりな……）と胸中で呟いた。

店主は無類の読書家として地元では有名で、たまにX県の地方紙の文化欄に登場しては、県民に『店長お薦めの一冊』を紹介していた。そのため地元を舞台にした『地下帝国』にも詳しいはずで、蛇狗隧道についても地元住民ならではの情報を持っているはずだった。

「やっぱり大田原樂といえば『地下帝国』シリーズなんですか？」

博人は真面目な顔で尚も質問した。

「勿論だ。代表作というのはあまりにも有名なため、逆に平凡に見えて避けられる傾向があるが、とんでもない誤解だ。映画でいえばフリッツ・ラングの『メトロポリス』然《しか》り、ロベルト・ヴィーネの『カリガリ博士』然り、ルイス・ブニュエルの『アンダルシアの犬』然り。今の若いのは古典というだけで見向きもしないが、なぜこれらの映画が古典と呼ばれるのかを考えたことはない。一言でいえば、これらの映画には未来が映されているということだ。分かるか？　現在ではなくて未来が、つまりもうすぐやってくる二十一世紀の規範の全てが正確無比に活写されているんだ。でも今の若いのは誰もそのことに気づいていない。きっとあまりにも大き過ぎて、逆にその全体が分からなくなっているんだろうな」

店主は腕組みをし、眼前の虚空を睨みつけた。

「でも個人的には、どうしても子供向けの冒険譚という印象が強いんですけど……」

博人は店主の熱のこもった語気にたじろぎながら尋ねた。

「あんた、最後に『地下帝国』を読んだのはいつだ？」

「えーと……、小学生の時だから十年以上前ですね」

博人は大田原樂作品の全てを未読だったが咄嗟に嘘を吐いた。

「やっぱりそうか、あんたもそうか」

しかし店主は博人の言葉に納得したようにうなずいた。

「『地下帝国』を子供騙しという奴《やつ》は、みんな幼少の頃に大田原の本を読み、それきりになっているのが殆どだ。だけど今、あんたは大人だ。表も裏も知った、酸《す》いも甘いも味わった、中也《ちゅうや》的に言うところの汚れっちまった悲しみの大人だ。その大人の目と脳髄をもって改めて『地下帝国』を読んでみれば、そこには子供の時とは全く違う世界が広がっていることに気づくだろう」

「……どう、違うんです？」

博人は眉根を寄せた。

「答えはとても単純だ。だが単純過ぎて逆に複雑に見えるから気づかないだけだ。それが一体何かはあんた自身で見つけたらいい。まだ銀鶏社文庫の『地下帝国』が一冊だけ残っていたはずだ。ついでに買ってくかい？」

店主は首を伸ばして文庫本コーナーの書棚を見た。

「いえ、今日は持ち合わせがないので、次来た時に考えます」

博人は店主の老練な甘誘に舌を巻きながら、やんわりと辞退した。

「そうかい、じゃあ仕方がないが、その『無限軌道の夢』も中々の逸品だから気を引き締めて読んだ方がいい。特に最後の、第五話の短編が素晴らしかった。ちょっとだけ種明かしをするとその最終話、大田原が死の直前まで執筆していた小説で、三分の二ほど仕上がったところで一服しようと風呂に入り、そのまま脳溢血で急死してしまったため未完となった作品なんだ。ところが編者の弟子の一人が一読してえらく気に入り、敢《あ》えて未完のまま収録したという曰《いわ》くつきの作品でね。題名が、……えーと、なんだったかな……くそ、度忘れした。どうも最近物忘れが酷くていかん。とにかく最後の第五話は良くも悪くも大田原樂の全てが詰まっているから、ある意味彼の本を一冊も読んだことのない者にこそお薦めの一冊と言えるかもしれん」

店主は腕組みをしたまま、また納得したようにうなずいた。

「でも、御主人みたいな本読みのプロにそこまで絶賛されるなんて、大田原樂も著者冥利に尽きますね」

博人はさり気なく言ったつもりだったが、声が露骨に上擦るのが自分でも分かった。しかし途中でやめる訳にはいかず、そのまま猿芝居を続けた。

「そこまで『地下帝国』がお好きなら、同じ位町のトンネルもお好きなんじゃないですか？　あの黄泉の国のモデルになった、えーと、虻狗？　……隧道とかいうトンネル」

「あっ、そうか」

不意に店主が何かに気づいたような顔をした。

「あんた、余所から来た人だったな。忘れてた。奥さんが地元の人だっけ？」

「そ、そうです。僕は元々大宮の人間なので……」

博人はそう言って口ごもった。美佐の近況を訊かれたらどうしようかと焦ったが、店主はそれ以上詮索することはなく「なるほど、そうか、勘違いしてた」と呟きながらレジの奥にある椅子に腰を下ろした。

「聞いた話だと、今現在トンネルがどうなっているのか把握している人は誰もいないようですね。地元の警察も含めて」

博人は、さも興味なさげに言った。

「うーん、それは一概には言えないね。あのトンネルをどう認識するかによって下される判断も変わってくる。長い時の流れの中であのトンネルはある意味、あくまである意味だが完全な聖域、完璧なサンクチュアリとして完成してしまったんだ」

店主は赤い蝶ネクタイを左右の指でつまみ、微妙なズレを修正した。トンネルを『聖域』とする言い回しが昨日の巡査長とほぼ同じだった。そして二人とも暗記した台詞のように淀《よど》みなく述べたことから、トンネルを表現する際の獅伝町特有の常套句、あるいは大田原樂の小説・随筆などからの引用ではないかと思われた。

「今、トンネルに入ることは可能なんですか？」博人は思い切って訊いた。語尾が微かに震えた。

「たとえば僕みたいなよそ者でも」

「………」

店主は答えなかった。無言で博人の顔に視線を据え、ぼんやりと見つめた。店主の目には淡い光が浮かんでいた。それは罪人を憐《あわ》れむような、あるいは病人を労《いたわ》るような妙に澄みきった光だった。

「知り合いに井波清三《いなみせいぞう》という男がいる」店主が、息をつくように言った。「美倉柳《みくらやなぎ》のバス停近くにある『彩雲《さいうん》』という蕎麦《そば》屋の主人だ。鐘文堂から聞いたと言えば、あんたの知りたいことを教えてくれるかもしれない」

店主はワイシャツの胸ポケットから革のカードケースを取り出した。中から名刺を引き抜きカルトンの上に置くと、お釣りを渡すようにこちらへ押しやった。

「ありがとうございます」

博人は一礼し、名刺を取った。特厚のボード紙でできた灰色の名刺には黒字で『鐘文堂　衣笠栄之助《きぬがさえいのすけ》』とだけあり、住所や電話番号は印刷されていなかった。

「あんたに忠告することが二つある。一つは真実についてだ。この世は全て認識で成り立っている。つまり認識が変われば同時に真実も変わるということだ。もう一つは職業についてだ。あんたの演技は死ぬほど下手だから役者だけはやめた方がいい」

店主は本気とも冗談ともつかぬ口調で言うと、口元をわずかに緩めた。

2

日曜日の朝ということもあり、虻狗隧道行きのバスは空《す》いていた。

乗客は博人の他に行商人とみられる老婆一人だけだった。運転席の真後ろに座り、通路に大きな風呂敷包みを置いた七十前後の痩せた女は、眼前の運転士としきりに話をしていた。二人は顔馴染みらしく老婆が身を乗り出して何か言う度、ハンドルを握る運転士は声を上げげて笑った。

博人は最後列の左の窓際に座っていた。

虻狗隧道が瑚色山《こしきやま》の麓にあることから、黒いアノラックにジーンズ姿で茶色いワークブーツを履いていた。膝の上にはオレンジ色のリュックサックと黒いニット帽を載せていた。リュックの中にはミネラルウォーター、チョコレート、二枚のフェイスタオルの他、『おろろんフード』でバラシ作業時に使用していたムグリ刀と、昨日鍾文堂書店で購入した大田原樂の文庫本を入れていた。ムグリ刀は護身用だった。無人の山麓にある不気味なトンネルに、丸腰でいくほどの度胸は持ち合わせていなかった。文庫本は特に必要とするものではなかったが、トンネルに行く前日に買った初の大田原作品ということもあり、ちょっとした御守り代わりの感覚で荷物に入れていた。

博人は老婆と運転士の訛《なまり》の強い会話を聞くともなしに聞きながら、窓外の風景を眺めていた。自宅近くの停留所を出発した中型バスは、ショッピングセンターやファミレスなどが点在する国道を駅に向かって進んでいた。

博人が地元の路線バスに乗ったのは獅伝町に越して以来初めてだった。新婚当初から買い物や遠出の際は美佐の実家の車を自由に使うことができ、利用する必要が無かったからだ。

しかしそれも「娘」の美佐がいればの話だった。車を借りる際は彼女が電話で親の了承を得、然る後に博人が実家に出向くのが常だった。そのため、もし博人が直接電話をして車の借用を請えば「美佐はどうした？」と訊かれるのが当然であり、美佐が電話をしない、あるいはできない理由を述べなければならなかった。博人は必死で狡知《こうち》を巡らせたが、今の状況にぴたりと当て嵌《は》まるうまい言い訳は浮かばなかった。焦った博人がさらに意識を集中させると、代わりに二カ月ほど会っていない美佐の両親の姿がぼんやりと浮かんだ。

二人とも温厚で愛想が良く、決して嫌いではなかったが、それは同時にどうしても好きになることができないという意味でもあった。

彼らとの関係はうわべでは良好だった。不快な思いをしたことはなく、実家を訪ねるといつも快く迎えてくれたが、彼らの満面の笑みを見るたびに博人は苛立ちを覚えた。それは完全に弛緩した顔だった。油断しきった、無知で無防備な笑顔だった。人によっては純朴なお年寄りに見えるのだろうが、博人には人を疑うことを忘れてしまった『退化』した老人に見えた。弛緩は彼らの思考にも影響を及ぼし、博人に対する妙な誤解となって顕在化していた。

彼らにとって内野博人とは東京（X県では南関東全域をこう総称している）から来た、『おろろん』で働く好青年という初対面の印象が全てだった。その誤解は結婚後一度も揺るがず、あの真面目な娘婿が不義理を犯すなどあり得ないと頭から決めつけていた。老いの一徹とはよく言ったもので、純朴であるが故の思い込みはもはや盲信の域にまで達していた。その結果「旦那の愛に癒されて昌樹の死を受け入れることができた」という親を気遣っての美佐の嘘を彼らは鵜呑《うの》みにし、「やっぱり博人は好青年だ」と安堵するという皮肉な効能を生んでいた。

彼らの博人に対する盲信はそのまま現在の美佐に対する楽観論、つまり「軽度の鬱病であり夫婦愛によってすぐに治る」という誤認を生じさせる原因となっていた。

（いっそのこと全て話してしまおうか）

出発する前の晩、博人は唐突に思った。考えあぐねた末の、ヤケクソ的な発想だった。へたに言い訳などせず、昌樹を失った衝撃で美佐が病んでしまった経緯を簡潔に説明し、「これから美佐を連れ戻しにいく」と直訴すれば車など容易に借りられそうな気がした。しかし再び彼らの弛緩した顔を思い浮かべた途端、博人は戦意を喪失した。あの疑うことを知らぬ『退化』した老人にとって「思いあまった美佐が家出してトンネルに行った」という現状は「助けた亀に連れられて竜宮城に行った」という御伽話《おとぎ》も同然であり、一度や二度の説明では信じる訳がなかった。

仕方がない、バスで行こう……と博人は思った。

3

バスは国道を三キロほど進むと、南北に走る県道との交差点に出た。スカイブルーの車体はゆっくりと右折し、左右に街路樹が連なる路を駅に向かって進んだ。走行する車の数は少なく、一つだけ過ぎた停留所も無人で運転士はそのまま素通りした。

やがて前方に大きな黄色いアーチが見えてきた。それは駅前商店街の北側の入口で「ようこそ獅伝町へ」という横書きされた赤い文字が視認できたが、その辺りから車の渋滞が起きておりバスは徐行に移った後百メートルほど進んで停車した。

「事故じゃねぇすけ？」

運転席の真後ろに座る老婆が叫び、窓を開けて顔を出した。ハンドルを握る運転士も小さくうなずきながら「工事なんかやってねぇから多分そうすら」と面倒臭そうに答えた。

博人は車内の路線図に目を向けた。

記された停留所名は右から、

「地米駅《じまい》」
「登呂手《とろて》」
「胸倉」
「獅伝駅前」
「美倉柳」
「伝滋屋敷《でんじやしき》」
「虻狗隧道入口」

の七つだった。

始発の「地米駅」は隣接する町の駅名で、博人が乗った停留所は獅伝町北西にある「登呂手」だった。バスはこれから駅前商店街を抜けて駅のロータリーにある「獅伝駅前」を経由し、そこから瑚色山の裾野が広がる町の南東方面へと向かっていく。

「全く困ったもんすら、イライラしてジバクれっちまう」

老婆は土地の方言でなじるように言い、半開きの窓を掌《てのひら》で叩いた。

「まあ仕方ねぇすら、気長に待つしかねぇけ」

運転士はルームミラーで老婆を見、口元を緩めた。

博人はもう一度路線図に目を向けると、五つ目の停留所である美倉柳を確認した。

電話帳に記載された『そば処　彩雲』という活字が脳裏を過った。電話に出た若い女の店員は「バス停から徒歩二分です」「火《ひ》の見櫓《みやぐら》が目印です」と明るい声で言った。

「あ、動きだしたら」

前方から老婆の声が聞こえた。すぐに足元からくぐもったエンジン音が聞こえ、バスが牛車の如き速さで再び徐行を始めたのが分かった。渋滞の列が僅かずつではあるが前進しているようだった。

「遅いけど、動かんよりはましすら」

老婆が安堵したように言った。

「婆ちゃん、こんなこっていちいちジバクれる言うとっせは、まさに年取った証拠すら」

運転士がからかうように言った。

「いやいや違らっせ、車のノロノロだけが昔から気に入らんせ、ジバクれんのはこん時だけすら」

老婆がむきになって反論した。

博人は目を開けると体を起こし、フロントガラスに目を向けた。そして長い車列の彼方に見える商店街の黄色いアーチを見つめながら「ジバクれる」とはどんな意味だったかと思い、獅伝町に越してからの四年半の記憶をゆっくりと辿《たど》った。

渋滞は二十分ほどで解消した。

車列は堰《せ》き止められた水が放たれるようにどんどん進み、やがて通常の状態に回復した。博人の乗った路線バスもそのまま駅前商店街に入った。

渋滞の原因は事故ではなかった。確かに南北に二キロほど延びる路のあちこちには警察官の姿が見られ、六か所ある交差点にはパトカーやパトランプを付けたワゴン車が停車していた。しかし救急車やレッカー車の類はなく、救急隊員の姿も一切見られなかった。

（検問だったか……）

窓外を見つめながら博人は胸中で呟いた。そして獅伝町で検問が敷かれるのは、町内にモグラが侵入して悪事を働いた時に限られていた。

「なんだ、事故でなくてモグラが出たらっか」

老婆も気づいたらしく、傍らの窓に額を押し付けて警官たちを眺めていた。

不意に博人は現場検証であった辻という巡査長を思い出した。これだけの大規模な検問なら必ず動員されているはずだった。博人は背凭れから体を離すと、老婆のように窓に額を押し付けて辺りに視線を走らせた。しかし沿道に並ぶ商店や歩道上に人影はまばらで、あの邪悪な姿を見つけることはできなかった。

商店街をゆっくりと進んだバスは、同じく黄色いアーチが立つ南側の入口から国道に出て左折し、駅へと向かった。

「次は獅伝駅前、次は獅伝駅前。お降りの方はお手元のボタンを押してください」

車内に、録音された無機質な声が流れた。老婆がすぐに降車ボタンを押し、ピンポンという高い音が響いた。バスは滑るように駅のロータリーに入り、四つある停留所の一番奥で停車した。老婆は高齢とは思えぬ俊敏な動きで座席を立つと、通路に置いた大きな風呂敷包みを軽々と背負い「お世話様らす」と言いながら運賃箱に数枚の硬貨を入れてバスから降りていった。

4

「獅伝駅前」を出発したバスはロータリーを出、国道を東に向かって走った。

やがて交差点にくると交差する県道を右折し、今度は南に向かって走った。この辺りから住宅はまばらになり、すぐに大小様々な耕地が左右一面に広がった。耕地の奥には疎林があり、その背後には丘陵があった。クジラの背中のように緩やかに起伏する丘陵の木々は一様に黄ばみ、所々に紅葉している部分も見られた。一直線に延びる二車線の路の先には標高六百七十五メートルの瑚色山が見えた。その茶碗《ちゃわん》を逆さにしたような黒い山影は立ち込める朝霧で薄らと霞《かす》んで見えた。

そのままさらに五分ほど経過した時、不意に「次は美倉柳、次は美倉柳」という車内アナウンスが流れた。

ぼんやりと窓外を眺めていた博人は弾かれたように起き上がり、慌てて傍らの降車ボタンを押した。

バスは減速してゆっくりと路肩に寄り、県道の途中にぽつりと立つ停留所の前で停車した。博人はリュックを背負い、ニット帽を被《かぶ》ると足早に歩いていき、運転席の左側にある料金箱に小銭を入れた。運転士は前を向いたまま「ありがとうございました」と標準語で言い、一礼した。

バスを降りた博人はすぐに周囲を見渡した。

県道の左右には耕地が広がり、ビニールハウスが連なっていた。耕地の背後には雑木林が広がり、一目で農家と分かる大きな家が点在していた。

周囲を見回した博人は、すぐにお目当てのランドマークを発見した。

路の右側を農業用水の小川が流れており、二十メートルほど先にコンクリートの小さな橋が架けられていた。橋の先には砂利道が続き、道沿いに四角い平屋建てがあった。その傍らに、高さ十五メートルほどの古びた鉄塔が杉の老木のように聳《そび》えているのが見えた。

「徒歩二分は伊達《だて》じゃない」

博人は呟き、歩き出した。

戦前に建てられた赤錆《あかさび》だらけの火の見櫓の向かいに『そば処　彩雲』はあった。木造二階建ての町家風の民家で、一階部分が店舗になっていた。いかにも通が好みそうなこぢんまりとした店構えをしており、戸口に掲げられた藍染めの暖簾《のれん》が妙に色鮮やかに見えた。

博人はガラスの嵌まった格子戸を開けた。

右手に七席のカウンター、左手に四人掛けのテーブルが二つあり、奥には四畳半ほどの小上がりが見えた。客はカウンターの端に一人いるだけで、店内は閑散としていた。博人はリュックを下ろすと、入口から一番近いカウンターの右端に座った。

「いらっしゃいませ」

明るい声がして店員が出てきた。割烹着《かっぽうぎ》を着た、二十歳《はたち》前後の若い女だった。すぐに電話で聞いた声だと分かった。博人は壁の品書きに視線を走らせ、月見そばを注文した。

「月見一丁」若い女は厨房《ちゅうぼう》に向かって叫び、氷水の入ったコップを眼前に置いた。

「あの……」

博人は声を掛け、鍾文堂の店主から貰った灰色の名刺を差し出した。若い女は怪訝そうな顔で受け取った。

「こちらに井波清三さんはいらっしゃいますか？」

「俺だ」

不意に声がした。博人は反射的に顔を向けた。カウンターの左端に座っていた客がこちらを見ていた。六十歳前後の、ベレー帽を被った男だった。若い女が歩いていき、灰色の名刺を手渡した。男は印刷された名前を一瞥し、「なるほど」と呟くと、またこちらを向いた。

「トンネルのことか？」

男はぶっきらぼうに言った。博人は面喰らい、咄嗟に返事ができなかった。慌てて立ち上がり、大きく二回うなずくと「そうです」と答えた。

「最近耳が遠くてな。とりあえず近くに来い」男は手元の徳利を取り、お猪口《ちょこ》になみなみと酒を注いだ。

井波の右隣の席に移動した博人は、美佐が出奔するまでの経緯と、出奔した後の騒動を手短に説明した。そして検視に立ち会った警官に『妻は戻ってくるか』と尋ねたところ『二度と地上には戻ってこない』と断言されたことで、トンネルに入る決心をしたと心情を吐露した。

黙って聞いていた井波は「そうか」と呟くと、お猪口に残っていた酒をぐいっと呑み干した。

「俺は去年の夏に蕎麦屋を引退した。持病の腰痛が悪化してまともに蕎麦を打てなくなったからだ。店は息子夫婦に任せっきり。俺は名誉店主に就任して毎日昼間っから呑んだくれている。よく人間万事塞翁が馬というが、まさにその通りだ。あれほど忌々しかった古傷が、好きな時に好きなだけ酒が呑める夢のような引退生活のきっかけになったんだからな」

井波は体をずらしてこちらに背を向けると、着ているセーターをみぞおちの辺りまで捲り上げた。

「！」

博人は絶句した。右の脇腹から腰の中央にかけて、熱傷の跡と思われる赤味を帯びたミミズ腫れ状の瘢痕《はんこん》が広がっていた。

「昭和二十年八月十四日、終戦の一日前に負った傷だ。至近距離で手榴弾《しゅりゅうだん》が炸裂《さくれつ》し、鉄の破片が骨盤に喰い込んだ」

井波はセーターを下ろし、前を向いた。

「場所は瑚色山の山腹で、トンネルから退避する際、敵の反撃にあった」

「敵？」博人は思わず叫んだ。「モ、モグラにやられたんですか？」

「そうだ。モグラだ」

井波は酒を注ごうとして徳利が空なのに気づき、舌打ちした。顔を上げて厨房を覗き込み、手を二回打ち鳴らした。すぐに「ハーイ」と元気な返事が返ってきた。

「あの戦争がモグラを変えた。あの戦争がモグラの世界を破壊して天と地をひっくり返した。

……確かに以前から噂《うわさ》はあった。

トンネルにやばい奴らが逃げ込んでいることは地元の人間も感づいていた。特に大田原樂の『地下帝国』がベストセラーになってから噂が口コミで拡散し、全国各地から色んな奴がやって来た。一番多いのは御尋ね者だ。指名手配中の犯罪者が夜陰に乗じて山を登り、隧道内に侵入した。他にも訳ありのヤクザや警官、借金まみれの社長、駆け落ちした男女に失恋した学生、頭のイカレた地質学者に熱狂的な『地下帝国』ファン、勿論流れ者やルンペンなんかも数えきれないほどいた。そういった、社会生活から脱線した者たちが何かに導かれるようにして隧道の中に消えていった。でも、町の者は見て見ぬふりをした。なぜか？　それが地元の警察のやり方だったからだ。なぜ警察はそうしたか？　理由は明快。明治時代にX県警が掲げた鉄則『馬耳東風』が署内で連綿と受け継がれてきたからだ。何百人隧道に入ろうが、何百人行方不明になろうが、春の風の如く受け流して適当に処理し、さりげなく隠蔽した。

しかし、あの戦争が始まって事情が変わった。特に真珠湾《しんじゆわん》攻撃以降、兵員不足が常態化して根こそぎ動員が行われるようになり、兵役忌避者が急増した。あの、厳戒態勢が敷かれた戦時中の日本において万死に値する大罪を犯した彼らを無条件で受け入れてくれるのは虻狗隧道以外なかった。兵役逃れがトンネルに隠れているぞという噂は瞬く間に広がり、やがて町役場の兵事係吏員の耳に入った。動員マシーンの彼らに警察の屁理《へり》屈《くつ》は一切通用しない。それまで隠蔽されてきた〝因習〟が一気に表面化し、地元の連隊を巻き込む大問題へと発展した。X県警の幹部と連隊の上層部は大慌てで緊急協議を開き、合同の捜索隊をトンネル内へ派遣することで一致、わずか二日後には連隊内より選抜された歩兵一個小隊に、武装警察官五十名を加えた『虻狗隧道大捜索隊』が結成され、瑚色山に向かい出発した」

「お待ちどおさま」

不意に声がし、井波の手元に素焼の一合徳利が置かれた。若い女は空の徳利をさげると博人に向かって「ごゆっくり」と言い、去っていった。

「……その、大捜索隊が出発したのが八月十四日だったんですね？」

博人が遠慮がちに言った。

「そうだ」

井波は待ち兼ねたように徳利を摑むと、お猪口になみなみと酒を注いで美味《うま》そうに啜《すす》った。

「そして俺は、捜索隊の道案内役として先頭集団に加わっていた」

「いくつの時ですか？」博人が眉をひそめた。

「小学六年生の時だ。身長が四尺半しかない、一人前の立派なガキだった」

井波は酔いも手伝ってかおどけたように言ったが、博人は笑うことができず目を逸らした。

「お前の言いたいことは分かる。でもな、それが戦争なんだ。それがいわゆる総力戦というものなんだ。全員が弾であり兵器だったのさ」

井波はタン、と音を立ててお猪口をカウンターに置いた。

「もとい。捜索隊が瑚色山の麓に集合したのは〇六〇〇《マルロクマルマル》ちょうどだった。炊事係による炊き出しがあって、出がけに朝食が配られた。俺は塩にぎりを二つ喰った。久しぶりに口にした白米はめまいがするほど美味く、やっぱりあるところにはあるもんだと感心した。食事が終わると髭を生やした大尉が短い訓示を垂れ、なぜかみんなで万歳三唱して出発した。小隊長を先頭に一列縦隊で登山道を登っていった。俺は小隊長のすぐ後ろについて質問に答えた。

蚯狗隧道の入口まで約一時間掛かった。初めはみんな余裕だった。モグラがいかに間抜けでノロマかを大袈裟に表現してはゲラゲラと笑っていた。そりゃそうだ。明治時代にシカトを決め込んで以来、半世紀以上に亘《わた》って誰一人モグラに会ってないんだから。俺も子供心にそう思っていて、周りの兵隊と一緒に笑っていた。

隧道入口に到着した時、辺りに小雨が降っていたのを覚えている。斥候に出た伍長《ごちょう》と二等兵がすぐに戻ってきて『隧道内が瓦礫《がれき》で封鎖されている』と小隊長に報告した。その辺りから状況が一変した。『ケモノ道に複数の足跡がある』『岩陰で拳銃の薬莢を発見した』『遠くの峰に索敵用の小屋が見える』と嫌な情報が続々ともたらされた。小隊長はベテランの兵曹と話し合い、一時退却を決断、我々は来た道を引き返した。

最初に狙われたのは武装警官だった。手製の爆薬のようなものを斜面上から投擲《とうてき》され、半数以上が爆死した。最後尾にいた俺のところまで小石が飛んできたから、かなり強力な爆薬だった。それを合図に一斉射撃が始まった。四方八方、あらゆるところから弾が飛んできた。俺は地面に伏せた。兵隊もみんな伏せてジッとしていた。そのうちどこかから味方の銃声が上がり始め『散開しろ』『散開して物陰に隠れろ』『発火点を確認しろ』と具体的な指示が飛んだ。俺は兵隊の中にまぎれて近くの杉林に逃げ込み、大きな窪《くぼ》みに入った。兵隊は五人いた。一人が軍曹であとは二等兵だった。軍曹は手帳を破って何かをメモし、俺に手渡した。そして『東側の沢に向かい、川沿いに山を下れば麓に郵便局があるから局員にそれを渡せ』と命じた。その軍曹の右耳は銃弾に切り裂かれ耳たぶしか残っていなかったが本人は気づいていないようだった。俺はハイとだけ答えると、窪みから飛び出して沢に向かった。地元の山だから地形には詳しかった。

沢に近づいた時、別の兵隊の集団と出会った。全部で八人いた。伍長が指揮を執っていて『どこへいく』と誰何《すいか》されたから事情を説明してメモを見せると、沢まで一緒に下りてくれることになった。俺は助かったと喜んだが、河原に下りる寸前で先頭の二等兵が地雷を踏んだ。耳をつんざく爆音と共に体が跳ね上がり、頭から地面に落ちた。右足が吹き飛ばされ、ちぎれた膝の下から白い骨がニュッと突き出ているのを見て俺は塩にぎりを吐いた。

結論から言うとそこは地雷原だった。山を下りる奴が川沿いに進むことを想定して一面に設置されていた。軍曹は動くなと言ったが、部下の上等兵が狙い撃ちにされると訴えた。そのうちどこかから銃声が聞こえてきて軍曹が『各自の判断で退避』と叫んだ。俺は怖くて泣きながら一歩一歩その場を離れた。百メートルほどの距離を移動するのに五分以上かかった。その間背後で五回爆発があり、悲鳴やうめき声が上がったが恐ろしくて振り向けなかった。

地雷原を抜けた俺は、預かったメモを失くしたことに気づいた。内容は知らないが、あれがなければ救助が呼べないと思いパニックに陥った。俺は咄嗟に走り出し、来た道を戻った。とにかくあの軍曹に会って事情を説明し、もう一度メモを書いてもらうつもりだった。汗だくになって斜面を登り、やっと杉林にある大きな窪みに辿りついた。

　五人の兵隊はそこにいたが、四人はすでに死んでいた。全員後ろ手に両手を縛られ、首を切断されていた。切断された首は頭上の枝に紐でぶら下げられ、額に『ヒヨコ滅殺』と記された紙が釘《くぎ》で打ち込まれていた。それは、モズが捕えた獲物を枝に突き刺す行為に似ていた。俺は四人の顔を見て回り全員二等兵であることに気づいた。慌てて辺りを見回したが軍曹の姿はなかった。俺は窪みから出て杉林の奥に向かった。二十メートルほど進んだ時、前方の平べったい岩場に人影を発見した。近づいてみるとそれは仰《あお》向《む》けになった軍曹だった。手足を根元から切断された上、左右の眼球をえぐり取られていた。額に打ち込まれた紙には『ヒヨコ蹂躙《じゆうりん》』と記されていた。俺が声を掛けると軍曹はまだ意識があり『水が飲みたい』と小声で言った。俺は二等兵の水筒が何個か転がっていたことを思い出した。『持ってきます』と言って、駆け足で岩場を離れた。

　元の場所に戻り窪みに駆け寄ると、そこにモグラがいた。三匹一組で、構えていた自動拳銃を一斉にこちらに向けた。俺は驚いたが、咄嗟に背筋を伸ばして敬礼した。モグラといえど兵隊は兵隊だから、そうすれば殺されないような気がした。俺の突飛な行動を見たモグラは笑い出した。防毒面越しにクックックと低い声を上げると、真ん中の指揮官らしい奴が手をヒラヒラさせて『あっちに行け』という仕草をした。俺は助かったと思い、岩場とは逆の方向にある沢に向かって走り出した。その途端笑いが止み、金具を外す音が聞こえた。ハッとして振り向くと、右のモグラが手榴弾を投げるのが見えた。それは俺の背中に当たって下に落ちた。黒くて丸い鉄の塊が足元に転がった。俺は悲鳴を上げ、横に飛びのいて地面に突っ伏した。爆発するまで二秒位の間があった。その時頭に浮かんだのは、家族の顔ではなく二個の塩むすびだった」

井波はそこで言葉を切ると、小さく息を吐いた。

「俺が覚えているのはそこまでだ。気がつくと病院のベッドに寝ていた。傍らには目を真っ赤にした母親がいて、俺の意識が戻ったことに気づくと大声を上げて先生を呼びにいった。その時点ですでに事件発生から三日が過ぎており戦争も二日前に終わっていたが、そういった細かいことを理解できるまでにそこから四日を要し、さらに腰の傷が癒えてまともに歩けるようになるまでに約十カ月を要した」

そこで井波は何かに気づいたような顔をし、覗き込むようにしてこちらを見た。

「おい、大丈夫か？　顔色が悪いぞ」

「だ……」大丈夫ですと博人は言おうとした。しかしその瞬間めまいがして目の前が暗くなった。博人は倒れまいとして咄嗟に手を伸ばし傍らにあるものを摑んだが、それは一瞬で手の中から消え、足元に落下した。何かが割れる音が響き、「大丈夫か」という井波の叫び声がしたが、それらは地平線の彼方で鳴る雷のようにやけに遠く聞こえた。

5

「貧血？」

傍らの座布団に座った井波が繰り返した。

「はい。緊張した状態が続くと、クラっとめまいがして気を失うんです。小学生の時よくあって朝礼中、何回か倒れました。二十歳越えてから無くなりましたが、戦時中の生々しい体験談を聞いているうちに久しぶりにクラっときまして、……面目ないです」

博人は照れたような笑みを浮かべると畳の上に体を起こし、座卓に肘を突いた。店の奥にある小上がりは遠くから見るよりもずっと広く、畳八畳もあった。掃除も行き届いており、古びてはいたが清潔だった。博人は若い女が持ってきてくれたコップを取ると、よく冷えた氷水を口に含んだ。

「……モグラの叛乱《はんらん》を、軍部は把握していたのでしょうか？」

博人は思い出したように言った。

「していない」井波は即答した。

「あの日帝都はいわゆる玉音盤の争奪戦で大混乱状態に陥っていたし、翌日には無条件降伏して大日本帝国自体が消滅した。決して大袈裟《おおげさ》ではなく大和民族が存亡の危機を迎えている最中、穴倉に住むモグラの心配をする者などいない」

「叛乱はその後もあったんですか？」

「ない。一度きりだ。そして外部にも漏れなかった。連隊の関係者とX県警察が全てをうやむやに処理して闇に葬った。さらに終戦直後の日本を仕切っていたＧＨＱに対する恐怖もあった。奴らは占領軍の正当性をアピールするため人権擁護を声高に叫んでいたから、その対象にモグラが選ばれたら大変と住民は自らに緘口令《かんこうれい》を科し、よそ者に口外しないよう細心の注意を払った。同時に国の形態も大きく変わった。戦後のどさくさを乗り越えて本土復興計画が活発化していったが、それは二度の特需を経て奇跡的な高度経済成長に発展し、過去の余燼《よじん》を次々と踏み消していった」

「……そして今現在、あのトンネルの中がどうなっているかを把握している者は地上にはいない」

　博人は呟き、コップを机上に置いた。

「あんた、やっぱり行くのか？」

　井波が座布団の上に座り直した。

「いきます」博人は即答した。

「そうか」井波は座卓に肘を突いた。

「鍾文堂の紹介で、これまでに三人の男が俺を訪ねてきた。全員がトンネルに行くと言い、俺の話を聴いた後、その足で瑚色山に向かった。当然帰ってきたものは一人もいない」

「じゃあ僕で四人目ですね」博人が自嘲気味の笑みを浮かべた。

「四人を比べてみると、みんなバラバラだ。年齢も職業も見た目も全然違うし、トンネルに向かう理由もあんたみたいなシリアスなものから、拍子抜けするようなくだらないものまである。でもな、たった一つだけ共通点がある」

「……何ですか？」博人は眉根を寄せた。

「それは孤独が似合っているということだ。断っておくがこれは皮肉ではない。冗談でも嘘でもない。純粋な意味でそうだということだ。表現を変えると、一人でいることが板についているというか、一人だからこそ満ち足りているように見える。たとえるなら、単座の戦闘機に一名の搭乗員が乗り込んで颯爽《さっそう》と飛び立っていくような感じだ。操縦席が一つなのに二名が無理矢理乗り込むのはおかしいだろ？　そしてなによりも、孤独が似合う人間こそがトンネルに好かれる」

「トンネルに好かれる？」博人は思わず繰り返した。

「そうだ。トンネルに歓迎されると言い換えてもいい。なぜだか分かるか？　あんたらもトンネルが好きだからだ。つまり一言で言うと」井波は博人の顔を見据えた。

「相思相愛」

「はぁ」

博人は曖昧に答え、頬を指で掻いた。何が言いたいのかさっぱり理解できなかったが、褒められていることだけは分かった。

「さて、いつまでも引き留めている訳にもいかん」井波は腕時計に目を遣《や》った。

「ここから瑚色山までどうやって行くんだ？」

「バスで行きます」博人は当たり前のように言った。「二つ先の停留所なんで」

「いや、それはいかん。貧血で倒れたばっかりだから大事を取った方がいい。そうだ、孫に車で送らせよう」

「孫？」博人は目を剝《む》いた。この男は突然何を言い出すんだろうと思った。

井波は厨房に向かって手を二回打ち叩いた。すぐに「ハーイ」と元気な返事がして若い女がやってきた。

「雪薇《ゆきら》、この人を虻狗隧道まで送ってあげなさい」

井波の口調が急に改まった。雪薇とよばれた若い女は博人に目を向けると、今度は真面目な顔で「ハーイ」と答えた。

6

『そば処　彩雲』の前にはエンジンの掛かった赤い4ドアの軽自動車が停まっていた。

「本当に色々とありがとうございました」

博人は振り返ると、井波に改めて一礼した。

「なに、どうということはない」

暖簾の前に立つ井波はぶっきらぼうに言った。

博人は助手席のドアを開け、座席に乗り込むとリュックを膝の上に載せた。

「じゃ、出発します」

運転席に座る雪薇がこちらを一瞥した。

「よろしく」

シートベルトを締めながら博人は笑みを浮かべた。雪薇は井波の長男夫婦の次女で、先月二十歳になったばかりだった。二年前に地元の県立高校を卒業し、美容系の専門学校に入学したが一年で中退、今は店の手伝いをしながら司法書士の勉強をしていた。

雪薇は軽くクラクションを鳴らしてアクセルを踏んだ。軽自動車がゆっくりと砂利道を進んだ。

「『虻狗隧道入口』でいいんですよね？」

雪薇が念を押すように言った。

「うん、大丈夫」

博人は前を向いたままうなずいた。雪薇はアクセルを踏み込み、車の速度を上げた。車体の下で砂利が跳ね、バラバラと派手な音を立てた。間近で見ると雪薇は愛らしい顔立ちをしていた。二重の目は瞳が大きく、肌が透き通るように白かった。ショート・ボブの髪型も卵型の顔に良く合っていた。今年の夏から教習所に通い、先月免許を交付されたばかりだと井波は言っていたが、ハンドルを握る姿は様になっていた。

「ところで内野さんて、お祖父《じい》ちゃんとどういう関係なんですか?」

雪薇がこちらを一瞥した。声に、わずかだが素性を怪しむような響きが含まれていた。

博人は咄嗟に「お祖父ちゃんというより鍾文堂の御主人の友達なんだ」と嘘を吐いた。そして自分は作家志望であると同時に日本の近代文学も研究しており、『地下帝国』のモデルになったトンネルがあるという理由で大宮から獅伝町に引っ越してきたと即興でプロフィールをでっち上げた。

「だから鍾文堂の御主人、というか衣笠さんが僕の師匠みたいなもので、よくお邪魔しては色々と教えて貰《もら》っているのさ。今日の隧道見学も、大田原が『地下帝国』シリーズに込めた本当の意味を再考するためなんだ」

「なんか素敵ですねぇ」雪薇が息を吐くように言った。「文学を志し、文学のために生きるって」

「ちなみに、雪薇ちゃんは大田原樂をどう思う?」

「そうですね。乱暴なジジイだと思います」

　雪薇はハンドルを握ったまま顔をしかめた。ダイレクト過ぎる回答に博人は吹き出した。

「なんでそう言い切れるの？　まるで本人を目撃したみたいだ」

「目撃はしてないですけど、目撃した人から直接聞いたんで確かな情報です」

「誰よそれ？」博人は思わず右を向き、雪薇を見た。

「死んだ曽祖母《ひいばあ》ちゃんです」雪薇もチラッとこちらを見て答えた。

「曽祖母ちゃんて、井波さんのお母さんってこと？」

　博人は目を見開いた。

「大田原は自分を流行作家にしてくれたこの町のトンネルが大好きで、月に一度、多い時になると週末ごとにやって来て宿泊したそうです」

「そうだったんだ……」

　博人は唐突に感動を覚えた。この寂れた土地をあの大田原が闊歩《かっぽ》していたのかと思うと、遠い幻影でしかなかった『大正』が急に実体を持って肉薄してきたような気分になった。

「編集者を引き連れた大田原樂御一行様が到着すると、当時一番立派な建物だった禅寺の本堂に通されて、そこに町のお偉いさんも集まって宴会になるのがいつものパターンだったそうです」

曽祖母から繰り返し聞かされたらしく、雪薇は淀みない口調で言った。それはこの手の作家を飯のタネとする文筆家が涙を流して喜ぶような希少エピソードのオンパレードだった。

雪薇の話をまとめると作家・大田原樂は虻狗隧道を愛していた。

しかしその愛し方が異様だった。愛おしい狂おしいというレベルを超え、完全に自分のもの、己が所有物として認識していた。当時大田原は莫大な印税収入で放蕩生活を送り持家が三軒あったが、神楽坂の豪邸を「本宅」、日暮里《にっぽり》の洋館を「妾宅《しょうたく》」、上野の二階建てを「隠宅」と呼び、さらにX県小仲代郡にある虻狗隧道を「閑宅」と呼んで「俺の家は四軒ある」と嘯《うそぶ》いていた。大田原は他にも「私帝国」や「大田原城」と称して悦に入っていたが、その主義主張は極めて強く、トンネルの私物化について少しでもケチを付けられると瞬時に激高して相手の胸倉を摑み、気が済むまで怒鳴りつけるという狼藉《ろうぜき》を繰り返した。その攻撃対象に例外は無く、弟子や編集者は元より家人や愛人に対しても一切容赦せず、時には文芸誌の編集長にまで殴りかかったこともあったという。

大正十五年十二月二十日、「妾宅」で入浴中に脳溢血で急逝すると文壇やマスコミは大騒ぎとなり、街で号外が配られたほどだった。さらにその五日後、大正天皇が崩御して元号が昭和に変わったことで、大田原樂は『大正時代の申し子』と称されるようになった。

没後その才能は再評価され、本当の意味での大田原ブームが起きた。出世作の『地下帝国』シリーズを筆頭に全著作に重版がかかり、全国の書店には大田原の本が山積みになった。そして突然の死から一年後、未完の遺稿集『無限軌道の夢』が出版されブームは最高潮を迎える。

「ちなみに内野さんは、大田原作品で何が一番好きなんですか？」

雪薇が遠慮がちに言った。

「うーん、そうだな。今の気分だと……」

ぼんやり話を聞いていた博人は慌てて文学青年に戻り、さも全著作を想起するような顔をしてうつむいた。そして五秒ほど沈黙した後「……『無限軌道の夢』かなぁー」と唯一所持している文庫本のタイトルを言った。

「やっぱり」雪薇はハンドルを握ったまま何度もうなずいた。

「うちの曽祖母ちゃんもそうなんです。大田原作品の中では『無限軌道の夢』が一番好きでした。大田原のコアなファンはみんな最後の短編集にハマるみたいなことを言ってました」

「確かに、それまでの作風にはない純文学的な表現が顕著になっているからね。活劇に特化したやつよりは遥かに奥が深くて読み応えがあると思う」

博人は前を向いたまま顎を指でつまみ、眩《まぶ》しそうに目を細めた。勿論全て『鍾文堂』からの受け売りだった。

「内野さんて凄いんですねぇ。『無限軌道～』に対してこれだけしっかり答えたの、内野さんが初めてです。大田原っていったらみんな『地下帝国』しかしらないからすぐに話が終わっちゃって」

「まあ、好きこそ物の上手なれってことかな」

博人は良心の呵責《かしゃく》に歯を喰《く》いしばって耐えながら、文学青年の猿芝居を続けた。そこでふと、ある疑問が脳裏を過った。今まで思いつかなかったのが不思議な位、単純明快な疑問だった。

「ちなみに、大田原樂ってトンネルに入ったことはあったの？」

「ないんですそれが」雪薇は即答した。

「私もそれ聞いた時意外だなって思ったんです。曽祖母ちゃんが言うには、大田原は何度もトンネルに入りたいって申し出たらしいんですけど、その度に警察が出てきて丁重にお引き取り願ったらしいです」

「丁重にねぇ」

博人は思わず苦笑した。大田原がどうのというより、純粋に戦前の警察の強権ぶりを物語るエピソードだった。

「そうか、大田原樂はトンネルに入ったことがなかったのか。でも逆にそれはそれで面白いかもなぁ。砂漠で生まれ育った青年が、一度も行ったことのない南極探検記を書いてベストセラーになったみたいだ」

「実はうちの曽祖母ちゃん、大田原に直撃インタビューしたことがあるんです」

雪薇がハンドルを持ったまま声をひそめた。

「どういうこと？」博人も釣られて声をひそめた。

「なんでも大田原が死ぬ二カ月前ぐらいに、いつもの御一行様がやってきて禅寺に泊まったらしいんです。で、人手が足りなくて、ちょうど今の私位だった曽祖母ちゃんが頼まれて行ったんです。そしたらその日に限って大田原が妙に静かで、服も脱がずに黙ってお酒を呑んでいて、心配になった曽祖母ちゃんが訳を尋ねると、こう言ったそうです。

『俺はトンネルに嫌われてる』って」

「…………」

博人は無言で眼前のフロントガラスを見つめた。脳裏を井波の顔が過った。『トンネルに好かれる』という声が蘇《よみがえ》った。

「どういうことですかって曽祖母ちゃんが尋ねると『俺の脳ミソはカンカン照りだから奴らと合わない』『奴らには白夜みたいな脳ミソが合う』って呟いてがっくり肩を落としたんです。後から聞いた話だと、宴会の前、寺の住職にどうしたらトンネルに入れるのかって詰め寄ったところ、教え諭すようにそう説明されたそうです」

「奴らって、モグラのこと?」博人が一呼吸分躊躇してから聞いた。

「多分」

そう呟いた瞬間、雪薇は「あっ」と叫び、ブレーキを踏んだ。大したスピードは出ていなかったが、それでも一瞬博人は前にのめり、ダッシュボードに額を打ちつけそうになった。

「どうした?」

博人は上体を起こし、顔をしかめた。首筋に鈍痛が走った。タヌキでも飛び出してきたのかと思った。

「あれ……」雪薇がハンドルを持ったまま、前方を顎でさした。

「え?」博人は前を向いた。

五メートルほど前方に一抱えほどある黒いものがあった。博人は目を凝らした。それはドラム状に収納されたナイロン製の寝袋だった。二本の黒いベルトでしっかりと固定されており、所々に乾いた泥のようなものが付着していた。

「なにあれ?」

博人は呟き、寝袋と雪薇の顔を交互に見た。

しかし雪薇は答えなかった。身じろぎもせずに前方を凝視していた。そのわずかに強張った横顔は、風の匂いを嗅ぐ猟犬に似ていた。

　突然ドカッ、と大きな音が車内に響いた。「わっ」という博人の声と雪薇の短い悲鳴が交錯した。運転席の窓の外に人影が見えた。灰色の服を着た誰かが立っていた。「誰？何？」雪薇の震える声が上がった。博人が「車を出して！」と叫んだ瞬間人影が右手を振り下ろした。同時に運転席の窓ガラスが派手な音を立てて砕け散った。金属音のような甲高い悲鳴が響いた。黒い手袋をした手が車内に伸びた。ロックを外す音がし、ドアが勢いよく開いた。また甲高い悲鳴が響いた。運転席に身を突き入れてきたのはモグラ兵だった。灰色の上下の軍衣に黒い防毒面を被り、右手に自動拳銃を構えていた。兵士は雪薇の髪を鷲摑《わしづか》みにし、銃口を額に押し当てた。その途端悲鳴が止まり、辺りが一瞬で静まり返った。兵士がこちらを見た。博人は慌てて両手を上げた。軽自動車で車内が狭いため、両手の指が天井を突いた。

「抵抗すれば射殺する」兵士が低い声で言い、銃口を向けた。

　博人は無言でうなずいた。腹の奥から震えが湧き起こり、指先が小刻みに動いた。

「お前もだ。抵抗すれば射殺する。分かったか？」

　兵士は雪薇の耳元で囁き、髪から手を離した。

「分かりました」

　雪薇は掠れた声で答え、座席の上に体を起こした。その顔は強張り、涙の滲んだ目には怯えきった淡い光が浮かんでいた。

兵士は拳銃を構えたまま後部座席のドアを開け、素早く乗り込んだ。そして運転席の裏側に体を押し付けるようにすると、雪薇の後頭部に銃口を押し当てた。

「エンジンを掛けて車を出せ。行先はその都度言う」

兵士は低く囁いた。雪薇はうなずき、差しっ放しだったキーを回した。エンジンがくぐもった唸りを上げた。微細な振動が起こり、車体が静かに震えた。

「いい車だ」兵士が雪薇に銃口を押し当てたまま言った。「貴様のようにフルフルとよく震えやがる。いい車だ」兵士は念を押すように繰り返した。防毒面を被っているため見えなかったが、博人にはなぜか兵士が口元を緩めているのが分かった。

7

赤い軽自動車は、来た路を反対方向に進んだ。

兵士は車を運転する雪薇に「前後左右の安全確認を怠るな」と命じ、さらに「路上に不審物を発見した際は速やかに報告せよ」と付け加えた。相変わらず後頭部には銃口を押し当てたままだったが、全身から発する殺気の度合いが明らかに減少しており、自分たち二人をすでに脅威とは見なしていないことが分かった。

二キロほど走行した時、不意に兵士が博人の方を向く気配がした。

「おい貴様」兵士は囁くように言った。「今日検問をやっていたのを知っているか？」

「はい」博人は声が上擦るのを意識しながら答えた。「知っています」

「なぜ知っている？」

「バスに乗っている時、見ました」

「そうか。どんな検問だった？」

「大規模な検問でした」博人は記憶を辿りながら答えた。「警察の車両を五、六台見ました。かなりの人数を動員したようです」

「貴様は検問にあったのか？」

「いいえ、バスが通った時には終わっていました」

「貴様はバスが好きなのか？」

「特にそういった訳ではありません。今日はたまたま乗り合わせていただけです」

「つまり偶然乗車していたという訳か」

「そうです」博人はゆっくりとうなずいた。

「いい心掛けだ。バスは偶然たまたまひょんなことから行き当たりばったり乗るものであって、意図的に乗るものではない。もし意図的に乗りたいのなら、こういった車にするべきだ」

兵士は雪薇に銃口を押し当てたまま車内を見回すと、満足したように二回うなずいた。

「いい車だ。貴様のようにフルフルとよく震えやがる」


赤い軽自動車は街に向かって県道を走り続けた。

ルームミラーに映る、茶碗《ちゃわん》を逆さにしたような瑚色山の山影が急速に遠ざかっていくのを、助手席の博人は虚ろな目で見つめた。

やがて左側を並行して流れる農業用水の小川に、先程渡ったコンクリートの小さい橋が見えた。橋の先には砂利道が続き、その奥にはあの古い鉄塔が立っていた。

「次は美倉柳、次は美倉柳」

背後から兵士のおどけたような声がした。博人は右前方に視線を走らせた。県道の路肩にぽつりと立つ、バスの停留所が視認できた。先程降り立った場所だった。

「ピンポーン」

兵士が降車チャイムの口真似《くちまね》をした。博人は若干の不安を覚え、運転席の雪薇を見た。それが本当に百パーセントの冗談だと判断できなかったからだ。博人の視線を感じたらしくハンドルを握る雪薇もこちらを見たが、またすぐに前を向いた。その、怯えてはいるが揺れ動いていない目の光から、彼女が「降車チャイム」を完全な冗談と断定したのが分かった。

「止まれっ！」

不意に兵士が怒鳴り、雪薇の頭を銃で突いた。「ひっ」雪薇が息を呑み、反射的にブレーキを踏んだ。タイヤがアスファルトを擦過する耳障りな音を響かせて軽自動車は急停車した。同時に体がのめってシートベルトが喰い込み、博人は顔をしかめた。

「降車の合図をしたではないかっ、ぼんやりするな馬鹿者っ！」兵士は怒声を上げ、雪薇の髪を鷲掴みにした。「貴様のような注意散漫な奴がおるから友軍にたいする誤射や誤爆が起こるのだ、しゃんとせいっ！」

「すみませんでした」

雪薇は呻き声を上げて顔をしかめた。

「気づきませんでした。今度からちゃんと注意します」

「本当だな？」兵士は鷲掴みにした髪を強くひねり上げた。雪薇は悲鳴を上げ、「本当です、誓います」と弱々しい声で繰り返した。

「今度ぼんやりしおったら活を入れるからそう思え。よいな？」兵士は背後から防毒面を着けた顔を近づけた。雪薇は小声で「はい」と呟き、何度も大きくうなずいた。

「全く、ぶったるんでおる」

兵士は忌々しそうに舌打ちし、髪から手を離した。雪薇は力なく座席にもたれ、両手で顔を覆った。博人はそっと運転席に目をやった。肩が小刻みに揺れており、泣いているのが分かった。兵士に対する恐怖のため、必死で嗚咽《おえつ》を堪《こら》えているようだった。

博人は雪薇の頭越しに、ガラスの砕け散った運転席の窓を見た。ちょうど真横に「美倉柳」のバス停があった。

「おい貴様」

背後で声がした。兵士が博人の方に顔を近づける気配がした。

「はい」博人は一呼吸分遅れて答えた。しばらく黙り込んでいたため声が掠れていた。

「窓を開けよ」兵士が抑揚のない声で言った。すぐに助手席の窓だと分かった。博人は弾かれたように上体を起こし、アームレストにあるパワーウィンドーのスイッチを押した。窓が全開になると、兵士は拳銃で車の天井を強く打った。ドコッ、という鈍い音がし、雪薇の体がびくりと震えた。

「気をつけ！」兵士が叫んだ。座席に座ったままだったが、博人も雪薇も反射的に顔を上げ、背筋をぴんと伸ばした。

「音に集中せよ」兵士が急に押し殺した声で言った。「前方より聞こえてくる音に神経を集中させ、何かを感知したら速やかに報告せよ」

「はい」博人と雪薇は同時に答え、目を閉じた。そして命ぜられた通り、前方より流れ来る全ての音に聴覚を集中した。

車内はしんと静まり返った。

路の左右には耕地が広がり、赤い瓦屋根の農家が遠くに点在しているだけだった。辺りに人影はなく、車両の通行もみられなかった。

先に「異変」に気づいたのは博人だった。三十秒ほどが経過した時、微かだが、粘りつくような音のうねりを左右の鼓膜が捉えた。透き通った犬の遠吠えのようでもあり、野太い赤ん坊の泣き声のようでもあった。

「あっ」博人の心臓が小さく鳴り、思わず目を開いた。

「聞こえたか？」背後から兵士の押し殺した声がした。

「はい、これは……」

博人はフロントガラス越しに一直線に延びる、二車線の県道に目を据えた。路の先には獅伝町中心部の遠景が見えた。二階建ての駅舎と、駅前商店街の屋根の連なりが、眩《まばゆ》い陽光を反射して白っぽく光っていた。

「……サイレンだ」

「貴様にも聞こえたか」兵士が納得したように言った。「突然風がフルフルと震えだしたので、先程から聞き耳を立てていたのだ」

「サイレンが鳴っているということは……」

博人はそこで言い淀んだ。今朝商店街の交差点で目撃した、何台もの警察車両が脳裏を過った。

「検問をやっている」

不意に雪薇が言った。遠慮がちに血を吐くような口調だった。博人は一瞬兵士がまた激怒すると思い身を竦ませたが、今回は怒声も罵声も上がることはなく、代わりに背後で静かにうなずく気配がした。

「やられたな。風で分かる。滑った臭いがする。死んだ。あるいはもうすぐ死ぬ。手遅れだ」

兵士は詩を朗読するように呟き、ふうと溜息を吐いた。

博人は無言で雪薇を見た。視線を感じたのか、雪薇もこちらを見た。涙で濡れそぼった目には弱々しい光が浮かび、半開きになった唇は苦しげに歪《ゆが》んでいた。しかし先ほどのように怯えた印象はなく、逆に居直ったような、腹を括《くく》ったような、まさに窮鼠《きゅうそ》の如き捨て鉢な表情をしていた。

「おい」兵士が銃口で博人の右肩を突いた。博人は「はい」と上擦った声で答えた。

「モグラ兵が町に侵入する際、通常何名で行動するか知っておるか？」

「いえ、……し」知りませんと続けようとして、博人はふとあることを思い出した。それは二日前の現場検証の際、あの辻という巡査長と交わした会話だった。念を押すように「本当に一匹だけか？」と尋ねた辻は、「地上に出る時は通常三匹一組が常識なんだがなぁ」と呟いていた気がした。

「さ……」博人は思わず三匹と言いかけ、慌てて「三人です」と言い直した。

「そうだ」兵士が低い声で言った。「その三人から二人減った。残りは何人だ?」

「残りは」博人はそこで言い淀み、微かに眉根を寄せた。それが真面目な質問なのか、ただの戯言《ざれごと》なのか判別がつかなかったからだ。

「残りは、一人です」博人は敢えて事務的な声で答えた。

「やはりそうか」兵士は己の予測が見事的中したと言わんばかりの声を上げ、やはりそうかと小声で繰り返した。その口調に不自然さはなく、真剣な響きすら感じられた。少なくとも戯言を言っているようには思えなかった。

「事態は少々複雑だ。まず斥候《せっこう》に出た某部隊の要員一名が移動中に航路より排出された。この者は隔飛した時空点で間もなく死亡したが、問題はその後だ。隔飛は突発的に起こる為、別件の任務に就いていた他部隊が混乱に陥り、慌てて退避しようとしたがヒヨコに発見されてしまい、通報された。警察が急行し、大規模な検問が敷かれた結果、昨日一名が死亡し、本日さらに一名が死亡した。『三人から二人減って一人』となった探撃隊は解隊となり消滅。単兵となりし要員は己が判断で退路を決定し、速やかに帰隊するため、もう町へ迎えに行く必要がなくなった」

兵士は読経するような声で長々と呟いた。

(あっ……)

不意に博人の心臓がどくりと鳴った。胸から血を流して横たわる兵士の死体が浮かび、引き金を引いた際の拳銃の反動が右手に生々しく蘇った。

間違いない、と博人は確信した。

時系列から推察するに、隔飛してきた兵士を殺害＝射殺したのは自分だった。

「どうした、顔色が悪いぞ」

不意に兵士の声がし、右肩を銃口で突かれた。

「えっ」驚いた博人は思わず声を上げ、振り向いた。

「鏡越しだからそう見えるのかもしれんが、青ざめておるぞ。大丈夫か貴様？」

兵士が車の前方上部を銃で指した。「あっ」博人はまた声を上げ、前を向いた。すぐに鏡とはルームミラーのことだと分かった。目を遣ると、防毒面を着けた兵士の顔が映っており、防塵ガラス越しに見える双眸《そうぼう》が窺《うかが》うようにこちらを見ていた。

「ぼ、僕は大丈夫です。なんともないです。おっしゃる通り、鏡に映ったからそう見えるだけだと思います」博人は咄嗟に嘘を吐き、作り笑いを浮かべた。

「そうか。ならよいが」ルームミラー越しに兵士が言い、目を逸らした。

（落ち着けっ）

博人は胸中で叫び、静かにゆっくりと深呼吸をした。もし兵士が自分の「大罪」に気づいていたら、とっくに殺害されているはずだった。では、なぜ奴は気づかないのか？

と自問し、すぐに、つい先ほど兵士が口にした「もう町へ迎えに行く必要がなくなった」という言葉を思い出した。二呼吸分躊躇したあと、博人は思い切って尋ねた。「この車で、誰かを迎えに行くところだったんですか？」

「そうだ」ルームミラーに映る兵士がうなずいた。「隔飛障害ニヨリ第一三《ヒトサン》探撃隊ハ退避ヲ試ミルモ発見・迎撃サレ一名死亡の報を受けたのが昨日一九〇八《ヒトキューマルハチ》。救出援軍を命じられた我は残る二人の個認番号を聞かされただけで、本日〇二〇〇《マルフタマルマル》に単独侵入した。そして最優先事項である逃走車両を確保するため郊外に潜伏し好機を窺っていたところ、このフルフルと震えるいい車を発見したので速やかに鹵獲《ろかく》。乗車していた貴様たちもろとも町へ向かっておったのだ」

「そうでしたか」博人はうなずきながら、強張った体が弛緩するのを覚えた。彼に下された命令が一体なんなのか見当もつかなかったが、自分の正体がバレていないことが確認でき、胸中に安堵が広がった。

「じゃあ、……これからどうするんですか？」雪薇が前を向いたまま遠慮がちに訊いた。

「そうだな」兵士は何かを思案するように十秒ほど押し黙った後、博人の肩を銃口で突いた。「貴様、車の運転はできるか？」

「いえ、できません。免許がないもので」博人は嘘を吐いた。

「では長距離移動の際はどうする？　徒歩か？　バスか？」

「バスです」と博人は答えた。勿論あのスカイブルーの車両に乗ったのは今日が初めてだったが、いちいち馬鹿正直に答える必要など無かった。

「そうか、バスか。貴様はバスが好きか？」

「そうですね」博人は首を傾《かし》げ、真面目に考える振りをした。「好きか嫌いか、どちらかを選べと言われたら、好きです」

「俺も好きだ。バスはいいぞ。この車と違ってブルブルと震えるからな。やはりフルフルよりもブルブルの方がいいに決まっておる。みな遠慮してフルフルを選ぶが、本音ではみなブルブルを欲しておる。だってそうではないか。象のように力強く、鯨のように勇壮に震える様を見たら、もう辛抱が堪らないからな。うちの軍医殿も言っておった。やはりブルブルには敵《かな》わぬ、とな」

兵士は秘密を告白する子供のような口調で言い、クククククとくぐもった笑い声を漏らした。博人は「軍医殿」が一体誰であり、隧道内でどんな立場にいる者なのか分からなかったが、さも感じ入ったように「同感です」と答え、自分の言葉が正真のものであることを証明するように、大きく二回うなずいた。兵士は博人の言葉を信じたらしく、

「やはりそうか、貴様もそうか」と嬉しそうに小声で呟いた。

博人はルームミラーに映る、防毒面を被った兵士の顔を見ながら、モグラといえどやはり人の子なのだな、と思った。カージャックという不意打ちを喰らったため無理もな

かったが、さすがに降車の合図を見逃した雪薇に兵士が激怒した時は生きた心地がしなかった。しかし、こうして落ちついた状態で話してみれば、獅伝町の農協に勤める純朴な男たちとそう変わらないような気がした。確かに会話における反応というか、受け答え方が少々変わってはいたが、それも地下深くで生まれ育った黄泉族の個性だと考えると、微笑《ほほえ》ましい気分になった。そして、常に密接している地元住民だからこそ極度の視野狭窄《きょうさく》に陥り、そこから生ずる思い込みが、いつしか黄泉族、延《ひ》いてはモグラ兵に対する動かしがたい偏見に成長していったように思えた。

「とは言っても、バスにも弱点はあるぞ」不意に兵士が思い出したように言った。そして数秒後「象にも、鯨にも急所があるようにな」と声を潜めて補足し、「分かるか？」と博人に訊いた。

「弱点ですか？」博人はまた首を傾げると、今度は真面目に考えた。「燃費が悪いとか？」

「違う。渋滞だ」

兵士が即答した。その声は急に硬く、鋭いものに変わっていた。

「バスといえども渋滞には勝てない。泥沼に沈み込む象や、海流に流される鯨と同じだ。車列に阻まれて一ミリも動けなくなる。日頃多数の兵員を快適に輸送できると散々自慢しておっても、その状態で狙撃されたら、みな七面鳥のようにバタバタと皆殺しになる。

渋滞とはそういうものだ。兵士の心を根底から震撼《しんかん》せしめる恐ろしいものだ。貴様は車の運転をせんから分からんのだ。おい、貴様なら分かるだろう」

兵士は銃身で運転席のヘッドレストを叩いた。驚いた雪薇は思わず「ひっ」と声を上げ、慌てて体を起こすと「ええ、分かります」とか細い声で答えた。

「やはりそうか、貴様は分かるか」兵士は唸るように言い、身を乗り出した。「では渋滞で車が動かないと、イライラしてジバクれないか？」

「いいえ」雪薇は頭を横に小さく振った。「さすがにジバクれることはないです。でもイライラの度合いが強い時は舌打ちしたり、床を蹴ったりはします」

「そうか。ジバクれんのか」兵士は少し驚いたように答え、そうか、ジバクれんのかと小声で繰り返した。

（ジバクれるって、確かあの時も……）

博人の脳裏に、今朝乗車したスカイブルーのバスの車体が浮かび、その上に運転士と行商人らしき老婆の姿が重なり合った。

「全く困ったもんすら、イライラしてジバクれっちまう」

「車のノロノロだけが昔から気に入らんせ、ジバクれんのはこん時だけすら」

老婆の声が耳の奥で響いた。博人は今朝と同様、その方言がどんな意味だったかと思い、獅伝町に越してからの四年半の記憶を辿った。確かに言われてみれば『ジバクれる』という言葉を何度か耳にした記憶はあった。しかし現在獅伝町のネイティブスピーカーは殆どが高齢者となっており、美佐が発したのではないということだけは断言できた。なので美佐の実家を訪れた際、会話の中で舅姑《きゆうこ》が発したと思われたが、一体どんな状態を表す自動詞なのかは本当に知らなかった。ただ前後の文脈から察するに、感情が激しく昂《たか》ぶった状態、所謂「キレる」に近い、あるいは同等の意味ではないかと思われた。

「貴様」兵士が博人の肩を銃口で突いた。「貴様は渋滞に遭遇したことはあるか？」

「はい、あります」博人はうなずいた。

「車の運転をせぬのにか？」

「今朝、バスに乗った時渋滞にあいました」

「そうか、今朝あったか」兵士は少し驚いたように言った。「ではその時、イライラしてジバクれなかったか？」

兵士がなぜか弾んだ声で言った。

「えーと……」

博人は言い淀み、思考を巡らせた。兵士が発散していた殺気はいつのまにか霧消しており、その存在も「怖い」とは思うが「ヤバい」とは感じなくなっていた。しかし、その意味不明の親密さが逆に兵士の不気味さを際立たせており、依然として細心の注意を払う必要があった。特に自分のような余所者の場合、何気なく発した一言が大きな誤解を招き、兵士との間でトラブルが起きる可能性があった。そのため、まずは『ジバクれる』の正確な意味を把握することが先決であり、質問に答えるのはそれからだ、と思った。

「あの、ちょっとお訊きしたいのですが？」博人は恐る恐る言った。

「なんだ？」兵士は、話を促すように顎でこちらを指した。

「僕は他県から引っ越して来た者で、土地の言葉が分からないのです。なので、『ジバクれる』の意味を知りたいんですけど、よろしいでしょうか？」

「許可する」兵士は強い口調で言った。そして雪薇を見、「貴様が説明せよ」と告げた。

「はい」

雪薇は答え、こちらを向いた。その顔には強い戸惑いの表情が浮かんでいた。博人と同様、兵士の奇妙な質問の意図が分からず、頭が混乱しているようだった。

「獅伝町で『ジバクれる』と言えば、自分の胸中を曝《さら》すことを意味します」雪薇は抑揚のない声で言った。兵士が無言で二回うなずいた。

「漢字にすると、自分の『自』にさらすという意味の『曝《ばく》』で『自曝れる』です。まあ、簡単にいうと『キレる』と同じなんですが、さらにこれには『自曝り』という言い方があって、社会と関わり合う人、外交的な性格の人、自己の探求をしない人、という意味で使います」

「やっぱり」博人は思わず声を上げた。老婆と運転士の会話もこれで全て理解できた。

「今の説明で分かったか？」兵士が窺うような声で言った。

「分かりました」博人は口元を緩めた。「思っていた通りでした」

「それで、貴様はジバクれたのか？　今朝の渋滞で」

「いえ、元々のんびり屋なので、全然ジバクれませんでした」博人は申し訳なさそうに答えた。

「そうか、貴様もそうか」兵士は低い声で呟いた。それは落胆したというより、困惑がさらに深まったような口調だった。博人はルームミラーに目を遣った。鏡に映った兵士は右手に持った拳銃の銃口を上にすると、鼻先に近づけて凝視した。

「シデン式自動拳銃は粗悪品だ。よく装弾不良を起こすし命中精度も低い。時には暴発して射手の指を吹き飛ばすこともある。だがな、俺はこのシデン式が好きなんだ。この、高価なブリキの玩具のような姿が堪らなく好みなんだ。地上の奴らに、ワルサーとシデン式ではどちらがいいかと訊けば、みなワルサーだと答える。モグラの作ったポンコツなどタダでも要らぬと鼻で笑い、ドイツ製の高級ピストルに大枚をはたく。だがな、俺はどんなにポンコツで不恰好《ぶかっこう》でも、このシデン式がいいんだ。俺は、このシデン式でなくてはだめなんだ」

兵士はまるで膝の上で眠る猫に語りかけるように言うと、拳銃を下ろして前を見た。

「おい貴様、ベルトを外せ」兵士が助手席の後ろを軽く蹴った。ベルトが、シートベルトを指していることはすぐに分かった。博人は言われるままロックされていたバックルを解除し、上体を固定していたシートベルトを外した。

「気をつけっ！」

不意に兵士が叫んだ。博人と雪薇は驚きつつも反射的に背筋を伸ばし、顔を上げた。

兵士は左腕の腕時計を一瞥し、前を向いた。

「本日一三五五《ヒトサンゴーゴー》、我こと第〇一《マルイチ》救出隊は俘虜《ふりょ》ーラ・一名と共に鹵獲車両にて速やかに帰隊す。なお俘虜ーセ・一名は無光とみなし、この場で射殺する。以上」

「え……？」

博人は訳が分からず眉をひそめた。最後に「射殺」という言葉が聞こえたが、誰を、何のために処刑するのか分からなかった。そもそも「俘虜ーラ」「俘虜ーセ」がなにを意味するのかも不明だった。

博人は隣の雪薇を見た。雪薇もこちらを向き、目が合った。その、狐につままれたようなぽかんとした顔を見て、自分もこんな表情をしているのだと博人は思った。

「おい、外に出ろっ」

　不意に兵士が怒鳴り、博人の後頭部に銃口を押し当てた。

「えっ」博人は驚愕し、思わず声を上げた。それを見た雪薇の顔が露骨に強張った。目は大きく見開かれ、引き攣《つ》れた唇がわなわなと震えながら力なく開いた。そして眼前の光景が信じられないというように頭を左右に振ると、両手で口元を押さえた。

「ど、どういうことですかっ、説明してくださいっ」博人が叫んだ。声が上擦り、語尾が掠れた。しかし兵士は答えなかった。もう一度「外に出ろっ！」と怒鳴ると、背後から左手を伸ばして博人の喉を鷲摑みにした。五本の指が鋭く肉に喰い込んだ。釘のようだと博人は思った。一瞬で息が止まり、頸椎がミシッ、と嫌な音を立てた。博人は恐怖と激痛に絶叫したつもりだったが、呼気の漏れる音が聞こえただけだった。強いめまいが起こり、視界が瞬く間に黒い靄《もや》のようなものに覆われた。博人は脱力した自分の手足が、綿のへたったぬいぐるみのようにだらりと垂れるのを感じた。息ができず、酸欠で意識が朦朧《もうろう》となった。周囲の音がくぐもって聞こえ、もうダメかとぼんやり思った時、不意に喉元の圧力が消えた。ぐったりとした博人は、そのままくずおれるようにして助手席にもたれかかった。

　傍らでドアを開ける荒々しい音がした。襟首をむんずと摑まれて、車外に引き摺《ず》り出された。臀部《でんぶ》が地面を打ち、続いて脱力した両脚が投げ出された。博人は顔を上げ車内を見た。運転席の雪薇はハンドルの上に突っ伏し、背中を震わせて泣いていた。仔犬が甘えるような弱々しい嗚咽が聞こえた。

兵士は博人をまるで死体のように無造作に引き摺っていった。路肩を越えて路から外れ、雑草の生えた土の上を通り過ぎ、農業用水の小川の前で止まった。

「ここにする」

兵士は呟き、腰の雑嚢《ざつのう》から十五センチほどの細長い筒を取り出した。日射しを受けて黒光りするそれは自動拳銃の消音器で、兵士は慣れた手付きで銃口に装着すると、右手で改めて銃把を握り直し、こちらを見下ろした。

「俘虜ー・セ・一名は無光とみなし、この場で射殺する」兵士は抑揚のない声で先程の言葉を繰り返した後、事務的な口調で「なにか言い残すことはあるか?」と訊いた。

博人は焦点の定まらぬ目で兵士を一瞥すると、力なく視線を逸らした。あまりの恐怖に感覚が麻痺したのか感情の起伏は失われ、ただここで処刑されるという、虚ろな現実の認識があるだけだった。博人は傍らを流れる小川を見た。澄み切った用水が流れる川面は日射しを反射し、無数の微細な光をきらきらと電飾のように放っていた。その乱舞する輝きの上に、美佐の顔がぼんやりと浮かんだ。それは結婚する前の、まだ横田美佐だった頃の、可憐な面影をしていた。

「……僕は、妻に会いに行く途中だった」

博人は掠れた声で言った。兵士は答えなかった。無言のまま、こちらを見下ろしていた。

「行っても無駄なのは分かっている。分かっているけど、行かないと良心の呵責に耐えきれなくなるから、嫌々出発したんだ」

「なぜ無駄だと分かる？」兵士は抑揚のない声で訊いた。

「なぜって」博人は言葉を切り、兵士を見上げた。「一度入ったら二度と出られないんだろ？　あんたらのトンネルって」

兵士は拳銃を下ろし、博人の顔を凝視した。そして何かに気づいたように小さく三回うなずくと、地面にゆっくりと片膝を突いた。

「妻の名前はなんという？」博人の眼前で兵士が言った。

「名前は」博人は一呼吸分躊躇した後、溜息を吐くような声で「美佐だ」と答えた。

「美佐」兵士は繰り返した。

「知っているのか、美佐を？」博人は尋ねた。声が上擦るのが分かった。

「いや、知らん」兵士は頭を左右に振った。「ただ、貴様と同じ匂いのする女は知っている」

「同じ匂い？」博人は思わず声を上げた。言葉の意味がうまく理解できなかった。

不意に兵士が博人の耳元に顔を寄せた。そして左手で防毒面の右下を摑むと、ゆっくりと上に引き上げた。中から兵士の顔の下半分が見えた。鼻梁《びりょう》も唇も薄く、異様に白い肌をしていた。兵士は鼻先を博人の耳の辺りに向け、静かに呼吸した。

「やはりそうだ。あの女も貴様と同じく、秋桜の匂いがした」

「秋桜？」

博人は呟いた。次の瞬間、自宅の庭先で風に揺れる、淡紅色の花弁の群れが脳裏を過った。

「そうだ、秋桜だ」

兵士は断言するように言い、うなずいた。博人は目を見開き、兵士の顔を凝視した。

その、異様に白い皮膚からは、微かに湿った土の匂いがした。

第三章　花《か》葬《そう》麗《れい》人《じん》

1

内野博人は木製の寝台に横たわり、ぼんやりと虚空を見ていた。

一人だった。

視線の先にはどろりとした薄闇が漂い、その向こうには低い天井があった。削岩後、研磨加工が施された青墨色の岩肌に照明器具は無く、代わりに『燃ユル気概ヲ見セヨ』という標語が灰色の塗料で縦書きされていた。それは、とかく弱気になりがちな傷病兵に対する叱咤激励であるらしく、他にも『孤軍奮闘』『緊褌《きんこん》一番』『刻苦精進』といった成句があちこちに記されていた。

（闇が染み込むまで、待て）

耳の奥で、昨日聞いた声が蘇った。肩を支えながら博人をここまで連れてきた衛生兵が、耳元で諭すように言った言葉だった。

博人は「ああ……」と呟き、うなずくのがやっとだった。分かってる、大丈夫だ、心配しないでくれと続けたかったが力尽き、この寝台に倒れ込むように横臥《おうが》したことまでは記憶していた。その後、たちまち前後不覚となって昏睡《こんすい》し、茫洋たる無意識の海に暫《しばら》くたゆとうていたことも、途中夢幻が出現し、変形・歪曲《わいきょく》した景色の中に立つ美佐を目撃したことも、朧《おぼろ》げながら覚えていた。

しかし無意識の海での浮遊を経て、自分がいつ、どうやって覚醒したかが分からなかった。気づいた時には、すでにこうして目を開き、薄闇が漂う天井を見つめていた。その際、深い眠りの後に生ずる、あの、頭蓋にぬるま湯が溜まっているような心地よい嘔《おう》気《き》が揺曳《ようえい》していたため、目覚めて間もないということだけは辛うじて認識できた。

(闇が染み込むまで、待て)

耳の奥で、また衛生兵の声が蘇った。

「……分かってる、大丈夫だ、心配しないでくれ」

博人は昨日言えなかった台詞を呟き、ゆっくりと息を吐いた。そして指先で目頭を揉《も》みながら「まだ二日目だけど、大分慣れてきた。思っていたよりずっと早い」と続け、大儀そうに体を起こした。

壁際に据え付けの寝台があり、あとは枕元のガートル台にブリキの吊《つ》り手水器《ちょうずき》が下がっているだけの狭い部屋だった。正面の壁にある鉄のドアは棺桶のように細長く、至る所に茶色い錆が浮き出ていた。表面が瘡蓋《かさぶた》のように硬く隆起したそれらは、斑《まだら》を成して一面に広がる様も含めて疫病による皮膚病変を思わせ、寂寞《せきばく》たる小空間に不安と不気味さを加味していた。

博人は素早く視線を走らせながら、辺りの様子を窺った。

四畳半ほどの古びた病室はしんと静まり返っていた。室内は勿論、壁やドアを隔てた室外からも何一つ物音は聞こえてこなかった。それは静寂などというレベルではなかった。まるで世界が真空と化したような、圧倒的無音が四方に満ちていた。博人は試しに目を瞑《つむ》り、意識を聴覚のみに集中させ、あらゆる方向に聞き耳を立ててみた。が、感知できたのは自分の微かな呼吸音のみであり、時折身に纏《まと》ったアノラックの、かさこそという衣擦《きぬず》れの音が重なるだけだった。そのため言葉を発しないでいると、無音の「圧力」によって鼓膜が押し潰されていくような圧迫感を覚え、酷く落ち着かない気分になった。

博人は頭を左右に振り、けば立った軍用毛布の上に胡坐《あぐら》をかいた。そして背筋をぴんと伸ばし、大きな深呼吸を数回繰り返した。頭蓋にぬるま湯が溜まっているような心地よい嘔気が依然として揺曳していた。そのせいなのか、空腹も喉の渇きも特に感じることはなく、ただ気分転換に煙草を一本だけ吸いたいという、淡い欲求があるのみだった。

博人はふと現在の時刻が気になり、反射的に左腕を見ようとして、すぐに動きを止めた。全ての所持品は鹵獲物として没収されたことを思い出したからだ。防毒面を顔の半分まで捲り上げた兵士の姿が脳裏を過り、薄らと漂う湿った土の匂いが蘇った。

(……まあ、今更何の意味もないけどな)

博人は胸中で呟いた。今まで信じて疑わなかった時間に対する絶対的な実在感と信頼性が、実は只《ただ》の思い込みでしかなかったことを改めて意識したからだった。同時に時計という、便宜的な規定に則して単調に針を進めるだけの絡繰《からくり》に身を任せ、盲従し続ける地上の生活が酷く滑稽なものに感じられた。

（本当に、何の意味もない）

博人はまた胸中で呟き、続けて「本当に、何の意味もない」と声に出して呟いた。そして口元に自嘲気味の笑みを浮かべようとした時、正面のドアがこちら側に開いた。博人は仰け反り、短い悲鳴を上げた。それがあまりに突然でしかも無音だったため、決して大袈裟ではなく眼前に時空の裂け目ができ、異次元の化け物が飛び出してくると思った。

しかしドア型の闇の中から現れたのは、八本脚の火星人ではなく一人の衛生兵だった。通常の兵とは違い医務用の被服を着、黒い戦闘帽を被っていた。赤十字のマークが縫い付けられた雑嚢を襷《たすき》掛《が》けにし、左腕には「衛Ｉ」と横書きされた腕章を巻いている。

「容態はどうか？」

衛生兵は抑揚のない声で言った。顔にはガーゼマスクをかけていたが、自分をこの病室まで連れて来てくれた、昨日の衛生兵だとすぐに分かった。

「だ……」

博人は仰け反ったまま大丈夫と答えようとしたが、驚愕の余韻が残っており言葉が続かなかった。慌てて体を起こし、咳払《せきばら》いを遠慮がちに三回繰り返した後、居住まいを正して顔を上げた。

「……大丈夫だ、大分良くなった」博人は絞り出すように答えた。「でも、まだ軽い吐き気がする。二日酔いみたいな感じで、風邪を引いた時の悪寒にも似ている。そのせいか、腹も減らないし喉も渇かない」

「我慢できぬか？」衛生兵がまた抑揚のない声で言った。

「そこまで酷くはない、我慢はできる。ただ……」博人は口ごもった。

「何だ？」衛生兵が目で促した。

「煙草を吸いたい。吸えば気分が楽になる。一本だけでいい。ダメか？」

「今は無理だが、吸うことは可能だ」

「いつ吸える？」博人は思わず身を乗り出した。不本意な「禁煙」が始まって二日目に突入していた。決して愛煙家ではなかったが、脳がニコチンを欲する度合いが急速に高まっていた。

「報告しておく。喫煙可能となり次第、他の者が伝えに来る」衛生兵は被服の胸ポケットから黒革の手帳を取り出し、挟んであった短い鉛筆で素早く何かを書いた。「他に必要なものはあるか？」衛生兵は顔を上げ、こちらを見た。

「いや、あとはない。煙草だけだ」

「よし」

衛生兵は鉛筆を開いたページに挟み、手帳を胸ポケットに戻した。その淡々とした口調にも、こちらを見据える一重の目にも、人としての温もりが殆ど感じられなかったが、かといって冷淡さや薄情さを感じることもなかった。博人は初見の際、この不可思議な態度に強い違和感を覚えた。まるで精巧な蠟《ろう》人形と会話しているような、あるいは精緻な立体映像と問答しているような薄気味悪さがあった。しかし時間を置いて改めて接してみると、不可思議さの理由が理解できた。端的に言って、衛生兵の行動には無駄がなかった。言葉を換えれば、常に必要なことのみを遂行していた。つまり柔和な表情や愛想笑い、相槌などが見られないのは『傷病兵ニ対スル看護ニ於《お》イテ』そうする必要が「ない」から「しない」だけであり、他意はないのだ。

「目の具合はどうか？」

衛生兵が一歩、前に出た。

「もう痛みもないし、涙も止まった」

博人は右目を指さした。

「ちゃんと見えておるか？」

「そのつもりだけど」

博人は瞬きをしながら周囲を見回した。

衛生兵はさらに二歩前進すると、目を凝らしてこちらを見下ろした。博人は顎を上げ、診察しやすいよう左右の瞼《まぶた》を意識的に開けた。

「……なるほど、滴下した目薬が効いたな。かなり治癒しておる」衛生兵は独り言のように呟き、襷掛けにした雑嚢を前に手繰《たぐ》りよせた。「半日ほど経てば涙が角膜の上に安定する。そうすればシャッテンが完全に消える」

「シャッテン？」博人が眉根を寄せた。聞いたことのない言葉だった。何語かも分からなかった。「何のことだ、病名か？」

「………………」

衛生兵は無言だった。無視をした、というより頃合いを見計らっているような沈黙が数秒間続いた後、不意に目を逸らした。そしておもむろに雑嚢内へ右手を入れ、細長い硝子《ガラス》の小瓶を取り出した。それは点眼瓶だった。専用のスポイトが付いており、淡黄色の液体が半分ほど入っている。

「あっ」博人の口から思わず声が漏れた。前回の洗眼時に経験した、眼球が焼けるような痛みが一気に蘇ったからだ。

衛生兵はゴム製のニップルを軽く押し、スポイトの硝子管に淡黄色の液体を吸引した。

「またやるのか？」博人は上擦った声で訊いた。急速に顔が強張った。

「心配は無用だ」衛生兵はいかにも医療従事者らしい鷹揚な口調で言った。「前回は高濃度の浄化液だったが、今回はただの洗浄液だから染みることはない」

「本当か？　本当に痛くないのか？」博人はうろたえぎみに訊き返した。治療という名の拷問は二度と御免だった。

「心配は無用だ」衛生兵は同じ態度で同じ言葉を繰り返した。「ただの洗浄液だから染みることはない」

「絶対だな？　絶対に大丈夫なんだな？」

「染みぬ」衛生兵は低い声で断言した。

「そうか、……じゃあ、頼む」

ようやく安堵した博人は、小さくうなずいた。あの悶絶する激痛を「染みる」と形容する無神経さには納得がいかなかったが、口調と目に浮かぶ光から嘘を吐いていないことは理解できた。

「暫時の辛抱だ」

衛生兵は瓶からスポイトを引き抜き、博人の鼻先に近づけた。そして「目を瞑るな」と小声で囁きながら、慣れた手付きで双眸に一滴ずつ点眼した。衛生兵の言葉は本当だった。滴下された溶液は前回とは全くの別物であり、痛みどころか清冽《せいれつ》に洗われるような清涼感を覚えた。

「目を瞑れ」衛生兵が小声で命じた。博人が言われた通りにすると、閉じた目元にガーゼがそっと押し当てられる感触がした。流れ落ちる溶液を吸い取っているようだった。続いて「顔はそのままで、下を見よ」と命じられ、博人がまた言われた通りにすると、今度は左右の瞼を素早く裏返された。手際が良く、痛みは殆ど感じなかった。

「目の中に溜まった汚れは洗浄した。裏側もきれいで、炎症もほぼ鎮まっておる」

衛生兵は瞼を素早く元に戻した。

「助かったよ、ありがとう」口元に笑みを浮かべた博人は、他人に触れられた為むず痒《がゆ》くなった目元の皮膚を、手の甲で何度も擦った。「でも、そんなに汚れていたのか？」

「自分で確かめよ」衛生兵が促すように言った。

「確かめる？」痒みの残る目を薄く開けた博人は思わず「わっ」と声を上げた。眼前に、衛生兵が指でつまんだガーゼが垂れ下がっていた。真っ白だったはずの医療用綿布は、雑巾のように真っ黒になっていた。

「こ、これが、僕の目に付いていた汚れ？」博人は呻くように言い、露骨に顔を歪めた。ガーゼ全体に泥水のような濁った液体がたっぷりと染み込んでいた。その量も、濃さも博人の予想を遥かに上回るもので咄嗟には信じることができなかった。

「前回七十度の花希水を点眼し、一定の時間を掛けて溶解させておるから、今回波性液の洗浄だけでこれだけ劇的に落ちたのだ」

衛生兵は指を離し、ガーゼを落とした。ビチャッ、という湿った音が足元の床でした。「カキスイ？　ハセイエキ？」博人は眉間に皺《しわ》を寄せた。衛生兵は時折地上にはない専門用語を使うため、説明しようとしていることが上手《うま》く理解できなかった。「この汚れは何なんだ？」博人は床に落ち、潰れた椎茸《しいたけ》のように平たくなったどす黒いガーゼを指さした。

「シャッテンだ」衛生兵は当たり前のように言った。

「これが？」博人は目を剝いた。先程一度聞いた言葉だった。「これが目から出たということは、シャッテンって……血なのか？」

博人は気づかわしげな目を衛生兵に向けた。地下深くに潜ったため急激な気圧の変化に耐え切れず、脳内の血管が切れたのだと思った。

「違う。血ではない」衛生兵は床のガーゼと博人の顔を交互に見た。「シャッテンとは影のことだ」

「影？」博人は思わず間の抜けた声を上げた。衛生兵の答えが本気なのか冗談なのか判別がつかなかった。

「ヒヨコがここに来ると、初めは心身が闇を拒む」

衛生兵は低音だがよく通る声で言った。博人は改めて、地上で暮らす自分達の総称が『ヒヨコ』であることを知ったが、何度聞いても聞き慣れず、生理的とも言っていい違和感と嫌悪感を覚えた。

「しかし闇に抗《あらが》うことはできない。なぜなら地上と地下、つまり外界と内界では闇の質が違うからだ。この、〈違う〉という言葉を軽んじてはいけない。我が、そして我々が〈違う〉と言った時は正真の意味で〈違う〉のであり、根本的相違、絶対的差異と同意である。外界の闇が存在している理由は二つしかない。一つは光が〈ある〉ことを認識させるためであり、もう一つは光が〈あった〉ことを想起させるためだ。外界の闇をたとえるなら、窓に垂れ下がる天鵞絨《ビロード》のカーテン、あるいは銀幕を覆う繻子《しゅす》の幕に過ぎない」

衛生兵は頭をゆっくりと横に振った。相変わらず仕草も表情も沈着なままだったが、こちらを見据える一重の目はいつの間にか光を帯びていた。夜空で煌《きら》めく恒星のように白く硬いそれは、衛生兵が初めて感情を垣間見《かいまみ》せた証拠に思えた。

「内界の闇は、色も、密度も、流れも、規模も、ありとあらゆるものが重層的に構成され、その全てに不変の真理が含まれている。内界の闇をたとえるなら、天体を覆う大気、あるいは宇宙を満たすエーテルであり、常に〈世界〉を内包している。光の相対でしかない外界の闇など比較の対象にすらならない。極言すると、内界の闇は存在する理由すら必要としないのだ。この事実が我々だけではなく、貴様らヒヨコにとってもどれだけ驚嘆すべきことかは、じきに分かる」

「…………」

博人は無言だった。身じろぎもせずに衛生兵を見つめていた。説明されたことのほぼ全てが理解不能だったが、とにかく今は黙って聞いているのが正しいような気がした。

「なぜなら、貴様にはすでに闇が染み込んだからだ」

衛生兵が、こちらを指さした。（闇が染み込むまで、待て）という言葉が耳の奥で三《み》度《たび》蘇った。博人はそこで初めて、この言葉が一体何を意味するのか全く知らないことに気づいた。

「闇が最も浸潤するのが脳で、その深度が深ければ深いほど闇を受け入れたこと、というか、受け入れてしまったことになる。言葉を換えれば、貴様は闇との相性がいいのだ」

「闇との相性がいい？　僕が？」

博人は思わず小首を傾げた。そんな自覚など毛頭無く、また、持ちたいとも思わなかった。博人は床に落ちた「黒い死骸」を不快そうに一瞥した。

「その結果形骸と化し、さらに液状と化した〈闇だったもの〉＝シャッテンが左右の涙腺排出管より大量に排出され、そのまま眼球の表面や瞼の裏に付着・凝固したため、一時的な暗転拒絶反応が起きた。これは貴様の意志とは無関係に起こることなので制御することはできない。吐き気や悪寒を覚えるのも、空腹や喉の渇きを感じないのも、シャッテンが排泄される際に見られる症状だ。反応の度合いが強くなると、他に突発性難聴や色覚異常、さらには軽度の記憶障害なども見られるが、どれも一時的なものであり、すぐに回復する」

「そういう訳か……」世界が真空と化した謎が解け、博人は納得したようにうなずいた。

衛生兵が何かを思い出したように腕時計を見た。そして顔を上げると「貴様、立てるか？」と言った。

「立てると思う」

博人は胡坐をかいていた軍用毛布から腰を上げ、ギシギシと木材を軋《きし》ませて寝台から下りた。ワークブーツを履いた両足が硬い床に着くと、ゆっくりと膝を伸ばして上体を起こした。昨日あれだけ酷かっためまいも全く起こらず、泥酔者のようによろめくこともなかった。頭蓋にぬるま湯が溜まっているような心地よい嘔気は変わらず揺曳していたが、支障を来すほどではなかった。

「ほら、平気だ」博人は安堵し、その場で軽く足踏みをしてみせた。

「結構」

衛生兵は短く答え、傍らのガートル台に下がったブリキの吊り手水器に手を伸ばした。そして下端から突き出た真鍮《しんちゆう》の弁棒を押して水を出し、指先を丁寧に洗った。

「これは手指の消毒専用だから飲んではいかんぞ。たちまち腹を壊す。飲料水が欲しい時は常兵《じょうへい》にその旨を伝えよ。管轄の部隊から水筒の配給がある」

衛生兵はこちらに背を向けたまま言った。常兵とは一般の兵士、つまり歩兵を指す言葉だと思われた。

「これからどこかへ行くのか？」

博人は腰に両手を当て、前後左右に軽く回した。

「そうだ」

衛生兵は軍袴の尻ポケットから綿のハンカチを取り出した。そして指先に付着した水滴を丁寧に拭き取り、再びポケットに戻すとこちらを向いた。

「軍医殿の診察を受けに行く」

2

病室から廊下に出ても、同じ風景が広がっていた。

削岩後、研磨加工が施された青墨色の岩肌が壁と床と天井を成し、それが左右に長々と延びていた。天井は低いままで、照明器具はどこにも無かった。左右の壁には、これも同じく錆びついた鉄のドアが等間隔でずらりと並び、左右の廊下の先には数台の移動式寝台が停められているのが見えた。それぞれのドアの中央には、灰色のペンキで部屋番号が大きく縦書きされていた。博人のいた病室のドアには『二〇九』と書かれ、ドアノブには『使用』と焼印が捺《お》された木札が紐で下げられていた。

ドアを閉めた衛生兵は施錠し、木札を外して被服の胸ポケットに仕舞うと、廊下を右に向かって歩き出した。博人は半歩遅れてその後を追った。〈暗転拒絶反応〉で見られる症状の一つ、軽い聴力障害が続いていた。そのため自分は元より、前を歩く衛生兵の足音も岩上を闊歩する硬いものではなく、空洞の丸太を撥《ばち》で叩くような虚ろなものに聞こえた。

「診察はどの位掛かる？」

博人は背後から肩越しに訊いた。

「じきに分かる」

衛生兵は前を向いたまま短く答えた。

「検査はするのか？」

博人は再び訊いたが、答えは一度目と同じらしく衛生兵は無言で歩き続けた。

「ここは病院なんだろ？　他に何人位入院してるんだ？」

構わず博人が質問を続けると、衛生兵が歩きながら振り向き「軍秘だ」と抑揚のない声で告げ、また前を向いた。

「グンヒ？」博人は首を捻《ひね》った。略語だとは分かったが何の略かは分からなかった。

「グンヒとは何だ?」博人は取り敢えず訊いてみたが、予想通り衛生兵は答えなかった。苛立った博人は思考を巡らせ、様々な単語を組み合わせて略語の意味を探った。暫時の後、ふと直感が働き「グンヒとはもしかして、軍の秘密ということか?」と訊くと、衛生兵は歩きながらこちらを一瞥し、またすぐに目を逸らした。その、一重の目に浮かんだ淡い光を見て、博人は己の正解を知った。

「入院している患者の数が秘密?」

博人は呆《あき》れたように呟き、歩いている廊下を見回した。戦時ならともかく、同族だけが寄り集まって暮らす平時の土中深くで「軍秘だ」と真顔で答える衛生兵が酷く大袈裟に見えた。その口調も仕草もどこか芝居がかっており、規律のためではなく、個人的な矜持《きょうじ》を満たすための発言に思えた。博人は不快な気分になり、これ見よがしに大きな舌打ちをした。そして申シ訳ゴザイマセンデシタと皮肉交じりに吐き捨て大袈裟に敬礼しようとした時、不意に衛生兵が立ち止まった。

「わっ」眼前の背中にぶつかりそうになり、博人は仰け反った。

「ここだ」

衛生兵は前を向いたまま言った。二〇九號室《ごうしつ》から廊下を一直線に進んだだけで、それほど離れた場所ではなかったが、なんとなく様子が違うのが分かった。博人は衛生兵の肩越しに視線を走らせた。

まず、先程の病室とはドアが違っていた。同じ鉄製だが、観音開きで幅が広かった。右の扉には短冊形の琺瑯《ほうろう》板が貼られ、赤十字のマークの下に『I病《いちびょう》・診』と書かれていた。

衛生兵は二歩進んで戸口の前に立ち、素早く戦闘帽を取った。軽く咳払いをし、医務用被服の襟を手際よく直すと、背筋をぴんと伸ばした。そして遠慮がちに、しかし良く響く音で二回ノックし、今まで一度も聞いたことのない張りのある声で「受診者を連れて参りました」と告げた。

中で人の気配がし、すぐに琺瑯板の貼られていない左の扉が開いた。出てきたのは、同じくガーゼマスクをした看護婦だった。短いコック帽のような制帽を被り、長袖のロングドレスを模した繋ぎの白衣を着ていた。腰に太いベルトを巻き、ウエストをきゅっと引き締めているのが優雅でもあり、場違いなようでもあった。

面識があるらしく、衛生兵は軽く一礼すると小声で何かを言い、こちらを一瞥した。看護婦はうなずき、室内と廊下を交互に指さし短い返事をした。衛生兵は襷掛けにした雑嚢から厚い雑記帳を取り出し、看護婦に手渡した。それで手続きは完了したようだった。衛生兵は改めて背筋を伸ばすと一礼し、「では」と言って戦闘帽を被った。

「帰るのか？」一抹の寂しさを覚え、博人が訊いた。衛生兵は答えず、博人を見ようともしなかった。素早く踵を返すと、来た時とは反対方向に向かい足早に歩いていった。

「中へ」戸口に立つ看護婦がこちらを見て言った。抑揚のない声だったが、あの衛生兵よりはまだ人間味が感じられた。博人は急速に遠ざかっていく「旧友」の足音を背中で聞きながら扉の中へ入った。

室内は暗く、がらんとしていた。四面を成す青墨色の岩肌は全て灰色に塗装され、床にはリノリウムが敷かれていた。右の壁には鉄製の移動用寝台が一台置かれ、左の壁には硝子の扉が付いた縦長の薬品棚が置かれていた。正面には壁が無く、天井から吊られた黒い幕が一面に垂れ下がっていた。目を凝らすと中央で左右の幕が重なり合っており、間仕切りだと分かった。向こう側が診察室で、衛生兵の言っていた軍医が居るのだろう。

背後で扉の閉まる音がした。雑記帳を小脇に抱えた看護婦が足早に傍らを通り過ぎ、幕の前で立ち止まると背筋を伸ばした。

「受診者一名、参りました」看護婦が滑らかな口調で言った。

「通せっ」中から返事がした。力強い女の声だった。軍医は男以外ありえないと思い込んでいた博人は仰天し、思わず「女？」と言い掛けたが、すんでのところで口をつぐみ堪えた。

看護婦は幕の右の境を手で捲り、こちらを向いた。無言だったが、目で入室を促していた。博人は歩いていき、一礼した。先程の衛生兵にはない鋭利な品格のようなものを白衣から感じ取り、自然と出た仕草だった。看護婦は無言のままだったが、微かにうなずくのが分かった。足元を見ると、床のリノリウムはそのまま奥へと続いていた。

「失礼します」

博人は縦長の空間にゆっくりと体を滑りこませた。

不意に視界が開けた。

「うわっ……」

博人は目を見開き、辺りを見回した。二十畳ほどの部屋は診察室というより、医学部の標本室の如き様相を呈していた。

右の壁には高い書棚が並んでいた。分厚い医学書や図鑑、各国の辞書、革張りのアルバムなどがびっしり詰め込まれていた。左の壁には硝子戸の付いた標本棚が並んでいた。棚には大小様々な標本瓶の他に、人の頭蓋骨や巨大な眼球模型、皮膚病変の顔面ムラージュ、経絡や経穴が描き込まれた胴人形などが至る所に展示されていた。正面の壁には全長三メートルはある、巨大な木製の机があった。「両翼」の机上には無数のノートや画帖、菊判の封筒などが重なり合い、その下にはそれぞれ五つの引き出しが付いていた。中央の机上には、三角フラスコと三本のメスシリンダー、さらに二本の試験管の上部を長いゴム管で繋いだ培養装置らしきものがあり、周囲には立て台に並ぶ空の試験管や溶液の入ったビーカーなど、さらなる実験道具が溢れていた。机の前には肘掛けの付いた革張りの回転椅子が置かれ、その傍らに白衣を着た女が悠然と立っていた。

軍医だ、と博人は胸中で叫んだ。

「来い」軍医が短く言った。声が頭上に響いた。見上げると天井が倍ほど高くなっており、綺麗《きれい》なドーム状を成していた。

「はいっ」博人は上擦った声を上げ、慌てて進み出た。一メートルほど手前で立ち止まり、一礼した。軍医は予想していたより若かった。三十前後に見えた。背が高く、博人と同じ一七五センチほどあった。

「傷病録はあるか？」軍医が博人の後ろを見た。

「受領しました」背後で看護婦の声がし、続いて素早くページを捲る音がした。先程の雑記帳のようだった。軍医は腕を組み、看護婦のいる方向を凝視した。

博人はそっと顔を伏せ、上目遣いで軍医の姿を盗み見た。

長い髪を三つ編みにし、左の肩に垂らしていた。中肉だが輪郭は直線的で、顎が小さかった。一重の目は切れ長で大きく、逆に鼻と口は小さかったが、唇は肉厚だった。

博人は聡明さと非情さを同等に併せ持つその顔立ちが「誰か」に似ていると思い、いや「何か」だと思い直し、記憶を辿った。そして軍医の蠟細工のように白く、肌理《きめ》細やかな皮膚を見つめるうち、「何か」が女雛だったことに気づいた。あの雛壇の上に鎮座する美しき「無表情」こそ、眼前の「女」そのものだと思った。

防毒面を捲り上げた兵士の姿が脳裏を過った。

博人は意識を集中させながら、ゆっくりと深く鼻から息を吸った。しかし湿った土の匂いはおろか、淡い香水の香りすらしなかった。博人は（なぜだ？）と自問し、暫時の後、（今、「土の中」にいるからだ）と自答した。

「読み上げます」

背後で看護婦の声が響いた。「氏名ウチノ・ヒロト、セーフタサン、入界二日目、デー深度三・八、シャッテン大、暗転拒絶反応アリ、症状：嘔気アルモ軽微ナリ、花希水ナナマル点眼一回、波性液洗浄一回、経過良好ナリ。以上です」

「よし」軍医は小さくうなずいた。背後で看護婦が一礼する気配がした。

「デー深度三・八か。受診者は闇との相性が良いな」軍医は衛生兵と同じことを言い、こちらを見た。「症状は嘔気のみか？」

「いえ……」視線が合った途端、博人は弾かれたように目を逸らしてうつむいた。「ほ、他に耳が聞こえづらくなってます。大分良くなりましたが、まだはっきりと聞こえません」

「突発性難聴だ。すぐに回復する」軍医はまた衛生兵と同じことを言うと、白衣の胸ポケットから万年筆型のペンライトを引き抜き、おもむろに眼前に来た。「検診する。瞬きせずに真っ直ぐ前を見よ」

博人は慌てて顔を上げ、言われた通りにした。僅か十数センチの近距離に軍医の顔が接近し、灯されたペンライトの光が視界を白く染めた。博人の鼓動が急速に速まり、腋《えき》下《か》にじわりと汗が滲み出た。強い昂ぶりと共に同じだけの劣等感を覚え、頭が混乱した。酷く取り乱したのは、その美貌に対してだけではなかった。軍医は全身から、思わず目を逸らしてしまうほどの「圧力」に似た何かを放っていた。それは先程看護婦に対して感じたものとは比較にならぬほど強く、濃密だった。その何かを強いて言えば『凜《りん》とした凄み』あるいは『刃物のような至純』であり、彼女を直視するという行為は勿論、直視するという発想自体に罪悪感を抱かせるほどだった。

「報告通り、澄みきった角膜だ。シャッテンは完全に洗浄されている。後は体内に染みた残滓《ざんし》が、汗や尿となって排泄されれば完治する」軍医は数回うなずき、ペンライトを消した。

「目を閉じて良い」

博人は思わずギュッと目を瞑った。涙が乾き、表面がひりつくように痛み出していた左右の眼球が瞼に包まれ、再び潤っていくのが分かった。緊張と痛みから解放された博人は安堵し、大きく息を吐いた。腋下は元より額からも粘ついた汗が染み出し、たらりと頬に流れた。

軍医は白衣の胸ポケットにペンライトを差し込むと踵を返し、離れていった。そして机の前の回転椅子をくるりと回すと、背筋を伸ばして腰を下ろした。背後から看護婦が足早にやってきて、開いたままの傷病録を慇懃《いんぎん》に手渡した。

「質問はあるか？　あるなら簡潔にせよ」軍医が、膝の上に置いた傷病録に目を向けた。

博人は今までの会話を思い出し、反芻《はんすう》した。

「僕は、闇との相性がいいとのことですが」博人は恐る恐る訊いた。軍医の放つ「圧力」に押され、自然と敬語になった。「それは具体的にどういうことなのでしょうか？」

「貴様の中にも闇があるということだ」軍医は淀みなく答えた。「闇と闇は常に引き寄せ合い、呼び寄せ合う。花に蝶がとまるように、あるいは糞《ふん》に蠅《はえ》がたかるように、内界の闇と貴様の闇は手に手を取り合って『抱擁』したのだ。勿論それを促したのは意志ではなく本能であるから、自覚はなかろうが」

「つまり……」博人は言い淀んだ。頭の中で話を咀嚼《そしゃく》し、整理した。「……僕の闇とは、トラウマというか、心の傷を指すのですか？」

「心の〈傷〉を指す時もあれば、心の〈病巣〉を指す時もある」軍医はなぜか浮き立つように言った。「ここで重要なのは、心に〈傷〉や〈病巣〉があることではなく、その〈深さ〉と〈大きさ〉が問題だということだ。人の体が無数の雑菌にまみれているように、人の心も無数の〈傷〉と無数の〈病巣〉にまみれている。しかし実際に、憎い隣人を射殺する男はごく稀《まれ》であり、邪魔な恋敵を毒殺する女もごく僅かだ。一線を越えるか越えないかは、それらの数ではなく度合いによって決定する。一の脳挫傷は、百の擦過傷に勝ると肝に銘じよ」

「ということは……」

　博人は目を細め、虚空を凝視した。（僕の闇は？）と自問した途端、回転木馬に乗る美佐と昌樹のスナップ写真が脳裏を過った。同時に鈍い痛みを覚え、博人は思わず胸を押さえた。軍医の明快な達意が槍《やり》となり、銃弾となって自分の心を貫いたのだと思った。そのため傷を塞いでいた瘡蓋が破れ、融けた鉛のようなものがどろりと溢れ出たような錯覚に襲われた。

「どうした、顔色が悪いぞ」軍医が怪訝な顔をした。切れ長の「虎視」が「獲物」の異変を瞬時に捉えていた。「嘔気の悪化か？」

　その声に反応した看護婦が、背後で動く気配がした。

「大丈夫です」博人は慌てて言い、無理やり口元に笑みを浮かべた。軍医は怪訝な顔のまま看護婦の方を一瞥し、また博人に目を戻した。

「暫く煙草を吸っていないので、落ち着かないだけです」博人は咄嗟に嘘を吐き、おどけたように胸を擦った。「かなりの愛煙家なもので、こればかりは」

「そうか、煙草か」軍医は呟き、少しだけ目を見開いた。それは予想外の回答に驚いたというより、煙草という嗜好品《しこうひん》が存在していたことを思い出したような表情だった。切れ長の「虎視」が、たちまち通常の一重に戻るのが分かった。

「なら、心配は無用であるな？」

「心配は無用です」博人がうなずきながら、あの衛生兵の姿を思い浮かべた時、遠慮がちに、しかしよく響く音でドアが二回ノックされた。博人と軍医が反射的に振り向いた。看護婦が幕に向かって歩いていくのが見えた。

「中尉殿をお連れしました」

廊下から、「旧友」の張りのある声がした。

3

看護婦に促され、衛生兵と共に入室してきた中尉は、地上で見るモグラ兵とは異なる軍装をしていた。

尉官らしく徽章《きしょう》付きの軍帽をかぶり、膝まである将校マントを羽織っていた。革脚絆《きゃはん》を装着した黒い長靴《ちょうか》を履き、両手には白い手袋を嵌めていた。変わっているのは、目元を透けた布で覆っていることだった。帯状になった黒いレースを目隠しのように顔に巻き、二本の長い後端を肩に垂らしていた。昔南方で使用されていた防蚊覆面を彷彿《ほうふつ》とさせたが、よく見ると上下の縁に規則的な花模様が刺繍されており、何か宗教的な意味合いがあるようにも思えた。

「受診者の尋問に参りましたっ」

　中尉は幕の前で直立不動になり、指先をピンと伸ばしてキレのある敬礼をした。博人はそこで初めて「女医」の階級が中尉より上だと知り、驚きを通り越して呆れた気持ちになった。抱いていた畏怖の念はさらに強まったが、その比率は依然として「畏」と「怖」が一対九の割合だった。

「御苦労である。よろしく頼む」

　軍医は、中尉とは対照的に事務的で短い敬礼を返した。

「では、さっそく」

　中尉はマントをはだけると腰に提げた図嚢の蓋を開け、中から合成樹脂製の白いボードを取り出した。ボードの上部にはクリップ型の発条《ばね》金具が付いており、数枚の書類がきれいに綴《と》じられていた。中尉はそれらを確認するようにパラパラと捲りながら「貴様の姓名をなのれ」と低く言った。

「内野です」博人は上擦った声で答えた。「内野、博人です」

「こちらへ来い」

「はい」

　博人はぎくしゃくとした足取りで歩いていった。そして一メートルほど手前で立ち止まり、無言でうつむいた。

「訊かれたことには簡潔に答えよ」中尉が抑揚の無い声で言った。黒いレース越しに見える目は、書類に向けられたままだった。「昨日、北地区の第弐隧道入口より入界を果たしたが、その際の状況を説明せよ」

「………」

博人は眉根を寄せ、思考を巡らせた。〈入界〉とは彼らが言う〈内界〉に入ることを指していると思われた。つまり〈内界〉＝〈虻狗隧道〉に来た目的を言えばいいのだと判断した。

「家出をした妻を捜すために来ました」

博人は遠慮がちに言った。中尉は無言だったが、書類と博人の顔を交互に二回見た。その目には訝《いぶか》しげな光が浮かんでおり、書面に書かれている内容と食い違いが生じているようだった。

「か、書き置きに妻の字で『トンネルにまいります』と書いてあったんです」博人は慌てて補足した。物見遊山《ものみゆさん》でこんなところまで来たと思われたら堪ったものではなかった。

「家出は以前からありまして、トンネルに行ったことを何度かほのめかしたので」

「昨日」中尉が博人の話を強引に遮った。「昨日、誰と、どういった経緯で、貴様たちが虻狗隧道、もしくはトンネルと呼ぶこの内界へ進入したのかを説明せよ」

中尉は硬く強い声で言い、こちらを見た。質問が具体的なものに変わっていた。

「昨日、誰と？」

博人は虚を衝《つ》かれたように呟き、反射的に記憶を辿った。しかしどれだけ意識を集中させても、脳裏に浮かぶのは灰色の雲海に似た茫漠たる風景だけだった。

「昨日……誰と……？　誰かと、ここに来たのか？」

博人は眉をひそめ、虚空を見つめた。意識の奥底に何かが沈殿している感触は確かにあった。しかし「ある」だけで、一体それが何なのか全く見当が付かなかった。

「軍医殿」中尉が呟き、視線を向けた。「この報知書には本人による供述がちゃんと記載されておるのに、なぜ此奴《こやつ》は分からないのですか？」

「記憶障害が起きている。シャッテン排泄時に見られる症状の一つだ」軍医は椅子に腰かけたまま、静かに言った。「ただ暗転拒絶反応の度合いが特強で、症状が甚大化したようだ。闇との相性がすこぶる良好、というか良好過ぎて、浸潤が脳の真核に肉薄した結果だろう。通常のヒヨコでは見られぬことだ」

「では、尋問は不可でありますか？」

「いや、角膜を診たがシャッテンは完全に洗浄されている。体内に染みた残滓が脳に影響を及ぼすこともあり得ないので、本来なら何の問題もないはずだ。つまり記憶を想起できぬのは、浸潤が深過ぎた故に起きた軽度の暫発《ざんぱつ》性ショックが原因だろう。たとえるなら、敵機が去ったのに気づかぬ整備兵どもが、退避壕に籠り続けているようなものだ」

「では、空襲警報解除のサイレンを鳴らせと？」中尉が真顔で言った。

「サイレンなど大袈裟なものはいらん。ただ〈伝令〉を走らせて、壕の扉を叩かせればよい」軍医は口元を緩めた。

「はぁ……」中尉は不思議そうな顔をして首を傾げた。「で、その〈伝令〉とは一体？」

不意に軍医は看護婦の横に立つ衛生兵を見て「おい」と言った。

「はっ」衛生兵は瞬時に背筋を伸ばした。

「ブリッツはあるか？」

「ございます」衛生兵は即答した。

「よし」軍医はうなずくと顎を指でつまみ、何かを思案するような顔をした。「そうだな……四分の一でよい、ブリッツをヒトマル希釈して此奴に飲ませよ」

「はっ」衛生兵は襷掛けにした雑嚢に手を入れ、素早くまさぐった。同時に看護婦が実験道具の置かれた机に向かい、ビーカー内の透明な液体を空の試験管に一〇ccほど移し、また戻ってきた。

「発見セリ」衛生兵が雑嚢の中から茶色い小瓶を取り出した。それはアンプルと呼ばれる、薬液を熔封した硝子の筒だった。衛生兵は流線形をした先端を手慣れた仕草で折ると、看護婦から受け取った試験管の中にきっちり四分の一だけ白濁した薬液を注ぎ込んだ。

「これは何でありますか？」中尉が衛生兵の手元を凝視しながら言った。

「簡単に言うと、向精神薬兼強壮剤だ」軍医が快活に言った。「開発されたのは十年ほど前だが、効き過ぎるということでお蔵入りしておったのを引っ張り出してな。自分なりの改良を何度も加えて実用に耐えうる代物《しろもの》にしたのだ。なので正式名称はブリッツ三型改といったところか。そのうち貴官の部隊にも配給されるであろう」

「左様ですか、流石《さすが》は軍医殿ですなぁ」中尉は感心したように言い、何度もうなずいた。

衛生兵は博人の眼前に歩いてくると、試験管を素早く振って攪拌《かくはん》した。そして鼻先にかざし、混ざり具合をしっかりと確認した後こちらに差し出した。

「一気に嚥下《えんげ》せよ」

「…………」

博人はうろたえ気味に試験管を受け取り、内容物に目を凝らした。微細な気泡の浮いた、どろりと白濁する液体が酷く不気味だった。さすがに死ぬことはないと思ったが、高濃度の浄化液による眼球洗浄の激痛を思い出し、全身の筋肉が硬直したように動かなくなった。

「心配は無用だ」博人の心中を察したように衛生兵が言った。「希釈したブリッツであるから、染みることはない」

「……飲めばいいんだろ」

不貞腐《ふてくさ》れたように呟いた博人は衛生兵を睨み付けると、目を瞑って一気にブリッツをあおった。しかし舌の上に広がったのは予想していた苦味ではなく氷のような冷たさだった。博人は戸惑ったが吐き出す訳にもいかず、言われた通りそのままごくりと飲み込んだ。

めまいは数秒後にやって来た。突然脳の深部で炭酸の粒が弾けるような微細な痺《しび》れが起き、それがたちまち後頭部から側頭部、前頭部、そして顔面へと広がった。視界が霞み、ピントがぼやけた。足元がふらつき、大きくよろめいた。

「騙したなっ」博人は両脚で踏ん張りながら叫んだ。勿論衛生兵に対してだった。「何だこれはっ」

「騙してなどいない」耳元で「旧友」の声がし、両脇の下に両腕が差し入れられた。正面から抱きかかえられるようにして支えられ、そのままゆっくりと床にしゃがまされるのが朦朧とした意識の中で感じられた。「染みることはない、と言っただけだ」

「黙れ」博人はそう叫んだつもりだった。さらに「屁理屈野郎」と罵ったつもりだった。しかしその時にはすでに意識はなく、半開きになった口からはくぐもった呻きすら漏れ出ることはなかった。

4

声がした。

男の発する嬌声《きようせい》のような女の発する怒声のような甲高い響きが、闇の中を蛇のようにのたくっていた。

誰だ？　と博人は思い、「誰だ？」と声に出して呟いた。

返事はすぐに返ってきた。

男の発する嬌声のような女が発する怒声のような甲高い響きが不意に静まり、耳元で誰かが「助けて……」と囁いた。同時に泣き腫らしたような目でこちらを見る、ショートヘアーの若い娘の顔が鮮やかに蘇った。

博人は息を呑んだ。思わず「あっ」と叫び、咄嗟に名前を呼ぼうとしたが出てこなかった。博人は慌てて記憶を辿った。そして暫時の後、眼前の闇に雪薇という文字が燐光《りんこう》を放つように青白く浮かび上がった瞬間、斧《おの》で断ち切られるように夢幻が消え、覚醒した。

「雪薇ちゃんっ！」

博人は叫び、右手を突き出した。

視界が元に戻っていた。視線の先には削岩後、研磨加工が施された天井があった。博人は思わず息を吐き出し、突き出した右手を力無く下ろした。仰向けに寝かされている、と認識した途端記憶が一瞬で巻き戻され、アンプル内の薬液を飲んだために昏倒したのだと理解した。

博人はゆっくりと上体を起こした。

そこはあの診察室だった。ただ、いつの間にか「軍医の部屋」から運び出され、間仕切りの外にある移動用寝台に寝かされていた。

「やはりブリッツは効くのう」

背後で女の声がした。振り向くと吊り下げられた幕の前に軍医と中尉が並んで立ち、興味深げな顔でこちらを見ていた。

「韋駄天《いだてん》の〈伝令〉があっという間に壕に着き、ドカンドカンと扉を叩いて怯え切った整備兵どもを外に出しおったわ」軍医が得意げに言い、傍らの中尉を見た。「貴官もちゃんと聞いたであろう？」

「勿論、聞きましたとも」中尉が大きくうなずき、手にしたボード上の書類を指さした。「雪薇とはっきり申しました。これは昨日帰隊した伍長が、この者と共に連行した俘虜の名であります」

「ゆ……」雪薇ちゃんはどうした、と博人は叫ぼうとした。しかし興奮の余り喉が詰まり、声が掠れて出なかった。博人は強い苛立ちを覚えながら数回咳払いをし、改めて振り返った。

「雪薇ちゃんはどうした？」博人は押し殺した声で訊いた。

中尉は博人と書類を交互に二回見ると、一歩前に出た。

「昨日一四五〇《ヒトヨンゴーマル》、第〇一救出隊の伍長一名が鹵獲した軽自動車にて帰隊した。その際、路上に於いて確保した俘虜－ラ、俘虜－セ、各一名を後部座席に搭載して連行した。つまりお前たちだ」

「そこで、ある問題が起きた」後ろに立つ軍医も一歩前に出て、中尉と並んだ。「俘虜－セ・ウチノヒロトは内界の闇と相性が良く、取り調べの直後に『浸潤』が始まると、すぐに初期の酩酊《めいてい》状態となり、担当の衛生兵によって第Ⅰ病院一般病棟二〇九號室に徒歩搬送された。つまり見事『甲種合格』を果たしたという訳だ。しかし俘虜－ラ・イナミユキラは闇との相性が悪く、『浸潤』が始まるや否や激烈なる偏頭痛を発症して悶絶、取り調べは中断を余儀なくされた。そのため至急第Ⅰ病院に担架搬送され、緊急病棟に収容されたが、意識が混濁して会話が不可の上、時折四肢の痙攣《けいれん》が見られるなど依然として予断を許さない状況が続いておる」

「…………」

博人は声が出なかった。寝台の上で身じろぎもせずに、呆然と軍医の話を聞いていた。

腹の奥、みぞおちの辺りに硬く冷たいものが沈んでいくような不快感が込み上げてきた。

ああ、この感じ、この鉄塊が臓物を裂いていくような物凄く嫌な感じは前にも感じたことがある、と博人は思い、すぐに昌樹が死んだ時だと気づいた。

博人は軍医から目を逸らすと、黒ずんだ床に虚ろな視線を落とした。先程幻視した、泣き腫らしたような雪薇の顔が脳裏を過った。

（もし雪薇ちゃんが死んだら、また俺のせいなのか？）

博人はそう自問し、大きく息を吐いた。「助けて……」という低い囁きが耳の奥で繰り返し響いた。博人は両手で頭を抱え、下唇を強く嚙んだ。不意に嗚咽が込み上げてきて、目頭が熱くなった。涙が出る、と思い、泣けるかもしれない、という期待が胸に兆した。しかしいつものように、押し寄せてきた「哀願の波」は瞬く間に引いていき、「砂」だけとなった胸中には形骸化した後悔の念が、朽ち果てたボートのようにぽつねんと残された。

「どうした？」博人の異変に気づいた軍医が首を傾げた。「貴様、泣いておるのか？」

「泣きたくても泣けねぇんだよ馬鹿野郎」

博人は下唇をさらに強く嚙みながら、声にならない声で怒鳴った。

5

第I病院を出た途端、視界が一変した。

目に映る全ての色彩がニスを刷《は》いたように滑らかな艶を帯び、全ての輪郭が線を引き直したように深く細やかになった。その変化は劇的であり、博人は思わず感嘆の声を上げた。

初めは闇そのものが変わったのだと思った。

しかしすぐに闇の見え方が変わったんだと思い直した。

博人は右手を広げて頭上に翳《かざ》し、目を凝らした。五本の指の間を漂い、掌《てのひら》に纏わりつく『それ』はすでに地上で定義されている闇ではなかった。極言すると『それ』は藍色の『月光』、もしくは群青色の『星明かり』に見えた。たとえるなら、濃いブルーの光を放つ波動性の粒子が、それこそ宇宙を満たすエーテルの如き様相でトンネル内を浮遊しているようだった。

「驚いたか？」

先に病院から出た中尉が振り向いて言った。闇が完全に染み込んだ後のヒヨコはみな同じ反応を示すらしく、その声は至って落ち着いていた。中尉の傍らに立つ衛生兵も、至極当然といった感でこちらを見据えている。

「驚きました」

博人は声を上擦らせて答え、翳した右手を下ろした。退院前に軍医から屋外ニ於ケル視覚的変容を予告され、「院内は傷病兵への刺激軽減策として闇の光度を下げている」が「院外は通常光度のため当初は戸惑い、動揺する」も「すぐに順応するので心配無用」と助言されていなければ子供のような声を上げ、辺りを走り回っていたところだった。

「僕の目が変わったのですか？」

博人は気分が浮き立つのを感じながら中尉を見た。軍帽を被り、将校マントを羽織った厳《いか》めしい姿も、今までとは比べ物にならぬほど鮮やかで立体的に映った。

「眼球に変化はない」中尉の代わりに、隣の衛生兵が答えた。「眼球の持つ特異なラチチュードにより、網膜の感度が自動的に調節されただけだ。ただ、内界の闇は、闇を受け入れた者に対してあらゆる意味で能動的に機能するようになるので、視覚情報を感受する視細胞が甲種棘粒《きょくりゅう》によって刺激され、その際生じたb《べー》型の興奮波が、脳内に投影される主観映像に影響を与えることがある。故に貴様の場合、通常のヒヨコよりもb型興奮波の作用効度が高い、もしくは作用効域が広いという可能性はある」

「つまり……」博人は落ち着きなく周囲を見回しながら、思考を巡らせた。「何の問題もないということだな？」

「特に、問題はない」衛生兵は小さくうなずいた。

「なら、いい。これで充分だ」博人は前を向き、満足げに口元を緩めた。

「おい」中尉が衛生兵に声を掛け、自分の腕時計を一瞥した。

「はっ」衛生兵は反射的に背筋を伸ばし、「参ります」と短く言った。命令された出発時刻を幾分過ぎたようだった。衛生兵は素早く回れ右をすると、襷掛けにした雑嚢を左手で押さえながら颯爽と歩き出した。中尉は無言で博人に視線を向けた。目元に巻いた黒いレース越しに見える双眸が追従を促していた。

「すみません」

　博人は慌てて衛生兵の後に続き、その半歩後ろに中尉が付いて歩き出した。謝罪の言葉が口を衝いたのは、向けられた視線に幾何《いくばく》かの険を感じ取ったからであり、程なく屋外ニ於ケル視覚的変容に対し、これ以上戸惑い、動揺することをいさめるものだと分かった。博人は眼前で揺れ動く衛生兵の背中を見ながら、「旧友」相手にはしゃぎ過ぎたな、と思った。同時に如何《いか》に「旧友」といえどモグラ兵であることに変わりは無いのだと改めて実感した。たとえどれだけ寛容で親切でもここは彼らが支配する地下帝国であり、生殺与奪の権限は常に彼らが持っているという現実を博人は肝に銘じた。そしてモグラとは常に一定の距離を保ち、相応の畏敬、もしくはそれに類する意思や感情を、その時々に適した言葉や仕草で絶えず表明することがヒヨコに課せられた使命なのだと思った。

定刻より遅れて第I病院を出発した三人は、一列縦隊で足早に進んだ。目的地は一切告げられなかったが、さすがに内界三日目となると暗黙のルールが身に付き、博人は特に尋ねなかった。理由は勿論、軍秘のため訊いても無駄だからであった。

〈病院前〉はちょうど丁字路の突き当たりのようになっており、前方と左右に路が延びていた。路は三方とも同じ規格だった。幅も高さも地下鉄のホームほどで、天井は緩やかなアーチを成していた。しかし視認できる範囲に人影はなく、耳を澄ませても自分達の足音以外は何も聞こえてこなかった。

院内と院外で決定的に違うのは、路面が煉瓦《れんが》敷きになっていることだった。欧州の路地裏を思わせる古びた赤褐色の焼成煉瓦が、縦横直角に隙間なく敷き詰められていた。その規則的で複雑な配列は、場所によって様々なパターンに変化した。〈病院前〉では碁盤状の細かい市松模様を成していたが、やがて魚鱗《ぎょりん》の連なりに似た網目模様となり、今では竹皮を編んだような網代《あじろ》模様を成していた。

行軍中、三人は無言だった。博人が先程の一件で私語を自粛したことにより、質疑応答が途絶えたためだった。しかし内界に対する疑問や疑念、疑惑の類は尽きることなく湧き出し、地層のように幾重にも沈積していった。

博人は眼前を進む衛生兵の背中をぼんやりと見つめながら、今自分が希求している情報を思いつくまま列挙し、重要と思われる順に並べてみた。

まずはなんといっても雪薇の容態だった。

希釈したブリッツを嚥下後、大事を取ってさらにもう一晩入院したため大分落ち着いてはいたが、それでも動揺は収まっていなかった。「依然として予断を許さない状況が続いておる」という軍医の不穏な言葉が、痼《しこ》りのようになって胸中に残っていた。

(あの娘も昌樹と同じようになるのか?)

そう思っただけで胃が疼き、強い吐き気を催した。それでも吐かずにいられるのは退院時に受領した散剤のお蔭《かげ》だった。「ブリザドだ」と言って軍医が差し出したのは茶色い薬包紙につつまれた二グラムほどの白い粉末で、所謂精神安定剤だった。特に強い不安を訴えた覚えはなかったが、例の「虎視」が素早く博人の心の「裂傷」を見抜いたらしかった。

「常温の水で日に一包だけ服用せよ」

軍医は事務的にそう言った後、思い出したように「日に二包以上服用すると心室細動を起こして死亡する故、自決する際の選択肢に入れておけ」と冗談とも本気ともつかぬ顔で言い、幕の向こうに消えていった。ブリザドは後六包残っており、なんとか一週間程度は乗り切れそうだった。もしその後も強い不安が続くようであれば別の医療関係者に相談し、また受領しようと思った。

次に求めている情報は喫煙の諾否《だくひ》だった。

つまりいつになったら煙草を吸えるのかを、決して大袈裟ではなく一秒でも早く知りたかった。それだけニコチンに対する思いが、加速度的に高まっていた。特に退院して娑婆《しゃば》に出たことで煙草を吸いたいという欲求が吸わなくてはならないという強迫観念に近いものにエスカレートしており、不満が募っていた。眼前の「旧友」にすぐにでも催促したかったが、背後を歩く中尉のことを思うと気持ちが萎縮し、どうしても言い出せなかった。

煙草の次は己の処遇についての情報が欲しかった。

突然モグラ兵にカージャックされ、路肩で射殺されかけた後、そのまま俘虜として地中深くへ連行されるという想定外の出来事に、当初は茫然自失の状態が続いていた。しかし第I病院に三日間入院し、治療を受けながら様々なモグラたちと交わるうちに冷静さを取り戻し、今では通常通りの思考ができるまでに回復していた。そこで今朝病棟の寝台で目覚めた後、天井を見上げながら内界で過ごした日々を振り返り、じっくりと吟味した結果、なぜ自分が射殺されずに連行されたのか、その理由を極めて広義ではあるが理解することができた。

それは、自分が〈必要〉とされているから。

この一言に尽きた。

勿論詳細は不明だし、これから何がどうなるのか予測がつかなかったが、衛生兵や軍医たちとの遣り取りにおける、彼らの浮かべる表情、特にこちらを見る際の、鋭いが敵意のない目の光によってウチノヒロトというヒヨコが何らかの価値を持つ存在だと断言できた。それは言葉を換えれば〈殺す必要がない〉という意味にもなり、迷子の「雛鳥」にとって何よりの保障となった。

しかしそうは言っても、相手が地下で生まれ育った生粋のモグラであるのに変わりはなく、一度は殺されかけた身でもあるので、自分が必要とされている理由をできうる限り具体的に知りたかった。

そしてこの三つを除くと、残るのは美佐の行方についての情報だったが、博人はそこで初めて己が本心に気づいた。自分は家出をした美佐を心から忌み嫌っており、その存在の全てを否定していた。勿論今に始まったことではなかったが、その嫌悪の度合いが異様に高まっており、もはや押し留めることができないまでになっていた。その証拠に、己の本音が何の予告もなしにあっさりと、まるで押し出されたところてんのように露《あら》わになったにもかかわらず、罪の意識は勿論、ほんの僅かな後ろめたさすら感じなかった。

博人は心境の変化、というか突発的な本性の露出に少し面喰らったが違和感はなく、むしろこれが当然だと思った。

そこでふとなぜ当然なのだろうと思い、(なぜだ?)と自問した。そのまま二呼吸分ほどが経過した後、唐突に(もう、死んでいるから)と自答した。

博人は虚を衝かれ、顔を上げた。

しかしその〈解答〉に衝撃を受けたからではなかった。

なぜ今までその〈解答〉=〈結論〉に至らなかったのかが不思議でならなかった。

(なぜだ?)

博人はまた自問し、眼前で揺れ動く衛生兵の背中を沈み込むような目で見つめた。灰色の医務用被服は次第に銀幕のように白んでいき、やがて一面に四日前の居間の情景がパステルの如き淡い色彩で映し出された。その上に、鉛筆で力強く書かれた文字の連なりがゆっくりと重なった。

トンネルにまいります

美佐

(……そうか)

博人は自答し、胸中で呟いた。

座卓に置かれた書き置きは、遺書だった。

今まで気づかなかったのは、遺書としてあまりに完璧だったため、逆に「あり得ない」と思い込んでいたからだ。それは名工が彫った「鼠《ねずみ》」が本物そっくりで、手に取るまで木だと分からない様に似ていた。

(美佐はもう、死んだ)

そう思った途端、微細な棘《とげ》で突かれたような痛みが胸に走った。

しかしそれも一瞬だった。

朧な良心の呵責も、砂漠に落ちた雨滴のように博人の茫漠とした心に吸い込まれ、たちまち消えていった。

闇に残照が滲むように、美佐の顔が脳裏に浮かび上がった。

それは結婚前の、横田美佐だった頃の初々しい笑顔だった。

(これが、答えだったのか……)

博人は度々去来する記憶の断片の意味にようやく気づき、納得した。

自分は、今でも美佐を愛して「いた」んだと。

6

路は一直線のまま、どこまでも延びていた。

途中、青墨色の壁には鉄製の扉が不規則に点在していた。扉の中央には必ず四角い琺瑯板が貼られ、記号や数字、各種マークが描かれていた。

最も多いのは軍の関連施設だった。

まず旧陸軍の象徴だった五芒星《ごぼうせい》が一番上にあり、その下に兵科徽章らしき様々な図形（桜花やラッパ、薬瓶、レンチなど）と部隊番号らしき四桁のアラビア数字が丁寧に書き込まれていた。

他には医療施設を示す赤十字や、通信施設を示す黒電話のマークなどが見られたが、中には施設の種類はおろか描かれたマーク自体、一体何を元に図案化したのか認識できぬものも幾つか見られた。

行軍が始まり十五分ほどが経過した時、前方に円形の空間が現れた。直径五メートルほどのそれは所謂交差点で、前方と左右に路が分岐していた。円内に敷かれた煉瓦の配列は、三枚羽根の風車形が連続する六《む》つ手卍《でのまんじ》模様を成していた。

衛生兵は交差点で立ち止まると、左右を確認して直進しようとしたが、円内中央で何かに気づいたらしく右側を向いて「おっ」と呟いた。

「あれを見よ」

衛生兵は足を止め、二時の方向を指さした。

「え？」博人も足を止め、人差し指がさす地点に目を向けた。右折路の、入口付近の床に丸みを帯びた白いものが五、六個見えた。どれもバレーボールほどの大きさで、遠目でも表面が硬いということが分かった。

「何だあれは？」

博人は思わず訊いた。地下特有の奇怪なキノコに見えた。

「電気ムシェルだ」衛生兵が当たり前のように言った。

「電気ムシェル？」博人は間の抜けた声を上げた。地下のキノコだから、チョウチンアンコウのように光り輝くのだと思った。「生えているのか？　それとも植えてあるのか？」

「違う。植物ではない」

衛生兵はそう答えると振り向き、中尉に向かって「少し宜《よろ》しいでしょうか？」と尋ねた。博人の背後で「余裕があるので構わぬが、手短にせよ」という中尉の声がした。衛生兵は軽く一礼すると、博人を目で促して歩いていった。博人も振り向き、中尉に一礼して後に続いた。

「これは貝の一種だ」

衛生兵は右折路の入口でしゃがみ込み、一番手前にいる一匹を拳で軽く叩いた。コン、とくぐもった音がした。厚いガラスのフロアライトを叩いたような音だった。

博人は腰を屈め、衛生兵の肩越しに電気ムシェルなる生き物を凝視した。遠目では分からなかったが、やや歪《いびつ》なドーム状を成すその外形は確かに地上でいう貝殻的な様相を呈していた。ほんのりと艶があり、殻頂から無数の微細な線が放射状に延びる白い殻体は、外界の海に生息するオウムガイのそれに良く似ていた。

「地下なのにこんなでかい貝がいるということは、どこかに地下水の溜まりでもあるのか？」

博人は首を伸ばし、路の前後に視線を走らせた。

「地下水は正解だが、溜まりなどというレベルではない」衛生兵は顔を僅かにこちらへ向けた。

博人は思わず海でもあるのか？　と軽口を利きかけたが、出発前に己に課した自戒ノススメを思い出して言い淀み、急遽《きゅうきょ》台詞を変えた。「どの位大きいんだ？」

「規模でいうと、練兵場三つは優に入るそうだ」

「レンペイジョウ三つ……」

博人は眉根を寄せた。兵士が訓練する場所ということは何となく分かったが、あまりに漠然としていて具体的な規模を想像することができなかった。

「あるいは、一個師団の露営に耐えうるそうだ」

博人の釈然としない表情に気づいたらしく衛生兵はたとえを変えたが、そこで何かを思い出したような目をし、顔の全てをこちらに向けた。「語尾が『そうだ』で終わるのは、湖の正確な大きさを把握している者がいないからだ」

「とにかく、だだっ広いということは分かった」博人は釈然としないまま、納得したように数回うなずいた。「そこに、この電気ムシェルが棲んでいるんだな？」

「棲んでいたそうだ」衛生兵は三度《みたび》「そうだ」を繰り返し、また前を向いた。「しかし進化の過程で陸に上がり、貴様が言うようにキノコ然として地面にへばりつくようになったのだ」

「進化の過程って、何十万年も前ってことか？」博人は呆れたように言った。

「何十万年か、はたまた何百万年か」衛生兵は抑揚の無い声で呟くと、おもむろに右手を振り上げ、一番手前の電気ムシェルに思い切り打ちおろした。ボコッ、というヘルメットを落としたような鈍い音が上がった途端、そのドーム状の白い殻体はブゥゥゥ……オンとくぐもった響きを発し、同時にその中心部から青白い光を放った。

「うわっ」博人は目を剝いた。自分の他愛ない空想通りに光り輝いたため、薄気味悪い気分になった。「何だこれは？」

「こうして強い刺激を与えると、円環状の生殖腺を発光させる習性がある」

衛生兵が前を向いたまま言った。中心部で起きた光はたちまち大きくなり、僅か五秒ほどで殻体の全てを満たした。それはまるで人魂《ひとだま》を種火とする、異界にしか存在しないブルーランタンの如き妖しさを湛えていた。

「発光する理由は二つある。外敵に対する威嚇及びメスに対する求愛だ」

「外敵ということは」博人は思い出したように言った。「こいつらを食べる奴がいるのか？」

「ああ、ミズチだ。外界では……」衛生兵は記憶を辿るような目をした。「……ツチヘビと呼ばれている」

「えぇっ」博人は叫び、絶句した。思わず体が仰け反った。

「どうした？」衛生兵が怪訝そうな顔をした。「ミズチに何か問題でもあるのか」

「いや、問題はない」博人は絞り出すように言った。「ただ、以前働いていた工場でツチヘビのバラシをしていたから、よく胃の内容物を目にしたんだ。その中で多かったものの一つが、砕けた白い殻だった。それって、もしかしてこの電気ムシェルの残骸だったのか？」

「そうだ」衛生兵は博人と違い、至って冷静に答えた。「ミズチが最も好むのが、土中深くに屯《たむろ》する電気ムシェルだ。胃の内容物が砕けた白い殻で統一されないのは、需要に対して十分な供給がなされていないためだ。ミズチは雑食ゆえ、他の生物を代替にして折り合いをつけておるのだろう」

「つまり、みなが先を争って食べるから、常に電気ムシェルの品薄状態が続いているということか」博人は腕組みをして言った。「ツチヘビ、というかミズチはこの辺りにうじゃうじゃいるのか？」

「ミズチの生活圏はもっと浅い場所だ」衛生兵は天井を指さし、頭上を見た。博人も釣られて上を見た。「奴らがこの辺りまで下りて来る時は、電気ムシェルを捕食する時に限られておる。見よ、前方の標語の下に竜洞が一つ確認できる」

衛生兵は入口から三メートルほど奥の、左の壁を指さした。

「リュウドウ？」

博人は低く呟き、人差し指のさす先に視線を走らせた。青墨色の壁の上部に短冊形の琺瑯板《ほうろうばん》が貼られ、『熱キ大喚ヲ上ゲヨ』という標語が記されていた。そのちょうど真下に、直径二十センチほどの穴がぽっかりと開いていた。

「あ、あそこからミズチが侵入したのか？」

博人は上擦った声を上げ、うろたえぎみに周囲の地面を見渡した。竜洞の直径から見て、『おろろんフード』で捌いていたツチヘビよりも明らかに巨大だった。自分の足首に、象牙色の体毛に覆われた巨体が素早く巻き付いてくるような錯覚に襲われ、酷く落ち着かない気分になった。

「心配は無用だ」衛生兵が、博人の心中を察したように穏《うが》やかな口調で言った。「ミズチには、一度掘った竜洞を避ける傾向がある。着弾して穿たれた穴に、もう一度砲弾が落ちることは無いであろう？　それと同じようなことだ。安心せよ」

「そうか。なら、いいが」博人は念のためもう一度周囲の地面を見渡し、やっと落ち着きを取り戻した。そして動揺したことへの照れ隠しから悪戯《いたずら》っぽい笑みを口元に浮かべ「じゃあ、ここは電気ムシェルの穴場スポットだな」とおどけたように言った。しかし衛生兵はくすりともせずに大きくうなずき「その通りだ」と力強く肯定した。

「おい」

不意に背後で声がした。反射的に振り向くと、交差点の中央に立つ中尉が、こちらを見ながら腕時計の文字盤を指で叩いた。衛生兵が弾かれたように背筋を伸ばし「直ちに出発いたします」と即答した。「手短にせよ」という先ほどの言葉が蘇った。貝に夢中になり、つい長居をしたようだった。衛生兵はこちらを見、目で追従を促すと足早に歩いていった。

（了解イタシマシタ衛生兵殿）

博人は胸中で独りごちながら、その後に続いた。途中、ふと後ろ髪を引かれるような気がして振り返った。同時に電気ムシェルを満たしていた青白い光がフッと消え、また元の白い殻体に戻った。脅威は去ったと、判断したようだった。

7

行軍を開始して約三十分後、一行は目的地に到着した。

その間、先頭を歩く衛生兵は出発した〈病院前〉の路から一度も逸れることなく、ひたすら直進し続けた。

目的地のドアは鉄製の片開きで、中央に貼られた四角い琺瑯板には医療施設を示す赤十字のマークがあり、その下に２０１８という部隊番号らしき四桁の数字が記されていた。

衛生兵は戦闘帽を脱ぐと、遠慮がちに、しかし良く響く音で二回ノックし、張りのある声で「受診者一名を連れて参りました」と告げた。

すぐにドアが開き、白衣を着た若い男が現れた。二十歳前後でロイド眼鏡を掛けており、大人しそうな相貌をしていた。童顔ということもあったが、目にはどことなく弱々しい光が浮いていた。博人は直感的に、医師ではなく技師か研究者だと思った。

「お待ちしていました」

男はまず背後に立つ中尉に一礼し、続いて衛生兵に一礼した。そして無言で博人を一瞥すると、そのままドアを大きく開け、入室を促した。

「失礼する」

中尉は事務的に右手を軽く上げ、無造作に戸口を潜った。博人は「最後尾」につこうとしたが衛生兵に背中を押され、中尉の後に続いた。

三人の〈一行〉は、若い男に先導されて前進した。

室内は意外に広かった。高校の教室の約半分に相当する細長い部屋が二つ、L字形に繋がっていた。初めの部屋の中央には長方形の長机が二脚あり、机上にはなぜか様々な楽器が散見された。

手前の机にはバイオリンやビオラ、マンドリン、バンジョー、バラライカなどの弦楽器が整然と並び、大きな白いレースで一面が覆われていた。奥の机には右半分に篠笛《しのぶえ》や雅楽で使う笙《しょう》、中国の曲笛《きょくてき》、水牛の角で作った角笛、金管をぐるりと巻いた狩猟ホルンなどの管楽器が、左半分には長胴《ながどう》太鼓や桶胴《おけどう》太鼓、台に載った締《しめ》太鼓、朱色の調べ緒が巻かれた鼓など和太鼓の類が整然と並び、大きな黒いレースで一面が覆われていた。

次の部屋は中央に机が無くがらんとしており、代わりに三方の壁際にものが配されていた。右の壁にはずらりと書棚が並び、軍医の部屋で見た傷病録と同じ規格の雑記帳が隙間なく収納されていた。左の壁には古びたアップライトピアノと、足踏み式の鞴《ふいご》が付いたリード・オルガンが並び、ピアノの上には若草色に着色された六角形の手風琴が置かれていた。正面の壁には大きな作業机があり、椅子に腰かけた老年の男が背中を丸めて作業をしていた。

「麦丸さん、I病から受診者一名が参りました」

先頭の若い男が声を潜めるようにして言った。それは「先輩」に対する「遠慮」というより、「年配」に対する「配慮」のように感じられる口調だった。

ムギマルと呼ばれた男が作業の手を止め、こちらを振り向いた。六十代後半ほどでぼさぼさの白髪をしており、病人のように痩せた相貌をしていた。白衣は着ておらず、黒いメリヤスのセーターに灰色のズボン姿で、机には節くれだった木の杖が立て掛けられている。

隣室との境に佇《たたず》む博人は、中尉の肩越しに無遠慮な視線を注いだ。

さん付けされた時点で医師ではないと分かったが、医療機器の技師でも病理学の研究者でもないことは明らかで、こうなると室内の様子に鑑み「楽器修理の職人」あるいは「楽器修理でリハビリをする老人」としか思えなかった。

振り向いてから十秒ほどが経過した後、ようやく麦丸は椅子から立ち上がり「これはこれは中尉殿お久しぶりでございます」とか細い声で言い、ぺこりと一礼した。

「うむ、久しぶりだ」中尉は小さくうなずき、また事務的に右手を軽く上げた。そして麦丸ではなく眼前の若い男に「以前よりは顔色が良さそうだが、体調はどうか？」と訊いた。

「相変わらず、一進一退です」若い男はこちらに顔を向けた。心なしか表情が曇っているように見えた。「I病の軍医殿が献陽《けんよう》を処方してくださったお蔭で、ああして作業できるまでにはなったのですが、それが終わると緊張の糸が切れてしまうらしく、またぐったりと横臥してしまうのです」

「稗田《ひえだ》、らしくないぞ」中尉がたしなめるように言った。「物事とはどこを見るか、どこに視点を合わせるかによって、それこそ世界は一変するのだ。此奴の場合〈軍医殿ガ処方サレシ献陽ニヨリ作業可能トナレリ〉で充分完結しておるではないか。一体何が不満なのだ？」

「不満ではなく不服なのです。つまり満たされないのではなく、納得ができないのです中尉殿」

ヒエダと呼ばれた若い男は、頼りない童顔とは裏腹に力強い声で持論を展開した。

「自分は麦丸の助手兼弟子としてこの工房療に配属されました。期限は三カ年で、その間第Ｉ病院医務班付の二等看護兵扱いとなり、期限満了後は作音師として正式に二等看護兵の位を頂ける予定です。しかし現在工房療での生活は一カ年と二カ月と八日が経過したに過ぎず、万が一期限満了前に作音師範が鬼籍に入るようなことになれば、自分はその時点で班付を解除となり、憧れの作音師になれないばかりか、主計課から受領している毎月の給金までも打ち切られてしまうのです。中尉殿、この由々しき事態から日々肉薄され圧迫されている我が心中、察して頂けますか？」

「稗田、もう良い。言わんとしていることは分かった」

中尉は、鼻先に押しつけられるような〈稗田式己が論理〉に閉口したらしく、不機嫌そうに唇を歪めた。そして不快な気分からの転換を図るように軍袴のポケットから白い薬包紙を取り出し、内包されていた十粒ほどの仁丹を掌にあけ、一気にあおった。

「……申し訳ございません中尉殿」

溜まっていたものをぶちまけたことで我に返ったらしく、稗田は急に消沈し、うつむいた。ロイド眼鏡を掛けた目には、いつの間にか以前と同じ弱々しい光が浮かんでいた。

「稗田、らしくないぞ」中尉は先程と同じ言葉を繰り返すと、音を立てて仁丹を噛み砕きながら「己を殺して沈潜せよ」と付け加えた。

「はっ。己を殺して沈潜します」稗田は顔を上げ、復唱した。「ただ……」

「なんだ？」中尉は面倒臭そうに腕組みし、続きを促した。

「……最後に、中尉殿の御言葉を頂きたいのです」稗田は、ゆっくりと臓物を吐き出すような口調で言った。「どうか、どうかこの軟弱の極みである稗田昭一郎《しょういちろう》に向かい、ヨシ、貴様ノ心中察シタゾと一声掛けて頂きたいのです。そうすれば、そうすれば、自分はそれだけで」

「報われるか？」中尉が先に言った。

「はい、報われますっ」稗田は即答した。

「気をつけっ！」不意に中尉が叫んだ。稗田が反射的に背筋を伸ばし、グッと顎を引いた。中尉はおもむろに一歩前に出、口元を微かに緩めると「よーし、貴様の心中、しかと察したぞ」と快活に言い、稗田の左肩を力強く叩いた。途端に稗田の顔がパッと明るんだ。そして低い嗚咽のような音を喉の奥から漏らすと「ありがとうございます中尉殿！」と上擦った声で叫び、深々と一礼した。

「案ずるな稗田。窮すれば通ずだ。貴様の至誠は必ずや天に届く。そのためにも今一度その燃ユル気概を発動し、発揮せよ。よいか？　苦しい時ほど己を殺して沈潜するのだ。そうすれば、やがて貴様はそれこそが、一見怯え切ったアヒルの如きその愚行こそが、軍隊に於いて出世するための最短行路であり王道であることを身を以て知るであろう」

「了解しました、肝に銘じます！」

稗田は叫び、上体を起こした。その顔は上気したように紅潮し、ロイド眼鏡を掛けた目には薄らと涙が滲んでいた。

博人は、眼前で繰り広げられる遣り取りを傍観しながら奇妙な気分になった。

まず、太古から土中深くに鎮座する謎の地下帝国といえど、軍人は例外なく軍人であることに、つまりただひたすら上下関係＝階級の差異に固執し、葛藤し続ける日常を送っていることに驚きを禁じ得なかった。己の役職を絶えず意識し、配属された部署に満足できずに更なる出世を夢見て努力しつつ上司に不平を漏らす様は、獅伝町の農協に於ける博人の事務員生活より、よほどサラリーマン然としており、勤め人の悲哀すら感じたほどだった。

同時に、入院患者数を尋ねた際、衛生兵が「軍秘だ」と答えた時と同じく、二人の会話はどこか芝居がかっており、極端な言い方をすると絶えず記憶した脚本《ほん》の台詞を発しているような、虚ろな言葉の連なりとして耳に響いた。

不意に古木を打つような鈍い音が響いた。

四人は同時に部屋の奥を見た。

正面の壁際にある作業机の前で、麦丸が力なく転倒するのが見えた。

「麦丸さん！」

稗田が叫び、慌てて駆け寄った。博人と衛生兵も反射的に追随したが、中尉だけは身じろぎもしなかった。麦丸は咄嗟に体を支えようとしたらしく、右手で椅子の肘掛けを握ったまま仰向けに倒れていた。

「だから言わんこっちゃない」

稗田は怪我を案ずるというより粗忽《そこつ》を咎《とが》めるような口調で言うと片膝を突き、麦丸を抱き起こした。その動作は素早く、見るからに手慣れており工房療に於ける作音師範の転倒が常態化していることが分かった。

「病み上がりなんですから、挨拶が済んだら勝手に座っていいんですよ。文句を言う人なんかいませんから」

稗田が肩を貸し、二人はゆっくりと立ち上がった。

椅子の背凭れに手を掛けた麦丸は、薄い座布団が敷かれた座面に緩慢な動作で腰を下ろした。そして作業机に両手を置いて十秒ほどが経過した後、思い出したように「いつもすまんな稗田君」と掠れた声で礼を言った。

「麦丸さんて人、大丈夫なのか？」博人は傍らの衛生兵の耳元で囁いた。

「先ほど中尉殿がおっしゃったように、どこに視点を合わせるかによって大丈夫かの基準が変わる」衛生兵は「老人」に気を遣う博人を無視するように通常の声量で答えた。

「ここで最も重要なのは彼の役職が何であるかということだ。つまり視点を上等看護兵としての作音師範に合わせた場合、献陽を処方されたことで体調は急速に回復し、職務の遂行が可能となった。故にぎりぎり及第点で、乙種合格となる。しかし視点を私人としての麦丸甲吉《こうきち》に合わせた場合、根源的な病《やまい》は未だ治癒することなく心身を蝕《むしば》み続け、もはや余命幾何も無いのは誰の目にも明らかである。故に落第点で、丁種不合格となる」

衛生兵は言葉を切り、軽い咳払いをした。その声も、戦闘帽とマスクの間から覗く一重の目も、至って真面目だった。

戸惑った博人は否定も肯定もせずに「うーん……」と唸ると、麦丸に視線を向けた。約五十センチの至近距離で医療従事者に余命宣告をされたにもかかわらず、「老人」は椅子に腰かけたまま平然とした顔で作業を再開していた。

博人は二呼吸ほど躊躇した後、眼下の麦丸を指さして「知っているのか？」と通常の声で訊いた。勿論余命のことだった。

「さあ……」衛生兵は他人事《ひとごと》のように首を傾げた。

博人は面喰らい、露骨に眉をひそめた。

「別にふざけている訳ではない」衛生兵は博人の心中を見透かしたように言った。「彼が内界に存在している理由は只一つ、作音師範であるためだ。言葉を換えれば、己の優秀なる作音技術を後輩に、ここに於いては二等看護兵扱い・稗田昭一郎に対し、可及的速やかに伝承することだけが義務であり、それ以外の事柄全般については押し並《な》べて些事《さじ》と判断し、不問ニ付スというのが第I病院医務班、延いては第I病院本部の方針だ」

「ということは……」

博人は口ごもった。その方針に照らし合わせれば、麦丸が、迫りくる己の死期を自覚しようがしまいが些細な事であるからそのまま捨て置く、となった。

モグラのことだからといえばそれまでだが、兵員を完全なる『駒』と見做《みな》し、『対局』に有用か無用かのみで個々の存在が認識される地下帝国に、今更ながら薄ら寒い気分になった。

黙って話を聞いていた中尉が、頃合いを見計らったようにこちらを見、「おい」と言った。博人は弾かれたように顔を上げ「はい」と答えた。

命ぜられた訳ではなかったが反射的に背筋が伸び、表情が硬くなるのが分かった。中尉が放つ、青年将校特有の銃剣の如き威光に自分の軟弱な心が未だ過剰反応している、と博人は思った。

「これまでの事で何か疑問点はあるか。あるなら簡潔に述べよ」

中尉は明瞭な声で短く言った。

「あります」

博人は上擦った声で答え、慌てて思考を巡らせた。訊きたいことが山のようにあり過ぎて、どれを優先すればいいかすぐに判別ができなかった。真っ先に浮かんだのは煙草だった。後どの位待てば受領できるのか知りたくてうずうずしたが、中尉の鋭い眼光を見た途端、嗜好品への夢はもろくも砕け散った。博人は湧き上がるニコチンへの欲求を強引に押し殺し、次に優先すべき事案を懸命に探った。

「遠慮は無用だ。楽にせい」

中尉が鷹揚な口調で言い、腕組みをした。博人が中々口を開かないのを、「上官」に対する気兼ねだと勘違いしているようだった。

焦った博人は何か言わねばと思い、咄嗟に「何についてでもいいのですか」と訊いた。

「嘘は吐かん。だが、話せないことはある」

中尉はそう言って、腕組みをしたまま衛生兵を見た。衛生兵はうなずき、傍らの博人の方を向いた。

「基本的には貴様の身の上についての疑問点ということだ。軍や軍の施設に関する具体的な質問は避けよ」

衛生兵は抑揚のない声で滑らかに言った。仕草も表情も落ち着いたままだったが、戦闘帽とマスクの間から覗く目はいつの間にか光を帯びていた。

（あの時と同じだ）

博人は衛生兵の顔を身じろぎもせずに見つめながら、胸中で呟いた。夜空で煌めく恒星のように白く硬いそれは、病院で外界と内界の闇の違いを説明した際も出現していた。そしてこの光こそが、衛生兵であれど常兵と寸分たがわぬ職業軍人としての証《あか》しであり、標語にあった燃ユル気概そのものだということに初めて気づいた。

「分かった。自分のことだけにする」

博人は大きくうなずいた。入院患者数を訊いた時もそうだったが、内界では常に戦時なんだと改めて思い知った。そして戦時だという自覚が希薄だと、時と場合によっては一瞬で落命しかねないことを皮膚感覚で実感し、戒めとして胸に刻んだ。

「では、質問させていただきます」

博人は中尉を見、軽く一礼した。そして自分のこれからの処遇について幾つか質問しようとした時、突然しわがれた呻き声が近くで上がった。

「えっ？」

驚いた博人が反射的に麦丸を見た。中尉や衛生兵も怪訝そうな顔で作業机に目を向けた。

「どうしました？」

稗田が落ち着いた足取りで近づいていき、肩に手を掛けた。麦丸は椅子に座ったまま稗田を見上げた。その目は驚いたように見開かれ、口も半開きになっていた。

「おんなじだ」

麦丸が素っ頓狂な声で言い、右の人差し指をぴんと立てた。

「何とおんなじなんですか？」

稗田が可笑《おか》しそうに口元を緩めたが、なぜか微笑みではなく嘲笑に見えた。

麦丸は人差し指を立てたまま十秒ほど口ごもった後、意を決したように叫んだ。

「美佐と、おんなじ匂いだっ」

8

「内界と外界では、音の有り様がまるで違うのだ」

衛生兵は懺悔《ざんげ》する神父のような口調で言い、頭をゆっくりと左右に振った。

「太陽光の反復照射に晒《さら》されている外界において音は投擲された〈石礫《せきれき》〉に過ぎぬが、真の闇、つまり〈世界〉を内包せりし〈蒼光《そうこう》〉が満ちる内界において、音は発射された〈銃弾〉であることを肝に銘じよ」

衛生兵は自分の右のこめかみを指先でとんとんと叩いた。戦闘帽とマスクの間から覗く目は更なる光を帯び、煌めく一対の夜光虫のように見えた。

「まさしく」

衛生兵の右側に立つ稗田が同感したようにうなずいた。しかし二人の背後にある、アップライトピアノに凭れた中尉は、腕組みをしたまま塑像のように動かなかった。

「音は発射された〈銃弾〉……」

博人は衛生兵の言葉を繰り返し、眉根を寄せた。それが比喩だということは分かったが、たとえがあまりに極端で言わんとしていることが上手く伝わらなかった。ただ、第Ｉ病院からの退院時に経験した屋外ニ於ケル視覚的変容の衝撃に鑑みるに、内界に満ちるエーテルの如き〈蒼光〉が原因で、聴覚器官が音波を感受する際の基準のようなものが外界と異なることは何となく理解できた。しかし音＝〈石礫〉を〈銃弾〉と感じるまでには到底至らず、曖昧模糊《あいまいもこ》としたままだった。

「それは、具体的に言うと」博人は高校時代の生物の授業を思い出しながら言った。

「人が音として感じる振動数が違うということか？」

「違うというより……」衛生兵は視線を逸らし、虚空を見つめた。素早く思考を巡らせているのが分かった。「……特殊である、と言った方が正確だ」

「特殊である？」

「まず音が伝播《でんぱ》する場となるもの、所謂媒質が違う」衛生兵は淀みなく言い、視線を博人に戻した。「外界では基本的に空気が媒質となるが、内界では闇が媒質となる。勿論この闇とは前述した〈蒼光〉と同義である。内界の闇が媒質となった場合、先ほど貴様が言った人ガ音トシテ感ジル振動数、これを内界では補耳振波数と呼ぶが、この補耳振波数の効域は当然のことながら変化する。内界のI層区だけで比較しても、外界とは四・〇から四・三程度の変幅が生じるため、特強とまではいかずとも、すでに過強レベルの乖離《かいり》となる。しかも内界の闇は、闇を受け入れた者に対してあらゆる意味で能動的に機能するので、当然聴覚にも影響を及ぼす。その結果、聴覚情報を感受する蝸牛管《かぎゅうかん》内のコルチ器が乙種棘粒に刺激され、c《ツエー》Ⅱ型の興奮波が生じる。これが聴覚情報そのものである〈カラビナ電位〉に作用して過密化・強素化を引き起こし〈カラビナ電位〉のノイアーといえる〈カラビナ電電位〉が突発的に発生する。この、所謂『新型』も、『旧型』と変わることなく脳の聴感領域へと焦点投射される。そこで〈カラビナ電電位〉＝聴覚情報が〈GP《ゲーペー》信号〉に処理されて分析される際、内側鼓庭体《ないそくこていたい》で初期のエクスプロジオが発現し、その余波が領域内に放射状に拡散するため、ヒトという個体レベルで音の〈銃弾〉化が起こるのだ」

　衛生兵はそこで言葉を切り説明を終えたが、すぐに何かを思い出したような目をし、「勿論cⅢ型の興奮波でも過密化及び強素化が引き起こされる可能性は充分ある」と補足した。

「明快に言うと」

　アップライトピアノに凭れた中尉が、満を持したように口を開いた。衛生兵と稗田が反射的に背筋を伸ばした。中尉は腕組みをしたまま、一歩前に出た。

「内界の闇とは気体の海であり、液体の空である。我々はその音を見、その色を聴く。よいか、これは比喩ではない。皮肉でもないし謎かけでもない。そのままの意味として捉えよ。迷うことなく、穿つことなく、愚直なまでにそのままの意味で受け入れよ。なぜならそれこそが、闇を知るための最良の術だからだ」

「金言至極」

　稗田が呻くように言い、衛生兵を見た。衛生兵も稗田を見ると、二人は大イニ同感セリといった体《てい》で何度もうなずき合った。

「……分かりました。そのままの意味で受け入れてみます」

　博人は力無い声で答え、目を伏せた。思わず首を捻りそうになったが、すんでのところで堪えた。説明とは裏腹に、中尉の述べたことは純度百パーセントの謎かけだった。

受け入れよと命ぜられても受け入れ方は勿論、受け入れる対象自体が不明だった。

ただ気になったのは衛生兵と稗田の反応で、二人が何度もうなずき合う様を見るに、モグラにとって中尉の言葉は正論そのものであることが窺いしれた。それはこのまま内界に留まり続ければ、自分もいずれ「謎かけ」の意味が理解できるようになることを暗示している気がした。そして全てを正論として理解できた時、自分は完全なモグラとなり、二度とヒヨコには戻れないのだと思った。

博人は試しに、自分がモグラ兵になった状態を想像してみた。灰色のドリュウ服を着て黒い防毒面を被った、ひ弱な「新兵」の姿が脳裏を過った。その途端、胸中に湧き起こった感情は意外にも昂ぶりだった。予想していた嫌悪や戸惑いは殆ど自覚することができなかった。

では何に対する昂ぶりなのかと、博人は自問してみた。しかしどれだけ思考を巡らせても、隧道の如き長大な薄闇が浮かぶばかりで、回答が去来することはなかった。

「ここに来て、どれ位だ？」

不意に声がした。

博人は我に返り、顔を上げた。

正面に立つ稗田がこちらを見ていた。

「ここに来て、どれ位だ？」

稗田は質問を繰り返した。

「今日で……」博人は素早く記憶を辿った。「……三日目だ」

「だからか」稗田は納得したように口元を緩めた。「だから、これだけ説明を受けてもピンとこんのだ。染み込んだ闇が完全に〈涅晶化《ねしょうか》〉していないようだな」

「ネショウカ？」博人は訊き返した。

「簡単に言うと、闇が固まることだ」稗田の代わりに衛生兵が答えた。「正確には体内の〈四期組連《しきそれん》〉、つまり上皮組織、結合組織、筋組織、神経組織において闇が〈溶游化《ようゆう》〉し、さらに〈溶胞化《ようほう》〉した後、一定の期間を経て〈結合溶体〉となることだ。貴様の場合、ようやく〈溶胞化〉を終えた辺りだろう」

「じゃあ、今の僕は一体どんな状態なんだ？」

博人は呆気《あっけ》にとられながら〈涅晶化〉の説明を反芻した。専門用語の連続で難解だったが、自分の筋肉や臓器が皮下でどろどろになり、泥濘《でいねい》のように混じり合うイメージが浮かんだ。

「今の貴様の状態をたとえるなら……」衛生兵は視線を逸らし、虚空を見つめた。素早く思考を巡らせているのが分かった。「……水槽内を漂う気泡のようなものだ。水槽にスポイトでインクを垂らすと、インクは水に溶けて水中に拡散するが、漂う気泡には

『無関係』だ。気泡は気体であり、溶質の溶媒にあらず、故に『交わらない』からだ。『交わらない』から触れ合うことができず、音は貴様の鼻先をすり抜けてゆく。分かるか？　貫くのでも、掠めるのでも、跳ね返るのでもなく、ただ周囲を風のように、時には霧のように通過してゆく。それが貴様の、内界における音の現状だ」

「ってことは」博人は思わず音を立てて唾を呑み込んだ。「完全に〈涅晶化〉すると、僕の体は闇に溶けるのか？」

「たとえはあくまでたとえだ。言葉の持つ表面的なイミーチュに惑わされるな。我々を見よ。こうして溶けることなく無事地面の上に立っているではないか」

衛生兵はその場で数回足踏みをした。その仕草が滑稽だったらしく、稗田は頰を緩めながら口を開いた。

「衛生兵殿、外界から来たばかりの者が最も理解、というか納得できる言い方をするなら〈涅晶化〉とは環境に対する劇的な体質改善、といったところではないでしょうか？」

「改善の持つ本来の意味からはかなり逸脱するが、現状に鑑みるにギリギリ及第点だ」

衛生兵は前を向いたまま小さくうなずいた。

「そして改善が完了すれば闇と交わる体質となり、僕にも音が当たるようになる訳か」

博人は右手を広げ、喰い入るように見つめた。脳裏に、夜空を飛びかう曳光弾《えいこうだん》の連なりが浮かんだ。ありとあらゆる響きや声＝大小様々な弾性波動が弾幕のように飛来し、全身に無数の穴を穿っていくような錯覚に襲われた。

「なに、心配は無用だ」博人の不安を感じ取ったのか、衛生兵が静かに言った。「確かに貴様にも当たるようにはなるが、〈涅晶化〉すると肉体は闇で包被された状態となり、音の衝撃を吸収・分散してくれる」

「あと数日だ」右側の稗田が、相槌を打ちながら言った。「あと数日もすれば今、衛生兵殿のおっしゃったことがちゃんと分かるようになる。案ずることはない」

「はぁ……」

博人は敢えて曖昧に答え、稗田から目を逸らした。

胸中で、熱を帯びた泥のようなものが滾《たぎ》るのを覚えた。それは苛立ちだった。苛立ちはメタンの泡のように次々と湧き上がり、音を立てて弾けた。

原因は稗田の階級にあった。博人が内界に来て出会ったモグラは殆どが軍人だった。それも衛生兵以外は常兵の中尉と軍医であり、組織の指導的立場にある「高官」だった。また非戦闘員の象徴のような看護婦も、軍人とは一蓮托生《いちれんたくしょう》の関係にあることから部隊内では銃を持たぬ兵士として黙認され、一目置かれていた。

しかし稗田は軍人ではなかった。

自分で吐露した通り『第Ⅰ病院医務班付の二等看護兵扱い』であり、軍と行動を共にする民間人、つまり軍属だった。しかも上等看護兵である作音師範の助手兼弟子であることから、軍属より下位の准軍属的な立場にいた。たとえるなら師団長専属の床屋のオヤジに付き添う、年端もいかぬ小僧の如き存在だった。その小僧が自分に対して年長者のように振る舞い、不遜な口を利くことが不快でならなかった。

「とにかく内界において、音がどれだけ際立っているかということだけは理解できたであろう」

中尉は鷹揚に言うと、腕組みを解いてこちらに歩いてきた。

「それは、理解できました」博人は稗田に対する怒りを押し殺し、正直に答えた。「外界の常識が全く通用しないので圧倒されるばかりです。言葉もありません」

「ありませんと言いながら、ちゃんと話しておるではないか」

中尉は衛生兵の左隣に立ち止まり、また腕組みをした。博人は青年将校からの鋭い突っ込みに何と答えていいか分からず、無言でうつむいた。

「内界と外界では、音の有り様がまるで違うのだ」

衛生兵は先ほどの言葉を繰り返し、頭をゆっくりと左右に振った。

「しかし、だ。音は発射された〈銃弾〉といっても、全てが同一ではない。実際の銃弾に様々な種類があるように、音の〈銃弾〉にも様々なヴェルジオンがある。何が、どんな状態で生じたか、あるいは誰が、どんな感情で発したかにより、発揮される効果や効能は大きく変化する。例を挙げると、親の仇《かたき》に浴びせる罵声や怒声は殺傷効果絶大であり、対戦車ライフルの〈徹甲弾〉の如き様相を呈する。逆に、愛おしい我が子に掛ける賛辞や歓呼は活性効果絶大であり、愛の神クピドが射る〈黄金矢弾〉の如き様相を呈する」

「オウゴンシダン？」

　博人は思わず訊き返した。意味不明な上、どこまで本気で言っているのか判別がつかなかった。

「〈黄金矢弾〉とは神威性の武具だ」衛生兵は眉根一つ動かさずに堂々と言った。「純金の弾頭を装着した矢を、洋弓によって発射する。主に幼児の姿をした神が装備している」

　博人は一瞬笑おうとした。モグラ兵のジョークだと思った。しかし左右に立つ中尉と稗田が真顔で聞き入っているのを見て、慌てて口元を押さえた。外界では嘲笑の的にすらなりかねない場違いな比喩や造語も、ここでは常識であり正論のようだった。

「そして音が持つ治癒効果を追求し続けた結果、誕生したのが作音師という訳だ」

　衛生兵は言葉を切り、右側の稗田を横目で見た。視線に気づいた稗田は照れたような笑みを浮かべつつ、誇らしげに胸を張った。

（お前はまだ見習いだけどな）

　博人は胸中で毒づくと、そっと右側に目を遣った。

正面の壁際にある作業机の上には、本物の作音師である麦丸が横臥していた。椅子の座布団を丸めて枕にし、机下に常備されていた毛布が胸部に掛けられている。

仰向けになった麦丸は悄然《しょうぜん》としていた。

皺だらけの垂れた瞼を力無く閉じ、白く乾いた唇を半開きにしたまま微動だにしなかった。そのため自《おの》ずと焼香する参列者のような心持ちになったが、胸の上の毛布は僅かながら規則的に上下しており、余命未だ継続中であることが視認された。

博人は稗田と二人で、麦丸を机上に寝かせた際のことを思い出した。両脚を抱えて持ち上げた途端、そのあまりの軽さに驚いて「嘘だろ?」と小声で叫んでいた。まさに骨と皮の状態であり、死にかけの老人というより元気な死体と呼んだ方が相応《ふさわ》しい気がした。

「これはあくまで私見であるが」

腕組みをしていた中尉が思い出したように言いながら、軍袴のポケットに右手を入れた。衛生兵と稗田が反射的に背筋を伸ばし、顎を引いた。

「作音師の場合誕生したというより出現したと表現した方が、よりらしいのではないか?」

「同感であります」衛生兵が即答し、稗田が素早くうなずいた。「比べるまでもなく、この場合出現したが唯一無二なる表現であり答えであります。暫時であれ油断しておりました。以後用心いたします」

　衛生兵は腰を折って一礼し、稗田もそれに倣った。

「まあ、よい。気にするな」

　中尉は衛生兵を一瞥すると、軍袴のポケットから白い薬包紙を取り出した。そして内包されていた十粒ほどの仁丹を掌にあけた。

「内界ではヒト、つまり我々人間を水として認識しておる。分かるか？」

　中尉はこちらを見、仁丹を一気にあおった。

「水……ですか」博人は低い声で言い、眉根を寄せた。「それは、人体の七十パーセントが水分ででき」

「違う」

　中尉は博人の声を強引に遮った。

「ヒトとは水である。これはたとえではない。この〈世界〉を内包せりし〈蒼光〉が満ちる内界において、ヒトは等身大の生きた水叢《すいそう》、浮遊する人形《ひとがた》の水命として太古より認識されておる。貴様が言うように人体の七十パーセントが水分だとするならば、ヒトは常に残り三十パーセントの肉体を欠いた状態で存在することになる。なぜだか分かるか？　答えは一つ。ヒトは全てが水でできているからだ。七十パーセントだけの『したがって』や、三十パーセントを欠いた『ようするに』が存在しないように、体の七十パーセントだけが水分の『ヒト』も存在しない。我々は常に一つであり常に全てである。

この話をすると、貴様らヒヨコはみな面喰らう。面喰らい、戸惑った後、みな申し合わせたように訝しむ。決して口外せぬが、貴様らの言いたいことは手に取るようによく分かる。『皮膚も筋肉も臓器も骨格もある。全て水ではない』と胸中で異議を唱える。なぜか？　ヒヨコだからだ。外界の闇、つまり偽物の薄闇しか知らぬ無知蒙昧《むちもうまい》なるヒヨコゆえ、ごく当たり前のようにこの愚問の発露に至る。信じられぬことに、ヒヨコどもには皮膚や筋肉や臓器や骨格に見えるだけの水という発想が無く、さらには皮膚や筋肉や臓器や骨格に見えるだけの水に対し、内界の闇が能動的に機能することにより〈結合溶体〉に変換されるという発想自体が無いのだ。もはや、手の施しようがない」

中尉は低く呟いて目を閉じ、心から憐れむようにゆっくりと大きく息を吐いた。

「ヒヨコ代表」の博人は、衛生兵と稗田から注がれる無遠慮な視線に耐えきれず、咳払いをするふりをしてうつむいた。

中尉は五秒ほど掛けて外界の愚民たちに憐憫《れんびん》の意を表した後、静かに目を開けてこちらを見た。

「ヒトは水であり水はヒトである。つまり貴様も水であり水は貴様であるということだ」

中尉はそこで言葉を切り、博人の胸元を力強く指さした。

「この揺るぎのない真白き事実を、可及的速やかに自覚せよ」

「金言至極」

衛生兵が声を出さずに息だけで囁いた。稗田が微かにうなずくのが見えた。

「じ、自覚します」

博人は上擦った声で答えた。勿論中尉が主張する人体満水論に納得した訳でも共感した訳でもなかったが、淀みない口調で繰り返される断定と即答に圧倒され、否定はおろか疑問を呈することにさえ後ろめたさを感じたからだ。

「ヒトは水であり水はヒトである」

衛生兵が中尉の言葉を繰り返した。戦闘帽とマスクの間から覗く目に今までの光は無く、代わりに油を刷いたような艶やかな滑りが浮いていた。それは熱唱する歌手や熱演する役者によく見られる陶酔的な膜のようなもので、憧憬の的であろう上官の台詞の復唱に興奮しているのが分かった。

「川が流れるように、あるいは海流が巡るように、ヒトの中でも水は流れ、巡り続ける。所謂循環である」

衛生兵は言葉を切り、妙に芝居がかった動作で一歩前に出た。その瞬間レンブラントの名画のように、左上から四十五度の角度でサッと光が射した気がした。

「循環。良い言葉だ。〈世界〉や〈蒼光〉と同じ位、強い力と強い想いに満ち溢れた命ある言葉だ。循環。流れ、巡り、そしてまた元に戻る水の能動的回転。たとえるなら……」

衛生兵は思考を巡らすように小首を傾げた。

「たとえるなら、清冽なるメリー・ゴー・ラウンド」

中尉が低い声で言った。

「なるほど」

衛生兵は驚いたように言い、続いて大きくうなずきながら感心したように「なるほど」と囁いた。博人の脳裏を、回転木馬に乗る美佐と昌樹のスナップ写真が過った。同時に心臓が小さく鳴ったが、それだけだった。感情は平坦なままで、ほとんど揺れ動くことはなかった。

「……あるいは」何か閃《ひらめ》いたらしい稗田が遠慮がちに言い、顔を上げた。「無限軌道式水流進攻」

「戦車の如く、か」

中尉は呆れたように言い口元を緩めたが、衛生兵は合点がいかなかったらしく、おもむろに顔を伏せた。そして医務用被服の襟を直すふりをしながら「そのたとえなら海軍の内火艇であろう。無限軌道で水流進攻とは片腹痛し」と押し殺した声で批判した。

博人はそこであることに気づいた。

無限軌道という軍隊用語が頭に引っ掛かった。話の流れから戦車の装備品としか理解できなかったが、確かに聞き覚えがあった。博人は素早く記憶を辿った。しかし病み上がりのためか依然として脳の働きが本調子ではなく、探れども探れども中々答えに辿り着かなかった。

（何時《いつ》、どこで、誰といる時に聞いた？）

博人は自問を繰り返しながら、記憶の奥底へと意識の触手を伸ばしていった。

やがて何の前触れもなく、突然トースターからパンが飛び出すように一つの映像が想起された。

それは一冊の文庫本だった。

表紙には宇宙をモチーフにしたらしい青黒い抽象画が配されていた。

続いて太った初老の男が眼前に浮かび上がった。白い長袖のYシャツにサスペンダー付きの黒ズボン姿で、ビロードの赤い蝶ネクタイを締めていた。同時に鼻の奥で、スモークチップが燃えるような焦げくさい臭いを感じた。すぐに、狭い店内に漂っていた煙草の煙だと分かった。

（そうか、あれか）

博人は胸中で独りごちた。

虻狗隧道へ向かう前日、情報収集のため訪れた鍾文堂書店で大田原樂の小説を購入していた。彼の死後、遺稿を掻き集めて作った短編集で、そのタイトルが『無限軌道の夢』なるものだった。気難しい店の主人が未完の第五話を絶賛し、良くも悪くも大田原の全てが詰まっていると評していたのが印象的だった。

(それに、あれは確か……)

博人は出発の際、『無限軌道の夢』の文庫本をリュックに入れたことを思い出した。深い理由はなく、初めての大田原本ということで、ちょっとしたお守り代わりのつもりだった。他にもミネラルウォーターやチョコレート、二枚のフェイスタオル、そして『おろろんフード』でバラシ作業時に使用していたムグリ刀を入れたはずだった。

(あの荷物、どうなったんだろう……)

博人は足元の地面を見つめながら、ぼんやりと思った。

鹵獲物として持ち去られて以来、その存在を完全に忘れていたことが今となっては信じられなかった。所持品検査のため、銃剣でズタズタに引き裂かれたリュックの残骸が脳裏を過った。この期に及んで、さすがに未練など感じなかったが、護身用に潜ませていたムグリ刀だけは惜しいと心から思った。

ツチヘビを解体するためだけに存在するムグリ刀は、地元の鍛冶職人が一本一本手間暇かけて作る獅伝町特産の伝統工芸品で、美術商や刀剣コレクターの間でも人気が高く、ものによっては驚くほどの高値が付くという。博人の場合、貸与されていたムグリ刀の質が悪く、すぐに刃毀《はこぼ》れするため御払い箱になったところを班長に頼み、貰い受けていた。そのため美術的価値は無いに等しかったが、博人にとっては生まれて初めて手にした本物の商売道具であり、バラシの技術を会得するため毎晩「自主練」に励み、一年掛かりでマスターしたという私的な思い入れがあった。

　博人は足元の地面を見つめたまま（ムグリ刀だけ何とかならないものか……）と思い、続けて「ムグリ刀だけ何とかならないものか」と低く呟いた時、突然しわがれた叫び声が上がった。

「うわっ」

　博人は仰け反り、麦丸を見た。一瞬本気で死体が生き返ったと思ったが、すぐに余命継続中だったことに気づいた。

「一〇一九《ヒトマルヒトキユー》、上等看護兵・麦丸甲吉、帰隊セリ」

　中尉が腕時計を見ながら言った。目元に黒いレースを巻いた顔は無表情だったが、声には揶揄《やゆ》するような響きが含まれており、麦丸がまともな兵士として扱われていないことが改めて分かった。

「おい」衛生兵が稗田を見た。

「はっ」

　稗田はうなずき、白衣のポケットからラジオの真空管に似た形の呼笛を取り出した。唇に押し当て強く吹くと、甲高い音が鳴った。稗田は三つの倍音だけを、警報のように繰り返し鳴り響かせた。所謂起床ラッパの類らしかった。稗田の演奏は助手兼弟子とは思えぬほど巧みで、密かに見下していた博人は面喰らった。

「あぁっ……」

十秒ほど経過した時、麦丸が掠れた声を上げ、続けて力なく右手を上げた。突然の笛の音《ね》に驚いたというより、突然笛の存在を思い出したような素っ頓狂な声だった。

「帰隊完了」

衛生兵が静かに言った。同時に甲高い響きが止まった。稗田は呼笛の吹き口を白衣の袖で一拭きし、またポケットに戻した。

「今日は回復が早いな」

中尉が少し驚いたように言い、作業机に歩み寄った。

横臥していた麦丸がその気配に気づき、目を開けた。

「気分はどうだ？　まだ小休止ではあるが疲れは取れたか？」

中尉は鷹揚に言い、口元に薄い笑みを浮かべた。そしてさらに一歩作業机に近づくと、全く感情のこもらない声で「みな心配しておったぞ」と付け加えた。

「………」

麦丸は無言だった。力無く開けた目で、自分を見下ろす「枕元」の中尉を食い入るように見つめた。そのまま十秒ほどが経過した後、視界に映る人物が一体誰なのかようやく認識できたらしく、「あっ」と叫んで驚愕の表情をした。

「こ、これはこれは中尉殿、お久しぶりでございます」

麦丸はおよおよと震える声で言い、仰向けのまま大きくうなずくような仕草をした。いつもの習慣で反射的に一礼したようだった。

「うむ。久しぶりだ」中尉はやや戸惑い気味に答え、また腕時計を見た。

「かれこれ、十五分ぶりである」

9

「ヒトは水であり水はヒトである」

麦丸も衛生兵同様、中尉が口にした言葉をごく当たり前のように繰り返した。それは外界に於ける『飲んだら乗るな乗るなら飲むな』と同等の標語として内界全体に浸透しているようだった。

「そして水には、二つの状態しかありません。それは……」

椅子に腰かけた麦丸はそこで言い淀み、作業机に両手を突くと不本意そうに首を捻った。二つの状態が一体何だったのか思い出せず、難儀しているようだった。

「大丈夫。誰も急《せ》かしたりしませんから、ゆっくり思い出してください」

背後に寄り添うように立つ稗田が言い、麦丸の肩を両手で軽く揉んだ。作音師範の「記憶喪失」はいつものことらしく、再びアップライトピアノに凭れた中尉も、博人と共に書棚の前に立つ衛生兵も平然としていた。

不意に麦丸が息を呑み、続けて納得したように小さくうなずいた。記憶を想起できたようだった。

「……二つの状態。麦丸は背筋を伸ばして両手を膝の上に置き、また口を開いた。

それはいうまでもなく〈流れている〉と〈流れていない〉です。

〈流れている〉時、水は澄み、輝き、命を生みます。でも〈流れていない〉時、水は濁り、くすみ、命を生みません。また〈流れていない〉ため循環が途絶え、補給が滞るため体内各部に駐屯する水命素は一斉に糧秣《りょうまつ》欠乏に陥るのです」

麦丸はそこで言葉を切ると喉元に右手を当て、細く、ゆっくりと、しかし勢いよく息を吐き始めた。

「金言至極」

稗田が低い声で言った。しかしそれは想いのこもらぬ儀礼的な言葉であり、中尉が〈内界における音の有り様〉について明快に答えた際の絶賛にはほど遠かった。その証拠に前回稗田と大イニ同感セリとうなずき合った衛生兵も、今回は博人の傍らに立ったまま微動だにしなかった。

そんな稗田を尻目に黙々と息を吐き続け、肺の空気を全て出し切った瞬間、麦丸の口から緑色の塊が力なく飛び出し、足元の床に音を立てて落ちた。

「どうした、疲れたか？」

中尉が麦丸に訊いた。その険しい表情から、作音師範の脆弱《ぜいじゃく》な肉体に鑑み、元気な死体の再転倒を危惧しているようだった。

「つらいのなら横になって構わんぞ。無理をするな」

「いえ、平気です」

麦丸は掠れた声で答え、中尉の方を向いた。細く皺だらけの首が回った瞬間キイィ……と骨が擦れる音が聞こえた気がした。

「喉に痰《たん》が絡んだだけですので、つらくもありませんし、無理もしておりません。ただ私の場合、長年患っておる病気のせいで粘液の質が悪く、いつも気道にべったりびったり張りついてしまうため難儀しておったのです。でも先日I病にて献陽を処方していただいた際、軍医殿にその旨を申し上げましたところ間歇《かんけつ》的排痰法なるものをご指導いただき、これを会得いたしました。そのため只今もその直伝の排痰法を可及的速やかに遂行いたしまして、憎きタン公を速やかに蹂躙・駆逐いたしましたので御安心ください」

麦丸は椅子に座ったまま、中尉に深々と一礼した。

「そうか、ならよい。だが決して無理をするな。貴様は工房療に無くてはならぬ存在だからな」

中尉は険しい表情のまま、低い声で言った。

勿論この場合上等看護兵及び作音師範＝『駒』としての麦丸を指しており、私人・麦丸甲吉＝高齢療養者としての麦丸は一切含まれていなかった。


〈駒は駒として最後の最後まで使い切り、後は捨てる〉


この、人権・人命を完全無視した超合理的手兵主義《しゅへいい》を一ミリもブレずに貫徹する帝国軍規に、博人は驚きを通り越して呆れ果てた気分になった。そしてここまで徹底されていれば、もし自分がモグラ兵になった場合、逆に初めから腹を括り、生殺与奪の全てを委ねてしまいそうな気がした。

「では、話を続けさせていただきます」

麦丸は低く二回咳払いをした後、緩慢な動作で椅子に座り直した。

「水が〈流れていない〉が続くと、体内各部に駐屯する水命素が死にます。一単体から各複体にどんどん拡大していき、最終的には各部総複体に及びます。みんな、死にます。七面鳥のようにバタバタビタビタ死んで終わりです。まさに惨劇惨状皆殺しの巻です」

不意に麦丸がこちらを向き、ぎゅっと目を瞑って苦悶の表情をした。そして後ろに大きく仰け反り、右手で喉を掻き毟《むし》るような仕草をした。

特に説明はなかったが、場の状況から察するに〈流れていない〉状態のイメージをより明確にするためのボディーランゲージのようだった。

「猿芝居」

傍らに立つ衛生兵が小声で感想を述べ、続けて「薬殺」と最低の評価を下した。

博人はそこであることに気づいた。

七面鳥のようにという、麦丸のたとえが頭に引っ掛かった。先ほどの無限軌道と同様に確かに聞き覚えがあった。

素早く記憶を辿ると、今度はすぐに回答が来た。

雪薇の軽自動車をカージャックしたモグラ兵が渋滞の恐ろしさを語った際、同じ表現を使っていた。古《いにしえ》の地下帝国といえど、流行《はや》り言葉のようなものがあるようだった。

約二十秒の熱演を終えた麦丸は、椅子に深く座り直して真顔に戻った。

「〈流れていない〉原因は一つしかありません。それはヒトの感情から生ずる氣毒《きどく》が水流経路に地層の如く沈積して水を止めるからです。では沈積したらどうするか？　取り除けばよい。ではどうやって？　氣毒とは感情＝念が半溶游化したもので、簡単にいえば硬い風あるいは滑らかな霧のようなものであり、物理的な衝撃を加えてもまさに暖簾に腕押し。そこで日々暗中模索、刻苦精進しましたところ、努力の甲斐あり白虹貫日《はっこうかんじつ》いたしまして、音、つまり空気振動を当てることで沈積した氣毒を粉砕できることが分かったのです」

「それって」黙って聞いていた博人は、我慢できずに口を開いた。「麦丸さんが見つけた、というか発見したんですか？」

「めっそうもない」麦丸は照れ臭そうな笑みを浮かべ、ぼさぼさの白髪を両手で強く掻き毟った。「内界の、黄泉の、先輩方に決まっているじゃないですか」

「先輩方？」博人は呟き、傍らの衛生兵を見た。「麦丸さんの先輩ってことは、もしかして戦前のことなのか？」

「戦前ではある」衛生兵もこちらを向き、小さくうなずいた。「約、千五百年前だ」

「へぇ……」

博人は口元を緩めて平静を装い、前を向いた。今更このレベルの話で驚くことはなかったが、相手の回答が自分の想定外の、さらに外側を高速で擦過していく感覚は何度経験しても薄気味が悪く、背筋がざわざわとした。

「ただし当時は彼らを奏手、位の高い者を奏樂師と呼んでおり、作音師という呼称はまだ存在していない」

中尉が言い、アップライトピアノの蓋を片手で無造作に開けた。そして薄黄色に変色した鍵盤を指先で軽く叩きながら「初代作音師は麦丸である」と短く言った。

博人は思わず麦丸を見た。

『元気な死体』は中尉の言葉にさらに照れ臭そうな笑みを浮かべ、声を出さずに息だけで「めっそうもないめっそうもない」と御経のように繰り返した。

「麦丸はな、ある日突然ここにやって来たのだ」

衛生兵が前を向いたまま言った。

「えっ」

博人は反射的に隣を見た。しかし、瞬間的に脳裏を過った疑問を呈する前に、衛生兵が答えを言った。

「そう、お前と同じくトンネルに導かれて、ここにやって来たのだ」

10

内野博人は鉄製の寝台に横たわり、ぼんやりと虚空を見ていた。

一人だった。

視線の先には靄のような灰色の薄闇が漂い、その向こうには高い天井があった。緩やかなドーム状に削岩後、乳白色のモルタルを塗りこめた壁面に照明器具は無く、代わりに『大賢ハ愚カナルガ如シ』という標語が朱色の塗料で縦書きされていた。それは、つい居丈高になりがちな職業軍人、特に部隊指揮官に対する警句であるらしく、他にも

『驕兵必敗』『一徹短慮』『唯我独尊』といった成句があちこちに記されていた。

（貴様、内界に亡命する気はないか？）

耳の奥で、先ほど聞いた言葉が蘇った。

工房療において第一回の治療が終了した直後、おもむろに近づいて来た中尉が耳元で囁くように言った言葉だった。

博人は驚きのあまり全身が硬直し、動けなかった。前を向いたまま目を見開き、掠れた声で「え……？」と訊き返すのがやっとだった。

しかし中尉は泰然としていた。博人の動揺をもっともだと言わんばかりに大きく数回うなずいた後、「貴様は見込みがある。改めて言うが、闇との相性がすこぶる良い。外界における即戦力として極めて有用であり、得難い人材だ」と熱の籠った声で断言した。そして呆然と立ち尽くす博人を尻目に楽しげな笑みを浮かべると「返事は明日で良い。一晩かけて熟考せよ」と呟き、素早く踵を返した。

「気をつけっ」

衛生兵が叫び、稗田と共に背筋を伸ばして敬礼した。

中尉は短い答礼を返しながら足早に歩いていった。そして前を向いたまま「ではな麦丸、長生きせぇよ」と言い捨てて、L字形をした工房療の奥の間から出ていった。

しかし麦丸は答えなかった。久しぶりに施した音波治療に疲れ切り、作業机の上に横臥したまま、微動だにしなかった。

衛生兵と稗田が顔を見合わせ、またかというように苦笑した。

長靴《ちょうか》の硬い足音は瞬く間に遠ざかり、すぐに屋外へ続く戸口のドアが勢いよく閉まる音が聞こえた。

同時に博人は脱力し、足元がおぼつかなくなった。何かに摑まろうと歩いていき、蓋の開いたアップライトピアノに手を伸ばしたところで、力尽きた。博人は冷たい床の上にうずくまり、両手で頭を抱えた。

耳の奥では『亡命』という言葉が、連打される鐘のように繰り返し響いていた。

それは完全なる不意打ちだった。思いもよらぬことがいきなり起きたため、激しく混乱して思考を巡らすことができなかった。

博人は頭を抱えたまま、大きく息を吐いた。強いめまいがし、眼前の視界が小刻みに揺れ動いた。頭蓋の中が熱を帯び、左右のこめかみが音を立てて脈打つのが分かった。

「大丈夫か？」

頭上で声がし、傍らに衛生兵が片膝を突いた。

（大丈夫な訳ないだろう）

胸中で呻いた博人は顔を上げ、実際に「大丈夫な訳ないだろう」と叫ぼうとした。しかし喉が詰まって声が出ず、唇の隙間から呼気の音が漏れただけだった。

（くそッ）

博人は顔を歪め、忌々しそうに舌打ちをした。そして力無くうつむくと、頭を左右に数回振った。

「心配は無用だ。強い緊張のため一時的に精神の均衡が乱れたのであろう。すぐに回復する」

衛生兵が落ち着いた声で言い、こちらに顔を寄せた。戦闘帽とマスクの間から覗く目には穏やかな光が浮かんでいた。川面に映る満月のようなそれは、衛生兵のいたわりの言葉が本意であることを示していた。

しかし、なぜか博人は返事をする気になれず、無言で視線を逸らした。

「まあ、仕方ありませんよ」

背後で稗田の声がし、こちらに歩いてくる足音が聞こえた。

衛生兵が、振り返った。

「いきなり中尉殿からあのような勧誘を受けたのですから、動揺するなと言う方が無理です。しかも届いたのが一銭五厘の『赤紙』ではなく、リボンの巻かれた『招待状』だったのですから尚更です」

足音がすぐそばで止まり、稗田が衛生兵の隣に片膝を突いた。

「まさに三階級特進……いや、金鵄《きんし》勲章にも値する大手柄ではありませんか。類稀なる快挙として、いずれ広く顕彰されるでしょう。こんなことなら自分も、偽物の薄闇しか知らぬ、無知蒙昧なヒヨコに生まれればよかった」

　稗田は投げやりな口調で言うと、芝居掛かった仕草で両腕を広げ、肩をすくめた。

「でも、こうなった以上認めざるをえません。だから認めます。大したものです。ヒヨコながら天晴《あっぱ》れです。ヒヨコ冥利に尽きるとはまさにこのことです。こうなるともうヒヨコ様様ですな。せっかくだからヒヨコ様様の銅像でも建てて、みなで祝宴でも」

「やめんかっ」

　衛生兵が語気を強めて言った。稗田は絶句し、驚いたように目を見開いた。

　衛生兵は、大きく息を吐いた。

「英国人でも日本に順化し、優れた怪談を書いた者がおるであろう。それと同じだ。ヒヨコでも闇に順化し、モグラになる者がおるというだけだ。よいか稗田？　改めて言うが、医務班の選抜要員から漏れたからといって、卑屈になる必要などないのだぞ。無念なのは分かるが、その悔しさをバネに日々精進し、一流の作音師になればよいだけの話ではないか。一流になれば選抜の奴らの態度も変わり、ちゃんと一目置かれるようになる。それをいつまでもだらだらと過去にとらわれおって。ヒヨコの亡命にうつつをぬかしている暇があるなら、胴人形で経絡の走行でも勉強せんか馬鹿者。邪心が芽生えて抑えきれなくなったら、姿勢を正して胸を張り過去ハ不変ナリ未来ハ可変ナリと百回復唱せよ」

叱責され、稗田は一気に消沈した。ロイド眼鏡を掛けた顔から笑みが消え、薄い唇が強張るのが分かった。

「……申し訳ありませんでした」

稗田は感情の籠らぬ低い声で言い、ぎこちなく一礼した。自分に非があったと自覚したようだが、それでもまだ釈然としないらしく、大きな溜息を吐くと不貞腐れたように唇を尖《とが》らせた。

博人はその、青年とは思えぬ子供じみた態度に、怒りを通り越して苦笑したい気分になった。同時に世界中どこの国でも、たとえ地下深くに鎮座する地下帝国でさえも、今時の若者は取り扱いが面倒なんだと思った。

「まあ、済んだことだ。水に流そう」

衛生兵は年長者らしい鷹揚な口調で言い、稗田の肩を叩いた。そして仕切り直しをするように戦闘帽を被り直すと、こちらを向いた。

「これから言うことは念のためであるので、もし了解済みであるのなら聞き流してもらって構わぬ。先ほど中尉殿が言われた亡命とは、投降した兵士が俘虜として収容されるのとも違うし、越境した人民が難民として救助されるのとも違う。亡命とは、諸事情により自国を捨てた公人が、希望する他国の同意を得た上で保護されることを意味する。

つまり相思相愛とはいかぬまでも、『市場』における需要と供給は一致しているということだ」

「需要と供給……」

博人は衛生兵の言葉を繰り返した。

同時に、モグラ兵になった自分の姿が脳裏を過った。

灰色のドリュウ服を着て黒い防毒面を被った、あの、ひ弱な「新兵」が蘇った途端、
博人は再び昂ぶりを覚えた。しかし二度目は、一度目のそれと明らかに違っていた。わずか数秒ではあったが、全身の血が滾り、波濤《はとう》のように大きくうねる感触をはっきりと自覚することができた。では何に対する昂ぶりなのかと慌てて自問してみたが、今回もまた隧道の如き長大な薄闇が浮かぶばかりで、回答が現出することはなかった。

「……質問がある」

博人は眼前のアップライトピアノを見つめながら呟いた。

「なんだ？」衛生兵が低い声で促した。

「今の説明で自国を捨てた公人と言ったよな？」

「ああ」

衛生兵はうなずいた。

「なぜ僕が、自国を捨てた……と判断したんだ？」

博人は首を傾げた。

この場合「自国」とは外界＝獅伝町を指すと思われたが、私生活における不平不満は勿論、己の職業すら未だ口外していなかった。「自国」に関することで述べたのは、軍医室で中尉からトンネル進入の訳を問われた際の『家出した妻を捜すため』という簡略な説明のみだった。

「それに希望する他国とも言ったが、僕がいつ、どうやって他国を希望したんだ？」

博人は首を傾げた。「自国」が外界なら、自ずと「他国」は内界＝虻狗隧道となった。

「あるいは、もしかして……もしかしてだが、僕が忘れているだけなんじゃないのか？」

博人は呟き、衛生兵と稗田の顔を交互に見た。

二人は無言のまま、塑像のように動かなかった。

「実は亡命の誘いを受けた時から気になっていたことがある。先日軍医室で尋問を受けた際、ちゅ……」

中尉さん、と言いかけて博人は言い淀んだ。

あの青年将校を何と呼称すれば良いか、咄嗟に判断が付かなかった。さすがに呼び捨てにはできなかったが、モグラ兵の中で過ごしているうち、内界の感覚、というか常識がいつの間にか身に付いたらしく、所謂上官を「さん」付けで呼ぶことに強い違和感を覚えた。

博人はしばし逡巡《しゅんじゅん》した末、やはり郷ニ入ッテハ郷ニ従エとの結論に達した。

「……中尉殿が、だな、僕に関する書類を持っていたのだが、それを見ながら『この報知書には本人による供述がちゃんと記載されておるのに、なぜ此奴は分からないのですか？』と言ったんだ。それに対して軍医殿は『記憶障害が起きている』と答えた。シャッテンがどうとか暗転ナントカがどうとか、詳しいことは忘れたけど、ヒヨコがトンネルに入ると必ず起こる現象があって、その副作用で記憶が飛んでることは理解できた。で、何が言いたいかというと、その報知書なる書類には、トンネルに来たばかりの僕、つまり『闇が染み込む』前の、シラフだった僕の言葉がそのままそっくり記録されてるってことだよな？」

「まあ、そうだ」

衛生兵は一呼吸分の間を置いて肯定した。

「トンネルに来て、いきなり銃を持ったモグラ兵に囲まれたら、誰だってパニックになる。外界しか知らないヒヨコなら、みんな頭の中が真っ白になるはずだ。そんな混乱状態で、まともな対応ができるとは思えない。とにかくまずは身の安全、己の保身に走るのが人間の本能だから、質問に対してもかなり慎重になる。その流れの中で『なぜここに来た？』と訊かれた時、僕は『妻を捜すため』と正直に答えるだろうか？　……答えない。答える訳がない。まずは不審者でないことを証明する、あるいは不審者でないことを印象付けようとするはずだ。トンネルに迷い込んだり、忍び込んだのではなく『訪ねて来たんだ』とね」

博人はそこで言葉を切り、音を立てて唾を呑み込んだ。

「訪ねて来たとなると、明確な目的が必要になる。死の危険を冒してまでも、わざわざ地下帝国にやって来るだけの、直情的で情熱的な大義名分がなくてはならない。そこで僕は咄嗟に狡知を巡らせ、出た結論が」

「亡命……」

衛生兵が先に言い、隣の稗田が小さく二回うなずいた。肯定とも否定ともとれる仕草だった。

博人は身を乗り出し、衛生兵の顔を覗き込んだ。戦闘帽とマスクの間から覗く目が、こちらを向いた。

「実は、そうなんだろ？」

博人は声を潜めた。

衛生兵は何も答えず、ただ視線だけを逸らした。

「なあ、頼むよ」博人はおもねるように言った。

「最初の取り調べ、というか尋問で僕が口走ったんだろ？　『亡命するために来た』って。だから中尉殿もああやって、当たり前のように亡命を勧めてきたんだろ？　でも、それは違う。真実じゃない。身も蓋もない言い方をするけど、その場しのぎの言い訳、つまり嘘だ。でもモグラを騙すためじゃない。迷子のヒヨコが生き残るための、いわゆる方便というやつだ」

博人はわざと明るい声で言い、無理に笑いを浮かべた。

不意に衛生兵が勢い良く立ち上がった。

「わっ」博人は驚き、仰け反った。

衛生兵は両手を後ろ手に組んで直立し、背筋を伸ばした。

「軍秘である。以上だ」

衛生兵が、抑揚のない声で短く言った。それは鉱石の研磨音にも似た硬く冷たい声であり、どれだけ懇願しても例外は無いという強靭《きょうじん》な意志に満ちていた。

「クソ……」

博人は呻き、視線を逸らした。

しかし、ダメと分かっていてもこのまま引き下がる気にはなれなかった。どこかしらに噛みついて「歯形」を付けたい衝動に駆られた。博人は忌々しそうに舌打ちすると、後を追うように立ち上がった。

「でも何かしらの説明は必要じゃないのか？　こっちは無知で無力な迷子のヒヨコなん

だ。なにも分からないまま亡命せよと言われても戸惑うだけだ。それに僕のことを本当に得難い人材だと評価しているなら、帝国軍の候補生として多少の便宜を図るべきだろ。なんでもかんでも軍秘軍秘で押し通されたら、こちらの士気だって下がってしまう」

博人は芝居がかった仕草で両腕を広げ、大袈裟に頭を左右に振った。そして一歩一歩踏みしめるように衛生兵の背後に近づいてゆくと、耳元にそっと顔を寄せた。

「なあ、頼むよ」

博人はまた、おもねるように言った。

「……よかろう」

衛生兵が、低く呟いた。そして何かを思案するように足元の床を五秒ほど見つめると、回れ右をして素早くこちらを向いた。

「亡命勧告をするに際し、中尉殿が貴様に下した評価は、最上級の甲種である。このことに鑑みるに、今回は〈特例〉相当と判断し、事前に情報を提供することは可能である。なぜなら候補生の士気の低下は理屈抜きで避けねばならぬ由々しき問題であり、その防止に努めるのが我々の責務だからだ。ただ、〈特例〉といってもあくまで候補生に対するものであることを肝に銘じよ」

衛生兵は言葉を切り、床に片膝を突く稗田に視線を移した。無言だったが、目で続きを促しているのが分かった。

「それはつまり、簡略化すると……」

稗田はロイド眼鏡を指で押し上げ、慌てたように立ち上がった。白衣の襟を直し、背筋をぴんと伸ばすと、神妙な顔をしてこちらを向いた。

「……嘘は吐かん。だが、話せないことはある」

稗田が絞り出すようにして言った。それは、退室した中尉が博人に告げたのと同じ台詞だった。

「それは分かっている。話せることだけでいい」

博人は大きくうなずいた。同時に、咄嗟に打った猿芝居が一瞬で難関を突破してしまったことに、酷く拍子抜けした気分になった。

「貴様が『自国』を捨て、『他国』を希望したと判断した理由は、ただ一つ」

衛生兵は低音だが良く通る声で言い、自分の足元を指さした。

「貴様が、ここにいるから。それだけだ」

「え？」

博人は思わず身を乗り出して衛生兵を見、続いて傍らの稗田に視線を走らせてから、また衛生兵を見た。

「え？　それだけ……って、どう」

「貴様は今、ここにいる」

衛生兵は博人の言葉を強引に遮り、また足元を指さした。

「〈世界〉を内包せりし〈蒼光〉に包まれて貴様は今、ここにいる。言い方を変えれば、内界の最終点＝Ⅳ層区最深部に帰結する過程の最中におる。つまり、ここにいる＝存在するということは、偶然の産物ではない。分かるか？　天罰でもなく、呪いでもなく、祟《たた》りでもなく、必然の結果である。それが全てだ。それ以外の理由は必要ないのではなく、初めから存在しない。これが、貴様の抱いた疑問に対する、できうる限りの回答だ」

「いる？　ここにいるだって？」

博人は目を見開き、周囲の地面を見回した。

「一体何を言ってるんだ？　僕たちはここに連行されたんだぞ？　いきなり車を奪われて、拳銃を突きつけられて、雪薇と一緒に無理矢理この穴倉に引き摺り込まれたんだ」

博人は声を荒らげた。モグラ兵にカージャックされた際の恐怖と、怯え切った雪薇の顔が蘇り、押し殺していた感情が理性の隙間から噴き出した。

しかし衛生兵は動じなかった。戦闘帽を被り直すと、改めてこちらを見据えた。

「救出隊の伍長に連行されたのは切っ掛けに過ぎない。木で言えば枝葉であり、幹ではない。重要なのは伍長と遭遇したという、この一点にある。貴様は、伍長と遭遇した。同時に伍長も、貴様と遭遇したのだ。言い方を変えれば、貴様らは引き寄せ合い、導き合って、あの県道の路肩の一点で邂逅《かいこう》したといえる」

「邂逅？」博人は思わず声を上げると、眉をひそめて苦笑した。「恋人たちのように
か？」

「恋人たちのようでもある」衛生兵は即答した。「生き別れた親子のようでも、引き離
された双子のようでもある」

「僕は、真面目に質問しているんだ」

博人は、押し殺した声で言った。

「偶然であるな」

衛生兵が驚いたような目をした。

「自分も、真面目に答えておる」

「…………」

博人は小さく舌打ちし、視線を逸らした。敵の防御は極めて強固であり、斥候隊はいとも簡単に撃破された。しかしひるんでいる暇はなかった。間髪容れず、次の斥候隊を侵入させ、さらなる揺さぶりをかける必要があった。

博人は腕組みをすると、敵の防御の隙を突くような疑問・疑念はないかと思考を巡らせた。そこでふと、以前衛生兵が言ったある言葉が蘇った。

「……トンネルに導かれて、ここにやって来た」

博人は、囁くように言い、また視線を前に戻した。

衛生兵はこちらを見据えたまま答えなかったが、戦闘帽とマスクの間から覗く目が、続きを促していた。

「中尉殿が、『初代作音師は麦丸である』と言った後、自分で続けたよな？　『麦丸はある日突然ここにやって来た』『お前と同じくトンネルに導かれて、ここに来たのだ』って。勿論、その時も気にはなってたんだ。すごく思わせぶりな言い回しだし、どこまでが比喩でどこまでが現実かも曖昧で、かなりあやふやなんだけど、その掴みどころのない感じに、かえって好奇を掻き立てられた。でも、どうせ訳を尋ねても軍秘の一点張りで教えてもらえないのは分かっているから、仕方なくほっぽっておいたんだ。だけど今、改めて考えてみると……」

博人は視線を右斜め上に向け、一点をぼんやりと見つめた。

「……それが、真実なんじゃないのか？」

「どういうことだ？」衛生兵が、眉根を寄せた。

「つまり」博人は顔を伏せ、目を閉じた。

「トンネルに導かれて、という言い回しが比喩ではないということだ。そしてトンネルとは、イコール闇だ。闇とはイコール〈世界〉を内包せりし〈蒼光〉であり、〈蒼光〉とはイコール、〈トンネル〉を支配している者だ。その者とは、イコール」

「神……」

衛生兵ではなく、傍らの稗田が答えた。それは率先して言ったというより、思わず言ってしまったというような、酷くおぼつかない口調だった。

衛生兵が、稗田を見た。目が合った途端、稗田は弾かれたように視線を逸らし、うつむいた。

「そうなんだろ？」

博人は語気を強めて言い、一歩前に出た。衛生兵は、動かなかった。

「そして神は、〈トンネル〉の一番奥に鎮座している。その鎮座している一番奥こそが、さっき自分で言った内界の最終点＝Ⅳ層区最深部ってことじゃないのか？」

「……では、なぜ神はそこにいるのだ？」

衛生兵も、一歩前に出た。

「なぜ……？」

博人は言い淀んだ。突然の問いかけに虚を衝かれ、目が泳いだ。

「なぜ神は最終点にいる？　なぜ神は最深部にいる？　なぜ神は天の上ではなく地の底にいる？　なぜトンネルの、穴倉の、一番奥で神は鎮座しているのだ？」

衛生兵は低く囁き、沈み込むような目でこちらを見た。

「それは、つまり……」

博人はうろたえ気味に呟き、慌てて思考を巡らせた。しかし脳裏には、隧道の如き長大な薄闇がただひたすら浮かぶだけだった。薄闇は一直線に、どこまでもどこまでも、果てしなく続いていた。

不意に、くぐもった呻き声が上がった。

博人と衛生兵が同時に振り向き、部屋の奥を見た。

作業机の上で横臥していた麦丸が右腕を上げ、握り締めた拳を小刻みに震わせていた。

「ぐっ、ぐぐぐっ……、ぐがっ」

麦丸が苦しげに呻き、背中を仰け反らせた。掛けられていた毛布がずり落ち、吊るされたアンコウの死骸のように机の端からだらりと垂れ下がった。

「麦丸さんっ、大丈夫か？」

稗田が叫び、大股で駆け寄った。博人と衛生兵がその後に続いた。麦丸は染みの浮き出た皺だらけの顔を歪ませると、半開きの口をしきりに開閉させながら、赤紫色の舌をひくひくと動かした。

「どうした？　苦しいのか？　痛いのか？　言いたいことがあるなら一言一言区切って発音するんだ。痰が絡んで息ができないのか？　それとも、いつもの痛み止めを打って欲しいのか？」

稗田は作業机に両手を突くと身を屈め、麦丸の口元に顔を寄せた。

「鎮痛剤のアンプルなら持っておるぞ」

　衛生兵は襷掛けにした雑嚢を手繰り寄せ、素早く蓋を開けて右手を突き入れた。

「な、ながっ、ながっ……」

　麦丸が目を剥き、掠れた声で途切れ途切れに叫んだ。同時に握り締めた右手を開き、五本の指で何かを摑み取るような仕草をした。

「麦丸さん落ち着け、ゆっくりと区切って発音するんだ。痛み止めなら今、衛生兵殿が準備しておられるから、すぐに注射してもらえるぞ」

「ながっ……ながっ……ながっ……」

　麦丸は目を剥いたまま尚も叫ぶと、突然バネ仕掛けの人形のように上体を起こし、背筋をぴんと伸ばして前方を見た。

「ながっ……長生きいたします中尉殿！　お気遣いありがとうございますっ！」

　麦丸は甲高い声で叫び、素早く敬礼した。その右手が稗田の顔面を打ち、ビチッと鈍い音を立てた。ロイド眼鏡が飛び、床に落ちた。仰け反った稗田が左の目尻を押さえて蹲《うずくま》った。

　博人は反射的にしゃがみ、床に落ちたロイド眼鏡を拾い上げた。黒い鼈《べっ》甲《こう》のフレームは無事だったが、左のレンズにヒビが入っていた。

「大丈夫か？」

博人は稗田に声を掛けた。

「大丈夫な訳ないだろう」

稗田は、震えを帯びた声で先ほど博人が言えなかった弱音を吐き、さらに殴打の痛みに眉をひそめながら「あの野郎恩を仇で返しやがって畜生今に見ておれ」と呪文のように囁いた。

博人はロイド眼鏡を持ったまま、衛生兵を見た。

衛生兵もこちらを見ると小さな溜息を吐き、雑嚢から右手を引き抜いた。そして左手の腕時計に目をやり、抑揚のない声で言った。

「一七〇三《ヒトナナマルサン》、上等看護兵・麦丸甲吉、帰隊セリ」

11

博人は鉄製の寝台の上に体を起こし、ゆっくりと息を吐いた。

就寝時の発汗のためか両眼の表面が乾いており、意識的に瞬きをすると微細な痛みが走った。博人は薄く目を閉じ、指先で左右の目頭をゆっくりと揉んだ。あくびが込み上げて来て、思わずフワァーと間の抜けた声を出すと、涙が滲み出て潤いが戻った。

目を開けた博人は緩慢な動作で寝台の上に胡坐をかきながら、周囲に視線を走らせた。

壁に備え付けの寝台があるだけで、あとは枕元のガートル台に吊り手水器が下がっているだけの簡素な部屋だったが、昨日まで宿泊した第Ⅰ病院二〇九號室と、現在宿泊中の同四一六號室には明らかな差異があった。

まず広さが違った。二〇九で四畳半ほどだった部屋面積が、四一六では倍以上の十畳ほどになっていた。次に壁が違った。削岩後、研磨加工が施されていたものの剝き出しだった二〇九に対し、四一六ではその上に乳白色のモルタルが丁寧に塗り込められていた。さらに天井は綺麗なドーム状に加工され、床には白と黒の四角いタイルが市松模様に敷き詰められていた。また、ガートル台は同じだったが、下がっている吊り手水器はざらついたブリキから滑らかなアルマイトに替わっており、表面中央には赤字で『手指洗浄用　飲水厳禁』と記されていた。

二〇九を〈おしゃれな石窟〉だとすると、四一六は〈がらんどうのシティホテル〉に見えた。

「……将校用か」

室内を見回しながら、博人は呟いた。

外界にいた頃から軍隊とは究極の縦社会との認識はあったものの、極めて漠然としたものだった。しかしトンネルに連行され、モグラたちと寝食を共にすることで階級＝全てという軍隊の鉄則が熱傷のように浸透していた。そのため以前ならヒヨコのヒューマニズムが反応し、将校に対しては強い嫌悪を、兵卒に対しては淡い憐憫を感じたはずだったが、帝国期待の候補生と化した博人は、室内の圧倒的格差を至極当然のこととして受け止めた。

「まあ、悪くはない」

博人は口元を緩めると、胡坐をかいたまま背後の壁に凭れかかった。

二〇九と四一六では何から何まで、まさに天と地ほどの差異があったが、それは「宿泊者」の体調においても同様だった。

昨日覚醒した際自覚したのは、頭蓋にぬるま湯が溜まっているような心地よい嘔気だった。アルコールによる酩酊と薬物による錯乱を足し、それを真冬の滝行で割ったような奇妙な感覚だったが、快・不快の二択から選ぶなら、ギリギリ不快の範疇に入る悪しき症状であり、『入界したヒヨコに闇が染み込むことで起こる、ある種の拒絶反応が原因』という衛生兵の説明も納得できた。

しかし、今は違っていた。

頭蓋の中に不快さは微塵もなく、意識はきんと冷えた炭酸水のように隅々まで冴《さ》えわたっていた。その影響は感覚器にも顕著で、一時的に難聴傾向にあった聴覚も完全に回復し、鼓膜の感度は通常レベルまで回復していた。

ためしに耳を澄ませてみると、〈音〉は上下左右から立体的に伝わってきた。

右の壁からは河が流れるような濁音がし、左の壁からは風が吹きすさぶような高音がした。床下からは心臓の鼓動にも似た、律動的な重低音がし、天井からは無数の車輪が高速で走行するような、低い擦過音がした。

博人は、己の聴覚の鋭敏さにうっとりしながら、これも工房療における音波治療のお蔭だと心から思った。そして作音師範・麦丸甲吉の見事な演奏を想起しようとした時、不意に、左右の耳がある音を捉えた。

博人は反射的に身を強張らせ、息を殺した。

微かだが、良く通る硬い音だった。それが部屋の外から等間隔で聞こえてきた。博人は目をつぶり、耳を澄ました。間違いなかった。革靴の足音だった。黒いレースの帯を目元に巻いた中尉の姿が脳裏を過った。

博人は胡坐を崩すと急いで正座し、背筋をぴんと伸ばして両手を膝の上に置いた。同時に「返事は明日で良い。一晩かけて熟考せよ」という中尉の言葉が蘇った。

「……今、何時だよ」

博人は腕時計のない左手を意識しながら、苛立った口調で呟いた。あれから相応の時間が経過し、夜も更けた頃ではあったが、まだ日付が変わっていないことだけは確かだった。亡命の意志は徐々に高まり、〈する〉方向へ傾いてはいたが、〈する！〉と決断するには至らず、ぎりぎりの所で揺れ動いていた。

もし今、あの眼光鋭き中尉と対峙し、亡命するか否かを舌鋒鋭く問われたら、なんと答えていいか分からなかった。同時に「一晩かけて熟考せよ」と言いながら、その約束をあっさり反故《ほご》にした将校特有の身勝手さが恨めしかった。

足音は瞬く間に接近してくると、予想通り四一六號室の前で止まった。博人は寝台の上で正座したまま身構える気分になった。

正面の壁にある、カーキ色に塗装された鉄のドアが勢いよく開いた。

博人の心臓がどくりと鳴った。

戸口に立っていたのは中尉ではなく、一人の憲兵だった。

三十代半ばの恰幅《かっぷく》のいい男で、肩章を見ると軍曹だった。

博人は面喰らいつつも慌てて目を凝らしたが、その顔に見覚えはなかった。

憲兵は鍔《つば》の広い軍帽を被り、左腕に『憲Ｉ』と赤字で横書きされた腕章を巻いていた。右の腰に自動拳銃の革嚢《かくのう》を、左の腰に小振りの軍刀を下げ、両手には白い手袋を嵌めていた。足元を見ると中尉と同じ黒い長靴を履いていたが、革脚絆は装着していなかった。憲兵の背後には、お付きの兵が一人立っていた。二十歳前後の二等兵で、帆布の背嚢を背負っていた。

「今、よろしいか？」

憲兵が、こちらの顔色を窺うような目をした。衛生兵と同様、愛想は欠片《かけら》もなかったが敵意は感じられず、さらに官憲にありがちな威圧感も放っていなかった。どちらかというと巡回中にぶらりと立ち寄ったという体であり、良く言えば大らかな、悪く言えばいい加減な印象を受けた。

「どうぞ、構いませんよ」博人は平静を装って笑みを浮かべた。

「俘虜ｰセ・ウチノヒロトの報知書に目を通していたのだが、一個所だけ気になるところがあっての」

憲兵は小脇に挟んでいた合成樹脂製のボードを取り、発条金具で綴じられた書類に目を向けた。博人はそれに見覚えがあった。先日女医の部屋で、中尉が全く同じものを図嚢から取り出していた。内界における俘虜の情報は回覧板形式で共有されているようだった。

「ここなのだが……」憲兵は書類の左側を指でさした。

「外界における職歴の欄に、現職は『農業協同組合ニ勤務』とあり、前職は『ツチヘビノ食品加工場ニ勤務』とある。そして前職の勤務内容について『内臓ヲ抜キ出ス作業ニ従事。相応ノ技術ヲ要スルモ難易度ハ低シ。抵抗スルツチヘビト格闘シ、コレヲ死亡セシメタ経験アリ』と記されている。この……ツチヘビを〝死亡セシメタ〟という供述に嘘・偽りはないか？」

「ありません」博人は即答した。

「事実であるな？」憲兵が念を押した。

「事実です」

博人はうなずきながら、やっぱりそうかと胸中で呟いた。先ほど衛生兵に言った通り、報知書にはトンネルに来たばかりの自分の言葉がそのまま記されているとみて間違いなかった。記憶障害が回復しておらず〝言った覚え〟などさらさら無かったが、亡命発言同様、『武勇伝』を披露して自分の価値を高め、身の安全を図ったのは迷子のヒヨコとして当然の行為だと思った。

「ツチヘビは素手で殺したのか？」憲兵が覗き込むようにしてこちらを見た。

「いいえ、ムグリ刀を使いました。排砂孔から脳天を一突きしたので、ほぼ即死でした」

博人は力強く言い、遠慮がちに胸を張った。勿論長井がツチヘビの首を押さえていたことは伏せたままだった。

「もしかして、これのことか？」

憲兵は腰に手を回し、革帯から何かを引き抜いた。

「あっ」

博人は目を見開いた。憲兵が差し出したのは一本のムグリ刀だった。一目見て自分の愛用品だと分かった。没収後、遺棄されたと思い込んでいたため驚きを通り越して唖然《あぜん》となった。

「それです、自分の、ムグリ刀です」

博人は声を上擦らせ、思わず腰を浮かした。そのまま寝台から下り、引き寄せられるように部屋の中央まで進んだ。

「きをつけ！」

不意に憲兵が叫んだ。叩きつけるような声だった。博人は反射的に立ち止まり、弾かれたように背筋を伸ばした。訳が分からなかったが、従わなければ殴られることだけは本能的に分かった。

「これより適性検査を実施する。科目は従兵・実技三の肉弾戦闘。制限時間は三十分で、使用武器はムグリ刀のみとす。尚、この検査はⅠ層区北地区方面軍憲兵隊本部の独断によるものであり、合否の判定も独断で下す。以上」

憲兵は言葉を切ると、手にしていたムグリ刀をこちらに向かって投げた。黒ずんだ刀身は甲高い音を立ててコンクリートの床に転がった。博人は一瞬躊躇した後、しゃがみ込んでムグリ刀を拾った。憲兵の説明は早過ぎてよく聞き取れなかったが、自分の力量を試そうとしている事は理解できた。迷子のヒヨコに選択の余地はなかった。与えられたアイテムを使い、なんとかクリアしようと博人は腹をくくった。

憲兵は回れ右をして戸口から離れた。入れ替わりにお付きの二等兵が前に進み出、背負っていた背嚢を下ろした。蓋を外して紐を解き、土嚢を川へ放るような仕草で室内に放り込んだ。ドサッ、と鈍い音を立てて着地すると中から白いものが這い出した。

「うわ!」博人は弾かれたように飛び退《の》き、寝台に登った。

それは初めて見る〝地下帝国産〟のツチヘビだった。全身が象牙色の体毛に覆われているため、爬虫類《はちゆうるい》というより手足が退化した奇怪な哺乳類に見えた。地上のものより胴体が肉厚で、尻尾の部分もずんぐりしていた。ツチヘビは八の字を描くように床の上を這ったが、不意にとぐろを巻くと鎌首をもたげ、ヤジリ型の頭をさっと寝台に向けた。

「ぐっ……」

博人は息を呑んだ。ツチヘビはもたげた頭を後ろに引き、攻撃の姿勢を示した。博人は舌打ちした。毒は持っていなかったが、からみつかれると絞め殺される恐れがあった。さらに体毛が密生しているため刃が滑りやすく、排砂孔の位置も特定しづらかった。博人はうろたえながらムグリ刀を構え、一歩後退した。そして退路を確かめようと目を逸らした瞬間、ツチヘビが跳躍した。博人は咄嗟に仰け反ったが左腕に衝撃を受け、寝台に倒れ込んだ。ツチヘビは左の上腕に噛みついたまま胴体を左足にからみつけた。糸鋸《いとのこ》のような歯が皮膚を裂き、肉に喰い込んだ。博人は顔を歪めながら右手に持ったムグリ刀をツチヘビの頭部に突き刺した。刃先は両眼の間にある六角形の額板を貫き、上顎の口蓋から飛び出した。同時にツチヘビの動きが鈍り、足にからみついた胴体から圧力が消えた。ムグリ刀を刺したまま、博人はツチヘビの口から腕を引き抜いた。そして左手で顎の内側を押さえると右手を喉元に押し当て、体毛に埋もれた排砂孔を探り当てた。

〝この穴に指を突っ込んでムグッた〟という長井の声が耳の奥で蘇った。

博人は人差し指と中指を動脈弁に似た切れ込みにあてがい、根本まで一気に突き入れた。指先が薄い殻を破って豆腐状のものを潰した途端、足にからみついた胴体が力無くほどけた。

「ブモゥウウウウ」

ツチヘビが仔牛のいななきに似た声を上げた。断末魔の叫びだった。口角から紫色の舌が垂れ下がり、逆立っていた象牙色の体毛が一斉に萎《な》えた。博人が二本の指を引き抜くと、排砂孔から気泡の混じった赤黒い血が流れ出した。ツチヘビの全身が見る間に弛緩していき、すぐに動かなくなった。博人は体を起こして寝台の上に膝立ちになると、指先に付着した脳の肉片をズボンに擦りつけた。

「絶命セリ」戸口に立つ二等兵が叫び、腕時計を見た。「所要時間三分二十六秒」

12

「気分はどうか？」

憲兵はそっと耳打ちするように言った。目には気づかわし気な光が浮かんでいた。

博人は寝台の上に体を起こすと、弱々しい笑みを浮かべた。

「なんとか落ち着きました」

「そうか。それはよかった。さすがは中尉殿の見込んだ俘虜だけのことはある。肉弾戦闘と同じく、肉体回復も大胆かつ俊敏であるな」

憲兵は満足したように言い、博人の、というか外界に住む全てのヒヨコの無病息災を願うような優しい笑みを口元に浮かべた。それは軍人＝モグラらしからぬ奇異な行為であったが、同時に内界において初めて受けた礼遇でもあり、博人は何とも言えない奇妙な気分になった。

憲兵は「それはよかった」「それはよかった」と小声で繰り返しながら周囲を点検するように見回し、さらに床と天井を交互に見た後、くるりと後ろを向いて寝台に視線を据えた。

『ヒヨコVSツチヘビSHOW』の跡片付けは当然、軍隊において最底辺に位置する者の仕事だった。お付きの二等兵は寝台の下で四つん這いになり、床に飛び散った血と肉片と体毛を雑巾で拭き清めていた。ツチヘビの死骸が入った背嚢はドア前の通路に出されていた。

「ところで居心地はどうか？」

憲兵は雑巾がけをする二等兵を見据えたまま、まどろむ猫に話しかけるような声で言った。四一六號室の感想、それも兵員用の二〇九號室との差異について意見を求めているのが分かった。

「快適です」

博人は十畳ほどの室内に視線を走らせながら答え、少し間を置いてから「とても広いですし、内装や装備品もホテルのように豪華です」と補足した。

「やはりそうか」

憲兵は唸るように言い、納得したように大きくうなずいた。そして回れ右をしてまたこちらを向くと、今度は声を出さずに息だけで「やはりそうか」と囁き、静かに目を閉じた。彼らにとっては常態化した将校専用も、兵卒やヒヨコの目には憧れの優越的権利として映ることを改めて認識し、感慨を新たにしたようだった。

憲兵は感じ入ったように頭を小さく左右に振り、目を開けた。

「……ところで先ほどI病の医務班より口頭で報告を受けたのだが、本日夕刻、I層区工房療において一度目の音波治療を受けたそうであるな？」

「ええ、そうです」博人は小さくうなずいた。

「具合はどうか？」

「お蔭さまで難聴気味だった耳の聞こえも元に戻りました」博人は正直な感想を述べた。

「頭の中のモヤモヤも消えて意識もはっきりしています」

「うむ。何よりである。それは何よりであるな」

憲兵はなぜか少し照れたように言い、鍔の広い軍帽をとってつけたように被り直した。

「治療を施した作音師は誰であった？」

「麦丸さんという方でした」

博人は即答し、口元を緩めた。自然に出た笑みだった。

「麦丸か。なるほど。麦丸甲吉であるな。なるほど」

憲兵は大イニ納得セリという風に呟き、ゆっくりと腕組みをしながら視線を右斜め下に向けた。「麦丸は、治療にどんな楽器を使用した？」

「手風琴です」博人は笑みを浮かべたまま答え、一呼吸分の間を置いてから「初めて見た楽器で、初めて聞いた音色でした」と感想を付け足した。

「手風琴か。……うーむ」憲兵は困惑したように眉をひそめ、視線を正面に戻した。

「鞴を選択するという見当はついておったが、ペダル式オルガンではなく手風琴だったか。重量と威厳よりも軽快と愛嬌を選んだということは、破壊の度合いではなく、破壊の精度を優先した治療を施したということだ。たとえるなら砲弾で街ごと殲滅するのではなく、機銃弾の掃射で兵員のみを殺傷し、排除したようなものだ。理由は明快、建物を温存するためだ。建物があれば、征伐後に進駐した部隊が接収し、そのまま本部や兵舎として使用できる。いやー麦丸め、相変わらずであるな。相変わらず矮小《わいしょう》で軟弱な発想をする奴だ。まるで、読み書き算盤《そろばん》は得意だがまともに手榴弾も投げられん、主計課のモヤシ武官のようである」

憲兵は両手を腰に当てて胸を張り、口元に嘲笑を浮かべた。しかしその態度とは裏腹に、声には浮き立つような明るい響きが含まれていた。

「で、その結果聴力が回復し、意識の混濁も解消された訳であるな。その流れからすると、麦丸が手風琴を用いて行った演奏は極めて有効であったと結論付けられるが、よいか？」

憲兵は目を細めるようにしてこちらを見た。

「勿論です」博人は力強く言った。「ただ、個人的には有効であったというより、感動的であったという表現の方がより正確だと思います」

「感動的であった？」憲兵が博人の言葉を繰り返した。

「そうです。治療が終わった時、僕は決して大袈裟でなく、生まれて初めて音楽を聴いたことに気づいたのです。言い換えると、これまで外界で耳にしていた様々な音楽は、実は音楽のようなものであり、音楽に似ているだけの音の模造品だったという事実を思い知らされたのです」

「思い知らされたのか」憲兵が呻くように言った。

「抜き打ちの適性検査に甲種合格し、亡命スル価値アリと証明してみせた実力者であっても、それほどまでに思い、そして知らされたのか。うーむ。それは心胆寒からしめる出来事であったな」

「まさしく……」

博人は溜息を吐くように答え、虚空を見つめた。

麦丸の顔が脳裏に浮かび、同時に工房療で聴いた旋律が耳の奥で響いた。

13

一度目の音波治療は約五十分で終了したが、それが通常の所要時間なのか否かは初診の博人には判別がつかなかった。

治療前、作音師範・麦丸甲吉がしたことは二つだけだった。

まず衛生兵から手渡された、菊判の紙を無言で見つめた。それはいわゆるカルテであり、軍医室で中尉が報知書と呼んだ、例の雑記帳からの写しのようだった。

麦丸は古びた傷だらけのルーペを手に、皺だらけの瞼をカッと開いて博人の個人データを丁寧に読み込んだ。そして衛生兵や軍医と同じく「デー深度三・八か。闇との相性が良いな」と呟くと、小さく三回うなずいた。

次に体内の〈流動〉を測定した。外界でいう、いわゆる脈診である。準備として博人は椅子に腰かけ五分間安静にし、その間麦丸は右手に軍手を嵌めて冷えた指先を温めた。衛生兵が「五分経過」と伝えると、傍らに立つ稗田が消毒用アルコールの染みた脱脂綿で博人の首回りと両手首を丁寧に拭い、最後に「呼吸は深く静かにを心掛け、吸気は鼻から短く、呼気は口から長くせよ」と告げた。

それを合図に軍手を外した麦丸が、博人の〈流動〉の測定を始めた。

〈流動〉の探知部位は頸層路（＝頸動脈）、Ⅰ腕層路（＝上腕動脈）、Ⅱ腕層末路（＝橈《とう》骨《こつ》動脈）、Ⅰ脚層路（＝大腿動脈）の四か所だった。

麦丸は右の示指、中指、薬指の三指を用いて、まず衣服に覆われていない頸部上方の側面と手根掌《しょうそく》側の小指側を測定、その後、右手掌を用いて衣服の上から上腕の内側全般、及び大腿上部の内側を測定し、体内における水流経路の〈流動〉状況をカルテに素早く記載した。

「通常の看護兵にとって、着衣の上から〈流動〉を測定するなど夢のまた夢であるし、その際の探知部位も、最低八か所はないと総体を把握することは不可能であり、当然水流経路の停滞地点を特定するには至らない」

測定が終了した直後、稗田が嬉々として言った。その顔は上気し、ロイド眼鏡越しに見える目は光を帯びていた。

「しかし、見たであろう？　麦丸さんにはそれが可能である。着衣上測定及び測定部位Ⅳのみで、頭層、頸層、胸層、Ⅰ・Ⅱ腕層、腹層、Ⅰ・Ⅱ脚層、足層までの状況を十五秒程度で把握し、停滞地点の特定は勿論、各経路内における内壁や輪門《りんもん》、舗装膜の状態まで察知してしまうのだ。言うまでも無くベテランの上等看護兵である上に、作音師範として相応の実績を積み重ねた者にしかできぬ神業だ。どうだ、凄いであろう？　驚嘆することしきりであろう？　手紙にしたためて家族に知らせたくなるであろう？」

稗田は満面の笑みを浮かべ、挑みかかるように顔を近づけてきた。

「はぁ……」

博人は曖昧に答え、目を逸らした。

神業を見た途端〈祖父〉を侮る〈孫〉が、〈師匠〉を崇める〈弟子〉に豹変したことが不快でならなかった。博人は戒めの意味も込めて、心えぐるキツい嫌味でも言ってやろうかと思考を巡らせた。しかし眼前に肉薄する、意志の力を感じさせない弛緩したメガネ顔を見ているうちに怒りが消え、代わりに淡い憐憫と、彼の行く末に対する漠とした不安が込み上げてきて、酷く虚ろな気分になった。

博人は目を逸らしたまま薄い笑みを浮かべると、「無知蒙昧」と呟いた。

よく聞き取れなかった稗田が「え？」と言い、「餅もうない？」と訊き返した。

〈流動〉測定後、五分ほどの間隔を置いて治療が始まった。

まず博人は、衛生兵より手渡された専用の被服を身に着けた。それはゴム製のポンチョのようなもので、頭からすっぽり被ると裾が膝下まであり、喉元の紐を締めると首との隙間が無くなった。さらに衛生兵は、襷掛けにした雑嚢からアルミ製の洗面器のようなものを取り出した。長さ三十センチほどで細長く、全体が「へ」の字形に湾曲していた。治療に必要な器具らしかったが用途は不明だった。

再び椅子に腰かけると、一時退室していた稗田と麦丸が奥の間に戻って来た。稗田は、片手に持った同じ規格の木の椅子を博人の対面に置いた。麦丸の席のようだった。

麦丸は施術用の白衣に着替え、両手には白いレースの手袋を嵌めていた。カルテ記載時に使用する楽器も決めたらしく、手風琴がある左の壁際に向かって一直線に歩いていった。しかしアップライトピアノの前で立ち止まった途端、不意に眉をひそめて眼前を凝視した。そのまま十五秒ほどが経過した後「……ああ、そうか」と少し驚いたような声を発し、ピアノの前屋根に置かれた手風琴に右手を伸ばした。

「謎のフリーズ・空白の十五秒間」であったが、麦丸の過去の言動から察するに、立ち止まった途端、旅客機がエアポケットに落ちるが如く意識の一部が消失、眼前の手風琴を獲得するのに四肢のいずれを用いればよいか判断がつかず、必死で知恵を絞っていたと思われる。

無事治療用の楽器を手にした麦丸は、博人の対面に置かれた椅子に腰を下ろした。

間近で見る手風琴は、ピアノの上にあった時よりずっと小さく見えた。折り畳めばコートのポケットにも入りそうだった。左右にある六角形の木のパネルは若草色に塗装され、縁には複雑な唐草模様が黒い塗料で描かれていた。年代ものらしく、鍵盤の代わりに十個ほどのボタンが付き、蛇腹の部分は象の皮膚のように厚く強張っていた。しかし決しておんぼろといった印象は受けず、むしろ保存状態のよい伝統工芸品といった趣が漂っていた。

「では、始めさせていただきます」

麦丸は衛生兵に向かって一礼した。そして博人の方を向くと今度は無言で一礼し、パネルの左右に付いた革バンドに両手を入れた。蛇腹がゆっくりと伸ばされ、またゆっくりと戻されていった。麦丸の指が動き、左右の幾つかのボタンが押されると音がした。

それは微細な音だった。

粒子のように細かく、氷片のように薄く、鋸歯《きょし》のように尖った音が、手風琴から次々と流れた。

博人は椅子に腰かけたまま、身じろぎもせずに眼前を凝視していた。

それは博人の知っている音ではなかった。つまり外界には存在しない、あるいは存在できない奇妙な空気の振動に思えた。最も違うのは形があることだった。勿論目には見えなかったが、手風琴から流れる音には確かに感触があった。一音一音が、まるでタンポポの冠毛のような質感を伴って耳介にまとわりつき、外耳道にするりと滑り込むと、吸い寄せられるように鼓膜に付着し、溶けていった。

博人は混乱し、戸惑いながらも、納得し、感心した。

「内界において、音は発射された〈銃弾〉であることを肝に銘じよ」

先ほど衛生兵が言った言葉が蘇った。

続いて稗田が口にした〈涅晶化〉という専門用語も思い出した。

内界と外界の音の有り様の違いを体感したのは初めてのことであり、緊張と興奮で鼓動が高まるのが分かった。稗田は〈涅晶化〉するまであと数日と言っていたが、予定よりも進行が早いように思えた。理由は中尉が先述したように、博人と闇の相性がすこぶる良いためであり、進行中の〈溶胞化〉が促進され、すでに〈結合溶体〉になりつつあるようだった。

（音が当たるとはこういうことか……）

眼前を凝視しながら、博人は胸中で呟いた。

作音師範の演奏は続いた。

麦丸は蛇腹をさらに大きく伸縮させながら、左右の指を連動させるように素早く動かした。同時に、湧き上がる蒸気のように手風琴から複数の音が溢れた。

和音だった。高さの異なる三つの音が、融け合い一つになっていた。和音は次々に変化した。音域は次第に高まり、ある一点を過ぎると次第に下がっていった。

音階の羅列だった。階段の昇降運動に似ていた。

麦丸は目を閉じると、首を前後に動かしてリズムを取りながら、両手の動きを緩慢にした。スローモーションの映像にも似たその動きに合わせて蛇腹はしなやかに伸び、波打つように縮んだ。同時に、異なる音階を規則的に繋いだ重層的な〈振動〉が、手風琴から上がった。

旋律だった。

硬く、冷たく、しかしつるりと丸い響きを醸し出す四つの音階の連続が、潮の満ち引きのように淡々と繰り返された。

風の音に似ている、と博人は思った。夕暮れの街に吹く、冷たい北風を思わせた。

鳥の声にも似ている、と博人は思った。月の下で鳴く、一羽のツグミを思わせた。

雨の音にも似ている、と博人は思った。青空から降る、一瞬の天気雨を思わせた。

そしてその全てが、なぜか懐かしかった。今まで意識すらしたことのないそんな無人の風景が、堪らなく愛おしかった。

博人はなぜだろうと思い、「なぜだろう?」と声に出して呟くと、目を閉じて真剣に自問した。回答は意識の奥底から頭をもたげ、くぐもった音を立てて浮上した。

脳裏の暗闇に、アセチレンガスの炎のような青白い光が浮かび上がった。光はすぐに一点で像を結び、人影となった。色彩のない、モノクロームの子供の画だった。野球帽をかぶりアニメの主人公がプリントされたTシャツを着ていたが、顔の部分は真っ白で〈小学生〉〈低学年〉〈息子〉といった漠とした印象しか受けなかった。

しかし不意にある想念が去来し、博人は息を呑んだ。

(そうか……)

博人は胸中で独りごちた。

具体的な理由は不明だが、直感的にそれが自分だと分かった。それも幼少の頃ではなく、現在の自分自身の姿だと(理解ではなく)認識した。

同時に麦丸の演奏から想起された三つの無人の風景も、間違いなく自分の〈脳〉=ウチノヒロトの〈内界〉に存在していると皮膚感覚で実感できた。

「そうか……」

博人は掠れた声で言い、目を開けた。

俺だったんだ、と博人は思った。

夕暮れの街に吹く冷たい北風も、月の下で鳴く一羽のツグミも、青空から降る一瞬の天気雨も、全て俺だったんだ、俺そのものだったんだ、俺の人生の全てだったんだと心の底から強く、何度も思った。

不意に涙が込み上げてきた。堪える間もなく満ちていき、大粒の滴となって頰を伝った。

「来たな」

傍らで声がし、眼前を細長い物体が過った。眼窩《がんか》の下、鼻翼の上に何かが押しつけられ、ひやりと冷たくなった。「あっ」と叫んだ瞬間ポタッ……と涙が金属板に当たる音が響いた。

博人は上目遣いで前方二時の方向を見た。

直立した衛生兵が、あのアルミ製の容器を右手に持ち、博人の顔面に添えていた。全体が「へ」の字形に湾曲しているのは、鼻部中央から左右頰骨部にかけての緩やかな起伏を想定しての加工だと分かった。

「そうやって使うのか」博人は小声で言った。「ペルシャの涙壺《なみだつぼ》みたいなものだな」

「違う」衛生兵が即答した。叩きつけるような声だった。

「あれはガラス工芸品である。この棄水受は徹頭徹尾、医療用具として設計されておる。あんなひょろ長い無意味な壺など、比較の対象にすらならん」

「キスイウケ?」博人は前を向いたまま衛生兵の言葉を繰り返した。「でもこれ、涙を受けるものだろ？」

「だけではない。全てだ」

「全て？　何の全てだ？」

「出てくるもの、全てだ」

衛生兵はそう言うと右手にゆっくりと力を込め、棄水受を博人の顔にさらに密着させた。

「息を止めよ」

「どの位だ？」

「良いと言うまでだ」衛生兵は左手の腕時計に目をやった。

「……じゃあ、いくぞ」博人は釈然としないまま大きく息を吸い、止めた。

「鼻孔を指で押さえよ」

頭上で声がした。博人は右手の指で左右の鼻の穴を塞いだ。

「鼻孔を押さえたまま、鼻からゆっくりと息を吐くつもりで力んでみよ」

「…………」

博人は鼻孔をさらに強くつまむと、言われた通りぐっと鼻先に力を込めた。気圧の急激な変化で、音が聴こえにくくなった際にする『耳抜き』に似ていた。

「もっと力んでみよ」頭上の声が促した。

博人は両肩をすぼめ、歯を食い縛ってさらに力を込めた。顔面の皮膚が熱くなり、金属音に似た耳鳴りが耳の奥で鳴った。そのまま十秒ほどが経過した時、不意に頭の芯の部分でメリッ……という、硬くて薄いものが裂けるような音がし、間欠泉から温泉が湧くように頭蓋の中がじわりと熱を帯びた。

衛生兵は身を屈め、博人の顔を覗き込むと納得したように二回うなずいた。その際戦闘帽とマスクの間から覗く目に、白く鋭い光が宿るのが分かった。

（またか……）

博人は胸中で呻いた。経験上、その光が強靭な意志の力を示すものだと分かった。そして衛生兵の意志の力とは、不言実行＝一刀両断＝強行突破と同義であることも承知していた。そのため迫り来る厄災の気配を濃厚に感じたが、今更どうすることもできぬため、博人は腹を括り、少しでも動揺しないよう気持ちを引き締めた。

「もうすぐ『本隊』が来る」

衛生兵は右手で棄水受を持ったまま、左手を博人の後頭部に当てがい、しっかりと固定した。

（『本隊』ってなんだ？）

博人が声にならない声で尋ねた。迫り来る厄災の吐息が首筋にかかった気がした。

「よし、鼻孔を開放せよ」

衛生兵が叫んだ。

博人は弾かれたように指を離した。同時に頭の芯と鼻の奥がカッと熱くなり、一瞬の間を置いて、左右の鼻孔からドッと液体が噴き出した。それはどろりとして生ぬるく、海水のようにしょっぱかった。液体は止まらなかった。ビシャビシャと湿った音を立てながら直瀑《ちょくばく》のように噴き出し続けた。

「うが、げぼごっ……」

博人は、あまりの勢いに激しく咳き込んだ。呼吸ができぬため大口を開けると、口内からも液体が溢れた。パニックに陥った博人は反射的に仰け反ろうとしたが、衛生兵が後頭部を強引に押し戻した。

「しゃんとせいっ！　すぐに終わるっ！」

衛生兵が耳元で怒鳴ったが効果はなかった。勢いの衰えぬ液体が左右の眼窩からも流れ出し、視界を塞がれた博人は錯乱した。意味不明の叫び声を上げながら衛生兵の腕を摑み、顔に押しつけられた棄水受を押しのけようとした。

「やめんか！」衛生兵は、博人の脇腹に膝蹴りを打ち込んだ。「ぎゃっ」博人は衝撃に身をよじり、衛生兵の腕から手を離した。しかし何も見えぬため状況が理解できず、混乱は増して恐怖が膨らんだ。博人は絶叫し、両手で胸を掻きむしった。さらに背中を丸めて脚を上げ、全てを蹴散らすようにめちゃくちゃに上下させた。

「稗田っ！」

衛生兵が叫んだ。「はい！」という返事と共に足音がした。すぐに博人の両脚が抱き取られ、しっかりと押さえ込まれた。

「辛抱せい！」鼻先で稗田の声がした。「経路内に沈積していた氣毒が、手風琴の音波によって破壊されたのだ。水流はやっと通常速になったが、循環が回復すると一時的な反動がくる。それが疫《えき》ヴァッサの排泄だ。各停滞地点では補給が滞ることで多くの水命素が死ぬ。大量の死骸からは大量の壊疽《えそ》ガスが生じ、非循環で廃性の高まった停水と混じり合って疫ヴァッサが出現する。疫ヴァッサは決して増殖しないが、永久に消滅もしない。消滅させるには外に出す以外方法がない。だから新たに派遣された水命素の各部隊は、旧停滞地点を急襲してこれらを可及的速やかに制圧し、体外へ排泄せんとする。それが今、貴様の中で起きていることだ。どうだ、理解できたか？　ん？　ハーベン・ズィー・フェアシュタンデン？」

「…………」

博人は答えなかった。

衛生兵に頭を、稗田に両脚を押さえられたまま椅子の上で身を硬くしていた。最後の外国語は勿論、その前の説明も何を言ってるのかさっぱり分からなかった。耳に届く言葉は全て、呼気の音の連なりにしか聞こえなかった。

博人は溢れ出す液体に視界を塞がれたまま、眼前の闇を凝視していた。

頭蓋の中で何かが蠢《うごめ》いていた。蛇が脳に絡みついているような、あるいは脳が蛇に絡みついているような、言い知れぬ不気味さに満ちた感覚だった。

不意に強いめまいがし、吐き気が込み上げてきた。全身の筋肉が強張り、四肢が小刻みに震え出すのが分かった。

頭上で衛生兵が何かを言った。

それはモウスグダガンバレという励ましのようにもモウダメダクタバレという暴言のようにも聞こえたが、気絶寸前の博人にとってはどちらでもいいように思えた。

14

憲兵は四一六號室を退出する際、ふと何かを思い出したような目をして立ち止まった。そして顎を指でつまみ、暫《しば》し思考を巡らすような表情をした後、「おお、そうであった。これを忘れておったわい」と呟いて胸の左ポケットから何かを取り出した。

博人が訳も分からず受け取ると、それは折り畳まれた白い封筒だった。持った感触で、中に段ボールのような硬さの平たいものが入っているのが分かった。

「注文の品である」

憲兵は本気とも冗談ともつかぬ口調で言い、戸口まで歩いていった。そしてドアを開けると、前を向いたまま「領収書は在中しておる」と声高に告げた。

「領収書？」

博人は面喰らって叫んだが、憲兵は振り向かずに部屋から出た。ドア前の通路にはお付きの二等兵が立っていた。二等兵は憲兵に敬礼すると、ツチヘビの死骸が入った背嚢を素早く背負った。そして博人には目もくれずにノブを摑み、勢い良くドアを閉めた。鉄扉が鉄枠に当たり、銃声のような音を立てた。残響が、硝煙のように揺らめいて消えた。

その途端、眼前に幕が落ちたように室内の雰囲気が一変し、辺りがしんと静まり返った。

「あぁ……」

脱力した博人は後ろの壁に凭れかかった。正座を崩して脚を投げ出すと、圧迫されていた左右の足背がじんじんと痺れた。博人は口元が強張り、唇が引き攣ったように歪んでいるのに気づいた。それは強い緊張を悟られぬよう、絶えず作り笑いを浮かべていたことによる後遺症だった。

博人は左手を口元に当てがいながら、軍隊内において憲兵という存在がいかに特殊で異様かということを改めて思い知った。

「それにしても……」

博人は右手に持った封筒に目をやった。

どういった心境によるのかは不明だったが、まさか「鬼」の口から戯言が飛び出すとは予想だにしておらず、未だ信じがたい気持ちで一杯だった。もし通常勤務の憲兵に同じことを言われたら即座に邪推して裏を読み、不吉な予告や宣告の遠回しな表現に違いないと震え上がったに違いない。

「……それにしても」

博人は同じ言葉を繰り返すと、折り畳まれた封筒を伸ばし、糊付けされていない蓋を開けて中のものを取り出した。

それは鼠色の厚紙でできた、簡素な小箱だった。

薄っぺらなシガレットケースのようだと思いながら上部の蓋を取ると、中には本当に煙草が入っていた。

「あっ」

博人は間の抜けた声を上げた。三本の紙巻煙草が、横一列にきれいに並んでいた。

「そうか……」

記憶が蘇った博人は、眼前の虚空をぼんやり見つめた。

以前二〇九號室において、衛生兵に煙草を吸いたいと申し出ていた。

「一本だけでいい」という博人に対し、衛生兵は「報告しておく。喫煙可能となり次第、他の者が伝えに来る」と答え黒革の手帳に書き記した。

「だからって、憲兵が来るなよな」

博人は呆れたように言い、苦笑した。

三本の煙草の傍らには、口紅ケースほどの黒い燐寸《マッチ》箱があった。中には燐寸棒がきっちり三本だけ入っており、箱の側面には頭薬を擦って発火させるための側薬が塗布されていた。さらに小箱の底には、きれいに折り畳まれた一枚の紙片が敷物のように置かれていた。

憲兵の後ろ姿が脳裏を過った。

「これか？」

博人は紙片を取り出した。ケント紙のように白かったが麻紙のように厚く、わら半紙のようにザラついていた。広げてみると、ハガキ二枚分ほどの大きさがあった。

博人は紙面に記された文字に視線を走らせた。

『需品証明書

（一）紙巻煙草（甲）壱本

（二）紙巻煙草（乙）　弐本
（三）燐寸　参本
（四）燐寸収納箱　壱合

右ノ物品ヲ需品トシテ支給ス

捷和《しょうわ》七十年十一月九日　一層区北地区方面軍輜重《しちょう》隊本部　㊞』

やはり戯言だった、と博人は思った。在中していたのは和文タイプで打たれた上、認印まで捺された所属部隊発行の証明書であり、領収書とは似ても似つかぬ代物だった。

「冗談じゃねぇぞ、全く」

博人は眉をひそめ、紙を再び折り畳もうとした。

と、その時、ある文字が目に入り、反射的に手が止まった。

博人は目を凝らした。それは各紙巻煙草の下部に記された漢字だった。一つ目が「甲」で、二つ目が「乙」となっていた。つまり二種類の煙草が支給されたことを意味していた。

「え？」

博人は慌てて小箱に顔を寄せ、そこで初めて気づいた。

三本の煙草のうち、右側の一本だけが一センチほど長く、フィルターの付いていない両切りだった。しかも、煙草の葉を包んでいる巻紙が異様なまでに白く艶やかで、一目で街の煙草屋などでは売っていない高級品だと分かった。

「なんだ、これ?」

博人は眉根を寄せると、指先で恐る恐る右の一本を取り上げた。そして鼻先に近づけてさらに目を凝らした時、心臓が小さく鳴った。

艶やかな巻紙には、十六の重弁をあしらった小さな菊の御紋が金色で印刷されていた。

いわゆる『恩賜の煙草』だった。

最終章　闇《やみ》、流離姫《さすらひめ》

1

翌日（需品証明書の日付から、内界暦：捷和七十年十一月十日と推定）、内野博人はいわゆる帝国軍からの亡命要請に対し、これを受諾する旨を口頭で伝えた。

しかし、事はすんなりと運んだ訳ではなかった。

博人は四一六號室の寝台に寝ころび、ドーム状をなす高い天井を見上げながら兵士と俘虜、トンネルと獅伝町の間で揺れ続けた。

（亡命したいか？）と自問すると理性的な回答は得られなかったが、その代替のように浮かび上がる映像から、自分が何を望んでいるかは把握できた。脳裏の闇の中、灰色のドリュウ服を着て防毒面を被る「新兵」の姿が蘇る度、相変わらず昂ぶりを覚えた。しかも全身の血が滾り、波濤のように大きくうねる感覚が途切れることなく湧き上がり、淡い闘争心のようなものまで生まれるようになっていた。

しかし問題はここからだった。

意識の昂ぶりや肉体の興奮に乗じて「いざ亡命！」と意気込んだ途端、モグラに対する生理的嫌悪感が湧き上がり、途端に消沈した。太陽光の存在しない土中深くで本当の闇にまみれ、本当の闇と化すことを全身の細胞の一つ一つが拒絶しているようだった。

それはもう理屈ではなかった。思考的な反射といってよかった。蛇や蠍《さそり》を見て自然に眉をひそめるのと同じだった。〈彼ら〉に罪はなく、〈我々〉にも悪意はなかった。

この高揚と消沈を端的に表すと〈モグラにはなりたい〉けど〈トンネルには住みたくない〉、あるいは〈兵隊は好き〉だけど〈闇は嫌い〉という単純明快なアンビバレンスとなり、単純明快だからこそ妥協点を見いだせずにひたすら迷走を続けた挙句、思考は低速のメリー・ゴー・ラウンド的空転に陥って停止した。

そのため博人は、まさに一晩掛けて熟考したにもかかわらず結論を出せずに朝を迎え、そのまま中尉の来訪をも迎えるに至った。

「決めたか？」

二人の一等兵を従えて入室した中尉は、歩いてくると部屋の中央で立ち止まった。昨日と同じく軍帽を被り、将校マントを羽織っていた。目元には黒いレースの帯を巻き、左右の長靴には革脚絆を装着している。

「………」

寝台の前で直立不動の体勢をとる博人は返事に窮し、うろたえ気味に視線を逸らした。

「その様子では、まだのようであるな」

中尉はからかうように言うと、軍服の胸ポケットから煙草を一本取り出し、口にくわえた。役割が決まっているらしく、左側にいる一等兵のみが前に進み出、取り出した銀色のライターで煙草に着火し、また背後の立ち位置に戻った。

「一体なにを悩んでおる？」中尉はくわえた煙草を美味そうに吸い、勢いよく紫煙を吐き出した。「怖いのか？」

「自覚はないですけど……」博人は絞り出すような声で言った。「……多分そうだと思います」

「モグラになることがか？」

「というより、ヒヨコでなくなることが怖いのだと思います」

「それはそれは」

中尉は呆れたように眉をひそめ、くわえた煙草を指でつまんだ。そして先端の灰を叩いて落とし、白い巻紙を見つめた。

「ゲッセマネで祈る乙女の如き純真さであるな」

中尉は喉の奥で低く笑った。右後方に立つ兵士が笑いかけたが、咳払いをして誤魔化した。左後方の兵士は無反応だった。

博人はどうしていいか分からず、無言でうつむいた。従兵の嘲笑は不快だったが、特に腹は立たなかった。ただ、自分の真意が伝わらなかったことに対しては悔しいと思った。

「案ずるな」中尉はまた煙草を美味そうに吸い、今度はゆっくりと紫煙を吐いた。

「よいか？　ヒトというものは、正確にはヒトの脳というものは、己が置かれた環境に順応するものだ。どんな社会環境だろうが、どんな自然環境だろうが必ず適応して日常としてしまう。それがヒトというものだ。これに関してはモグラにもヒヨコにも差異はない。互いに同等であり同質である。その上貴様は闇との相性がすこぶる良い。そして闇と内界も同等であり同質であるから、延いては貴様と内界も同等であり同質である。ここまで条件が揃っていて一体なにが怖いというのだ？　ヒヨコではなくなり、さらにモグラとなったとしても貴様は今まで通りヒトであることに変わりはないではないか」

「うまく言えないのですが、そういった事とは色合いが違うのです」

博人はうつむいたまま、視線だけを僅かに上げた。

「では、どういったことだ？」中尉は両腕を大袈裟に広げた。

「ヒヨコだった時の名残《なごり》が、完全に消えてなくなるのが怖いのです」

「案ずるなと言ったであろう」中尉は少し苛立ったように言った。

「モグラになっても、ヒヨコの記憶は消えん。貴様が誕生から二十三年間を外界で過ごしたというツオイクニスはそのままだ。今まで培ってきた常識や見識といったものは変わるが、それだけだ」

中尉は自分の側頭部を指でとんとんと叩いた。

「確かに記憶は消えません。……でも、記憶の状態は変わります」

博人は顔を上げ、中尉を見た。

「今は鮮やかに想起できる情景も、一線を越えてしまえば変化します。色彩は褪《あ》せてモノクロとなり、音声は掠れてノイズとなります。匂いや風味、温もりなどはさらに希薄となって気配だけとなり、気づくと記憶の全てが、乾いた血痕のような純然たる残滓と化している。僕は、それが怖いのです」

「これはこれは」

中尉ははにかんだように唇を歪め、指先の煙草を足元に落とした。そして長靴の先で丁寧に踏み、平たくなった吸い殻を軽く蹴った。

「ナーランダで学ぶ僧侶の如き賢明さであるな」

中尉は鼻の先でふっと笑った。左後方に立つ兵士が笑いかけたが、咳払いをして誤魔化した。右後方の兵士は無反応だった。

博人は仕切り直しをするように大きく息を吐き、改めてぴんと背筋を伸ばした。

「それに中尉殿は『常識や見識といったものが変わるだけだ』とおっしゃいましたが、その変わり方は根底から全てが覆る写真のネガポジ反転の如き激変、つまり完全な別個体としての再生・再誕であり、その結果内野博人はウチノヒロトという形骸に成り果てるではありませんか」

「……〈涅晶化〉が完了したようだ。相性がすこぶる良いから予定よりも早い」

中尉は低く呟き、目元に巻かれたレースの帯を解いた。そして数回意識的に瞬きをした後、短い溜息を吐いた。

「闇が、教えてくれたか？」

「まだ、そこまでの自覚はありませんが、どこかから知識というか、誰かが行っている思考の断片のようなものが時折〈挿入〉されてくるのは分かります。でも」

「違和感はない」

中尉が先に答えを言った。

博人は無言でうなずき、一呼吸分躊躇した後「むしろ、親しみを感じます」と呟いた。

「ふふ……」

中尉は薄い笑みを浮かべ、外したレースの帯を無造作に床に落とした。やはり役割（雑用担当）らしく、左後方に立つ兵士が素早くしゃがみ、帯を拾って軍袴のポケットに入れ、また素早く立ち位置に戻った。

「あと少しではないか。国防軍は壊滅し、内野博人第三帝国の首都は陥落寸前。敵の大部隊は総統官邸を取り囲み、残るは総統ただ一人。なぜ降伏せん？　楽になるぞ」

「………」

博人は答えずに目を伏せた。そして思考を巡らすように虚空を見つめた後、独り言のように呟いた。

「質問があります」

「なんだ？　自決の方法か？」

中尉が真顔で言った。背後に立つ二人の兵士が同時に眉をひそめた。

「うまく伝わるかどうか分かりませんが、疑問に感じていることを表現してみます」

博人は構わずに続けた。

「極言すると、あくまで極言するとですが、亡命するということは闇になるということで、闇になるということは内界の一部になるということ。一部になるということは全体に含まれるということで、水槽に落ちたインクが溶けて拡散するように内界そのものになるということ。そうですよね？」

「まあ、そうだ」

中尉は軽くうなずいた。

博人は逸《はや》る気持ちを抑えるため、敢えて大きな咳払いをした。

「つまり降伏して亡命すると、僕は内界に溶けて拡散する。僕はさっき、完全な別個体としての再生・再誕でありウチノヒロトという形骸に成り果てると言いましたが、相応の時間が経過すれば、そのウチノヒロトという形骸ですら消え去ってしまう。で、質問はここからなのですが、消え去ってしまうということは、内界における消滅は勿論、外界における内野博人の消滅をも意味するということです。……外界における僕の消滅とは一体どんな状態を指すのか？　僕は自問しました。その結果、今までの人生で関わってきた全ての人たちの脳内から内野博人という記憶が消え去るのではないか、内野博人という人間が外界すなわちこの世に存在しなかったことになるのではないかと自答したのですが、如何《いかが》でしょうか？　勿論、何がどうなってそうなるかは分かりませんが」

「なるほど」

中尉は顎を指でつまみ、品定めをするように右の眉毛だけをぐっと吊り上げた。否定とも肯定とも取れる仕草だった。

「で、その疑問に対し、闇の〈欠片《かけら》〉は何と言っておる？」

中尉は覗き込むようにこちらを見た。

「…………」

博人はうつむき、目を閉じた。考えることをやめて意識を「放牧」すると、灰色の雲海に似た茫漠たる風景が脳裏に広がった。肩から力が抜け、頭の中が虚ろになった。

〈何か〉を感じた。

微かなものだった。周囲を漂う空気の一部が膜のようになり、頭蓋骨の縫合線から忍び込んで来るような気配を覚えた。膜は脳の表面に張り付き、静かに包み込んだ。同時に、表面を覆う無数の襞《ひだ》からも膜のようなものが一斉に溢れ出し、たちまち二つは一つになった。

博人は息を止め「耳」を澄ませた。

ぴちょん、と吊り手水器の中で水が跳ねた。

「何度やっても同じです」博人は囁き、ゆっくりと目を開けた。「『考エヨ』……という意志の力しか感じません」

「では、考えよ。それ以上の正解はない。貴様に、外界における内野博人の消滅という発想を〈挿入〉したのも闇なのだ。いずれ分かる」

中尉は至極当然のように言い、至極当然のようにうなずいた。

「他に質問はあるか？」

博人は、顔を上げた。

「僕が内界に拡散して内界そのものになったとして、その後は一体どうなるのですか？ゴールというか……着地点というか……終わりはあるのですか？」

「終わりはない」中尉は断言した。「でも」

「でも？」

博人は、中尉の顔を喰い入るように見つめた。

「終わりがないだけだ」

中尉が事もなげに言った。背後に立つ二人の兵士が同時に噴き出した。

2

第Ⅳ病院は、南地区方面軍管轄の兵務局に併設されていた。

第Ⅰ病院がある北地区七番域から約五キロの距離に位置し、東西南北に張り巡らされた煉瓦狭路（路地）を使うと、駆け足でも四十分近く掛かった。病床数はわずか八十ほどで、延床面積も第Ⅰ～第Ⅲ病院の半分にも満たなかったが、その分医療機器の品質と医療従事者の練度は最も高かった。そのため元軍医大佐である院長は本院を〈汎内界的ナル二拾世紀ノ聖トマス病院〉と位置付け、最新医療の普及とさらなる発展のため日夜努力していた。

軍務局より分離・独立した兵務局には現在兵務課、兵備課、規律課に加え防衛課が所属していた。そのため様々な部署が共存できるよう局内は細かく区画されており、自ずと階段や通路も細く入り組んだものになっていた。

そんな手狭なコンクリートの廊下を奥へと進んでいくと、やがて城壁の如き古びた煉瓦塀に突き当たり、その正面中央にある、城門の如き分厚い防火用扉を開けた途端、眼前にリノリウム敷きの広い廊下が出現する。

この板厚三・八ミリの常閉式鋼製鉄戸こそが第Ⅳ病院と兵務局とを隔てる境界であり、

鉄枠を跨《また》いで足を踏み入れると、そこがいわゆるⅣ病《よんびょう》の正面玄関となった。

リノリウム敷きの広い廊下は、左右に向かって一直線に延びていた。玄関を入って右折すると一般病棟及び療回《りょうかい》病棟へ、左折すると精神病棟及び伝染病棟へと繋がった。

第Ⅰ～第Ⅲ病院では一般病棟が最多の病床数を誇っていたが、このⅣ病では療回病棟が最多であり且つ、Ⅰ層区における唯一の医療専門施設だった。

症状の安定したクランケに身体的・精神的な機能の復元・回復治療を行う療回病棟は縦長のH型をしており、中央の通路を挟んで多床室棟と個床室棟に分かれていた。多床室棟には四人用と八人用の病室が、個床室棟には普通個室と特別個室があり、特別個室はさらに甲体用と乙体用の二種に分かれていた。

そして施設職員から陰で狸穴《まみあな》と呼称され、不浄の地として忌み嫌われている特別個室・乙体用に俘虜ーラ・イナミユキラは在室していた。

3

内野博人ことウチノ一等看護兵は療回病棟の最も奥まった場所で立ち止まると、黒い戦闘帽を脱いだ。そして灰色の医務用被服の襟を直し、背筋を伸ばした。

眼前の鉄のドアには赤い塗料で『乙』と大きく書かれ、真鍮のノブには『面会不可』

と焼印が捺された木札が紐で下げられていた。ドアは比較的新しいものだったが漂白されたように白んでおり、硬く強張った巨大なウエハースを連想させた。ドア前の床には、文字筆記時に垂れたらしい塗料の滴が赤く点々と付着していたが、なぜか血液の飛沫痕《ひまつこん》ではなく、血液が飛沫したことで出現した微細な湿疹のように見えた。

「解錠します」

付き添いの看護婦が進み出て、鉄輪に付いた鍵の束から一本を選んだ。それを鍵穴に差し込み、素早く右に回すとガシャリとくぐもった音がした。

「特別面会ですので、時間厳守で頼みます」

看護婦が一礼し、ドアの前から離れた。

博人は無言でうなずき、一歩前に出た。

「あの……」

博人がノブを握ろうとした時、背後で声がした。

振り向くと、従兵として同行した稗田昭一郎ことヒエダ二等看護兵が遠慮がちに右手を差し出した。見ると、四角く折り畳まれた黒いレースの帯を持っている。

残照用の遮光眼帯だった。

「念のため、ご使用になった方が良いかと思いまして」

「そうか、すまぬ」

博人は眼帯を受け取り、手にした戦闘帽を稗田に渡した。そして素早く目元に巻いて後端を結び、余った帯を左肩に垂らした。

「クランケは、今の一等兵殿を見てどう思うでしょうか？」

稗田が『乙』と書かれたドアに視線を走らせながら戦闘帽を差し出した。

「さあな。予想がつかん」博人は受け取り、目深に被った。

「怯えて、泣いたらどうしますか？」

稗田が眉根をひそめた。困ったというより、面倒臭いといった表情だった。

「怯えて、泣いた時に考える」

博人は改めて背筋を伸ばし、真鍮のノブを握った。そして前を向いたまま「三十分後にノックせよ」と声を掛けると、見た目とは裏腹に妙に重みのあるドアを外側に引き開けた。

「失礼する」

博人は中に体を突き入れ、素早くドアを閉めた。回れ右をして正面を向き、指先をぴんと伸ばして敬礼した。

十畳ほどの室内はがらんとしていた。

中央に鉄製の寝台があるだけで、後は点滴の薬瓶が吊られたガートル台と、一本足のテーブルが左右の傍らに置かれているだけだった。丸い天板の上には硝子の水呑と点眼瓶、そして陶製の洗眼茶碗が載っていた。やはり壁面に照明器具は無かったが、Ｉ病の病室に必須だった標語や成句の類がどこにも記されていなかった。

　博人はゆっくりと歩を進め、寝台の足板から僅かに離れた位置で立ち止まった。

「やあ……、久しぶり」

　博人は二呼吸分躊躇した後、外界の語彙を用いて声を掛けた。新兵教育で軍人の所作を叩き込まれているため、帝軍用語からヒヨコ用語への切り替えに思いの外手間取ったのだった。

　雪薇は患衣《かんい》と呼ばれる、将校マントに似た被服を頭からすっぽりと被り、寝台の上で仰向けになっていた。円形の黒い色眼鏡を掛け、少し伸びたショートヘアーの髪を後ろで一つに纏めている。下半身を覆っている毛布は茶色い羊毛で、軍用（綿毛）でないことから外界での鹵獲物と思われた。

　設置されている寝台は甲Ⅳ式と呼ばれる高級品で、様々な機能が搭載されており希少だった。現にその中の一つ、傾斜機能によって寝台の背部が約四十度の角度で立ち上げられており、雪薇は椅子にもたれながら脚を投げ出すような恰好で、こちらを向いていた。

「僕が、誰だか分かるかな？」

　博人は意識して口元に笑みを浮かべた。

「やっぱり」

雪薇は飲み込んだ海水を吐き出すような声で言い、続けて声を出さずに息だけで「やっぱり」と囁いた。

「やっぱり?」

博人は繰り返した。何に対しての発言なのか不明だった。黒眼鏡を掛けているため、彼女が目を開けているかどうかも分からなかった。

「やっぱりって、何がやっぱりなの?」

博人は努めて穏やかに言い、わざとらしく首を傾げた。

「雌鶏《めんどり》ヘクセが言ってた。今日来ますから兵隊さんが会いに病室。だからやっぱりって思ったすぐに」

雪薇は早口で言うと不意にうつむき、五秒ほど間を置いてから改まった声で「やっぱり」と呟いた。

(そういうことか)

博人は面喰らいながらも内心納得し、小さくうなずいた。

俘虜-ラ・イナミユキラの意識の混濁と、それに伴う特異な言動については先ほど婦長から説明を受けていた。その際博人のことは〈共ニ県道ニテ拉致サレシ男性デアリ祖父ノ知人〉であると鮮明に記憶していること、そして雪薇の言動は〈極メテ特異デハアルガ知能段階ハ優デ理路モ整然トシテオリ通常ノ会話ハ可〉であると報告を受け、さらに注意事項として〈突発的ニ別人格的発言及ビ行動ヲトル可能性アリ〉だが〈特ニ刺激ヲ与エナケレバ無害〉なので傍観せよと耳打ちされた。博人はそれらを踏まえた上で、取り敢えずこのまま〈通常ノ会話〉を続行しても特に問題はないとの判断を下した。

「僕が来るのを知ってたんだね」

博人は何食わぬ顔でまた話しかけた。

「雌鶏ヘクセが言ってただから。さっきもしたドア前で声ジカンゲンシュとかトクベツメンカイ鍵開けるし差し込んで」

「あー……」

博人はやっと理解した。「めんどりへくせ」とはこの特別個室・乙体用まで付き添ってきた看護婦を指すようだった。コケシのようにのっぺりとした顔をし、牛蒡《ごぼう》のようにひょろひょろと痩せていた。やはり雪薇の不安定な精神状態を考慮し、事前に「旧友」の来訪を告知したようだった。

「なんで巻いてるの？　黒帯レース似合わないような」

雪薇が、博人の顔を指さした。

「これ？」

博人は目元を指先で軽く触れた。咄嗟に「遮光眼帯だよ」と言おうとして、やめた。

「これは、簡単に言うと雪薇ちゃんがしてる黒眼鏡と同じだよ。外界に……地上にずっと住んでた人が突然トンネルに入ると、肉体が闇を反射的に拒絶することにより幾つかの反応が起きるんだけど、中でも顕著なのが残照反応というやつなんだ。残照反応は、体内に残存している太陽光を四期組連の神経組織が吸収・保存した上で一部を光源に変換し発光させる現象で、闇の侵入を阻む効果がある。

ただ、人によって反応の度合いには開きがあるから、闇との相性が良いと発光体は暖光化し、内界の人たちにとって有益となる。でも闇との相性が悪いと発光体は極光化して有害となってしまう。雪薇ちゃんの場合、闇との相性が良くないというか、その、とても悪いから極光化した上、さらに有害な極光乙体ってやつに変化してしまったんだ。

看護婦さんが一日三回注射をしてくれるだろ？　あの薬液はネーベルと言って、発光体の働きを抑制する効果がある。だから今こうして面と向かっていられるんだけど、でもあくまで一時的に光力が弱まっているだけで発光の素となっているものは依然として存在しているし、消滅させることは不可能だから、どうしても熾火《おきび》的な光が漏れ出てくる。その、いわゆる残光から角膜を守るためにこの帯を巻いているんだ。まあ、風邪を予防するためのマスクみたいなもので、大それたもんじゃないけどね。念のためってやつさ。ちなみに僕の体でも当然残照反応は起きたけど、闇との相性がとても良くてね。一週間で暖光化して大事には至らなかった」

「自慢？」

不意に雪薇が言った。鞭《むち》で一点を打ち込むような声だった。

「………………」

博人は息を吞んだ。不意打ちを喰らい、言葉が出てこなかった。

「闇といいから百人できた友達が的な自慢して光をこれ見よがしにか」

雪薇は低く呻き、下唇を嚙んだ。文法は支離滅裂だったが、気分を害していることは理解できた。

「別に、自慢している訳じゃないけど」

博人は戸惑い、言い淀んだ。どうしていいか分からず、眉根を寄せた。

二人は、寝台の後端に付いた足板を〈境界〉にして対峙した。

互いに目を逸らしたまま、無言だった。身じろぎ一つせずに眼前の虚空を凝視した。

室内に、沈黙が流れた。

「あの……」

博人が口を開いた。とにかく何かを言って事態を打開せねばと思った。

「この恰好を見れば分かる通り、僕、兵隊になったんだ。正確には看護兵だけど、それでも軍に所属してちゃんと部隊にも配属されている。その時、新兵教育というのを受けてね。まあ、高校の入学直後に開かれるガイダンスみたいなもんだけど、そこでは術科と学科の二つの科目があるんだ。術科は銃の操作教練や実包による射撃演習、学科は『歩兵操典』や『射撃教範』といった、いわゆるマニュアル本を読んでの勉強が主だった。で、その学科の中で『内界全史』という授業があって、簡単に言うと内界、つまり虻狗隧道の歴史を一通り学ぶんだ。雪薇ちゃんは獅伝町の出身だから〈ここ〉の歴史というか、成り立ちは知ってるよね？」

博人はまた意識して口元に笑みを浮かべ、雪薇に微笑みかけた。

「てっきり」

雪薇は込み上げる胃液を飲み込むような声で言い、続けて声を出さずに息だけで「てっきり」と囁いた。

「てっきり？」

博人は繰り返した。またもや副詞のみによる思わせぶりな返答だったが、前回の轍《てつ》を踏まぬよう速ヤカニ受ケ流スベシと即断した。

「そうか、てっきりか。僕はほとんど知らなかったから勉強になったよ」

博人は腕組みをし、さも納得したようにうなずいた。それを見た雪薇はなぜか意気消沈したような顔をして「ようやく」と呟き、小さく舌打ちした。

「まず、内界の有り様というか全体像を漠然とだけど初めて知ることができた。Ⅰ層区からⅣ層区までの四層構造になっているのは、会話をしているうちに何となく理解できた。でも、Ⅰ層区からⅡ層区に行くには……あ、勿論Ⅱ層からⅢ層、Ⅲ層からⅣ層も同じで、それらの区間を進んで行くには、その度に昇級する必要があるとは思わなかった。しかもその昇級というのが軍人としての階級が上がることじゃないんだ。教官も色々と噛んで含めるように説明してくれたけど、やっぱり良く分からない。しかたなく自分なりに推論したというか、正確には外界の常識に当てはめて咀嚼してみたんだけど、ようするに、内界でいう昇級は、決して大袈裟ではなく外界でいう進化を意味しているとしか思えない。ヒトとして、モグラとして、高等生命体としてヴァージョンアップできた者のみが、より〈深み〉に在る、下部や下底ではなく、より〈深い〉位置に存在する帝都のような街に、ある意味パラレル移動的に進入できると僕は解釈した。このヒロト式進化論には結構自信があって、教官の前で何度か披露して是非を問うたけど、答えはいつも『じきに分かる』の一点張りだった。ダメ元で闇にも訊いたし、今も訊くけど、こちらも毎回〈考エヨ〉の繰り返し。だから『じきに分かる』との気概を持ちつつ毎日〈考エ〉ているよ」

博人は両腕を大袈裟に広げ、肩をすぼめた。

雪薇は顔の皮膚を一ミリも動かさずに唇だけを歪めると、舌先を軽く突き出しながら小さく、しかし金属音のように鋭い音を立てて「チッ」と舌打ちした。

博人は内心罵倒される覚悟でいたため、極めて控えめな非難の仕草に感謝しつつ、話に戻った。

「じゃあ、Ⅳ層構造の最も深い場所、最深部のⅣ層区は一体どんな場所なのか？　何があって誰がいて何をしているのか？　この疑問も亡命前から僕の中にあった。僕はその時、単純に神がいると思っていた。信仰の対象としての。勿論それがどんなものかということを具体的に表現する術は当時も今も持ち合わせていないけど。でも、意外にもというか、あべこべにというか、教官は、こっちの疑問にはあっさりと答えてくれた。

彼は言った。Ⅳ層区には〈必要〉なものがある、と。僕が驚いてそれだけかと訊くと、彼はうなずき、こう補足した。つまり〈一つ〉しかない、と。それで終わりだった。ある程度予想していたが、それでもさすがに腹が立ってね、皮肉交じりにこう言ってやった。じきに分かりますか？　って。彼は平然と答えた。違う、思い出す、と。

僕はそこで噴き出してしまった。なんか、もうどうでもよくなって、そうか納得しましたってうなずいたら、彼は訳が分からずきょとんとしていた。

実は以前にもこれに似た問答をやったことがあった。まだヒヨコだった時、亡命の諾否を尋ねに来た中尉に質問した。亡命することは闇になることで闇になることは内界になることだ。じゃあ内界になった後はどうなるのか？　終わりはあるのか？　って。中尉は答えた。終わりはない。でも終わりがないだけだ、と。僕はその、ある種爽快ともいえる回答に心を撃ち抜かれて、亡命を決断した。即決だった。

でも今こうして正規兵となり部隊に配属されて日々軍務に励んでいると、中尉が言った言葉が決して伊達《だて》や酔狂で発せられたものではないことが分かる。これは理解というより悟りに近いと思う。ちなみに闇にも訊いたし、今も訊くけど、この問い掛けに関しては教官と全く同じなんだ。このことに鑑みるに、いずれⅣ層区に対する両者の答えに対しても、納得するというか同感する時が必ずやってくると予想している」

博人は口元を僅かに緩め、戦闘帽の鍔を指でぐっと押し上げた。

雪薇もそれを真似るように黒い色眼鏡を指でぐっと押し上げ、また指でぐっと押し下げた。意味は不明だったが、博人はそれが正解なのだと思った。雨粒が水面に落ちた際にできる波紋は、どれもが真実であるからだ。

博人は、自分も雪薇を真似て戦闘帽の鍔を指でぐっと押し下げた。

「年表を繙《ひもと》くように大まかではあるけれど歴史も勉強した。いやいや、千数百年もの間、獅伝町の片隅にあるトンネルの中だけで生き抜きながら、独自の文化を脈々と継承してきたことは理屈抜きで賞賛に値するよ」

博人は授業を受けて感じた正直な感想を述べ、遠くを見るような目をした。

「それに、他にも『仲間』がいたとは知らなかった。たとえば鎌倉時代の後期に志摩半島にいた『穴蚯』って一族なんかは初耳だったたし、江戸時代の中期にいた『泥蛞』って一族にも驚いた。名前は何となく知ってたけど、北関東のどこかだって勝手に思い込んでたから、秩父の雲取山に住居跡があるって知った時は思わず声を上げた。だって僕も埼玉出身でさ、幼稚園の遠足で行ったんだよその山に。みんなででっかいバスに乗って、歌うたったり尻取りしたりしながら。しかもさ、当時の掘削作業の様子を描いた錦絵が奉納されている神社にもちゃんと行ってて、全員で参拝した後、境内で記念写真まで撮ったんだ。いやいや、世間は狭いっていうけど本当だなって痛感した。幼稚園の時点ですでに、獅伝町というか虻狗隧道との縁が始まっていたんだと思うと、なんか不思議な気持ちになる」

博人はしんみりとした口調で呟いた。脳裏に、五歳の時に見た巨大な本殿や、参道に生い茂る木々の緑が色鮮やかに浮かんだ。

正面の寝台で半身を起こした雪薇は、身じろぎもせずにこちらを見ていた。色眼鏡を掛けた顔は無表情で、両手を腹の上で力なく組んでいる。その姿は名画に見入る老婆のようでも、黙禱《もくとう》を捧げる神父のようでもあった。

「授業中、資料の一つとして大田原の小説も配付された。デビュー作から絶筆まで網羅されていたから全て読破したけど、ある発見があった。

小説『地下帝国』シリーズには決め台詞がたくさん出てくる。これは現代のマンガやアニメではお馴染みのことだけど、その元祖というか原型はすでにこの当時に確立されている。

一番有名なのは地下帝国の総統シラネスの『偉大ナル黄泉人ガ築キ上ゲシ地下千年帝国ハ永遠ナリ』というやつで、シリーズ四作全てに登場する。特に最後の四作目では中盤からラストのクライマックスに掛けて五回も頻出しており、意図的に『受け』を狙いにいっているのが見て取れる。それ以外にも『地下帝国』語録が作れるほど様々な台詞が考案されて至る所にちりばめられているが、僕が個人的に注目したものが幾つかある。

まずは『コノママダト七面鳥ノヨウニ皆殺シニナッチマウゾ』。

これは主人公の助手・ポン太が、敵に囲まれた際必ず言う台詞だ。

次に『帝国ハ永遠デアリ永遠ハ帝国デアル』と『帝国ハ常ニ一ツデアリ常ニ全テダ』。

こっちは地下帝国の軍師マルベルが部下を叱咤激励した後、必ずどちらかを呟く。

で、最後が『完全ナ聖域、完璧ナサンクチュアリトシテ完成シテシマッタ』。

主人公の探検家が地下帝国を皮肉って言う台詞で、これもシラネスほどじゃないけどシリーズ四作全てに登場する。さあどうだろう？　これらに心当たりはないかな？」

博人は大学教授の如き口調で言い、学生を指名するような仕草で雪薇の胸元を指さした。

「じゃあ、君」

「もっきり」

雪薇は流れる鼻血を啜るような声で言い、続けて声を出さずに息だけで「もっきり」

と囁いた。
　もはや副詞ですらない怪しげな言葉だったが、博人は構うことなく大きくうなずき
「そう、正解」と叫んだ。
「これらの台詞は日常会話にすっかり溶け込んで、未だに内界や獅伝町で使用されてい
る。はじめの『七面鳥ノヨウニ皆殺シ』は、内界の兵士が被害状況の説明で多用するし、
『帝国ハ永遠デアリ永遠ハ帝国デアル』は『ヒトは水であり水はヒトである』に、『帝国
ハ常ニ一ツデアリ常ニ全テダ』は『我々は常に〈一つ〉であり常に〈全て〉である』に
微調整されて現・内界の常套句となっている。また『完全ナ聖域、完璧ナサンクチュア
リトシテ完成シテシマッタ』に至っては獅伝町の住人が虻狗隧道を語る際、一文を丸々
引用している。当時の地下帝国フィーバーがどれだけ凄かったかという何よりの証拠だ。
しかし現在の獅伝町において、こういった歴史的背景はほとんど知られておらず、一部
の好事家が口承しているにすぎない。この由々しき事態についてネイティブな地元住民
はどう考えているのだろうか？」
　博人は検察官のような口調で言い、被告人に発言を促すような目で雪薇を見た。
「では、君」
「トンネルに導かれて」
　雪薇が静かに言った。低いが、よく通る滑らかな声だった。

「え？」

博人は虚を衝かれ、うろたえた。思わず身を乗り出し、目を凝らして雪薇を見た。色眼鏡を掛けた顔は無表情のままだったが、頬から口元にかけての皮膚がきゅっと引き締まっているのが視認できた。

〈突発的ニ別人格的発言及ビ行動ヲトル可能性アリ〉

博人は婦長の言葉を思い出した。（これか？）と思い、すぐに〈刺激ヲ与エ〉ないよう肝に銘じた。

「トンネルに導かれて」

雪薇は同じ言葉を同じトーンで繰り返し、黒い色眼鏡をゆっくりと外した。

隠れていた双眸が現れた。仔猫のように丸味を帯びた、緩やかな流線形の目の中は真っ黒だった。しかし眼球が無い訳ではなかった。左右の眼窩は相応の膨らみを湛えている。

（黒疸《こくたん》ベライヒだ……）

博人は胸中で呟いた。それは極光乙体が発する残光＝白闇の残滓が排泄されずに体内に蓄積することでシュバルツ色素が異常増殖し、組織や眼球、体液などが黒染する症状だった。ただ黒染されるのは主に眼球の強膜で、視力に障害が現れることはなかった。

雪薇は色眼鏡を毛布の上に放ると、髪を後ろで一つに纏めていた赤い紐を解き、頭を左右に数回振った。少し伸びたショートヘアーの髪がざんばらになって元に戻り、左右の頬の線を覆った。

「トンネル闇の散歩路　闇は夜と引き寄せ合い　手に手を取ってワルツを踊る　町の上路地の中　屋根の下　僕らの夢に忍び込む　夢幻王国制圧し　伝言遊びで兵士を集う　ダララ　ラララ　古びた想い　ダララ　ラララ　ガラクタ心　二束三文買い取ります　ダララ　ラララ　ポンコツの愛　ダララ　ラララ　ひしゃげた純真　黒い希望と交換します」

雪薇は小鳥が囀《さえず》るように唄《うた》い、大きく広げた左右の手を翼のようにひらひらと羽ばたかせた。

「トンネル闇の散歩路　闇は影と惹《ひ》かれ合い　抱き寄せ合ってルンバを踊る　丘の上川の中　森の下　僕らの夢を連れていく　一番深い闇の奥　オロチ様が棲んでる泉　ダララ　ラララ　ぼろきれ想い　ダララ　ラララ　ゴミクズ心　大口開けて呑み込みます　ダララ　ラララ　抜け殻の愛　ダララ　ラララ　潰れた純真　消化吸収葬ります」

雪薇は左右の手の羽ばたきを止め、ゆっくりと寝台の上に着地させた。小鳥が羽を休めるように顔を斜めに傾け、そっと目を閉じた。右の瞼から真っ黒な涙が一粒、静かに流れた。

「小説は完成した？」

雪薇が目を閉じたまま言った。

博人は記憶を辿った。軽自動車に乗せてもらった際、作家志望で近代文学を研究していると嘘を吐いた覚えがあった。

「うん、完成したよ」

博人は、両手を後ろ手に組んだままうなずいた。

「出来はどう？」

「今までの中で最高傑作だと思う」

博人は断言するように言った。

「読んでみたかったな。あなたの小説」

雪薇はゆっくりと目を開き、真っ黒な眼球でこちらを見た。

「どういうこと？」

博人は眉根を寄せた。意味ありげな言い回しだった。

「どういうことって」雪薇は言い淀み、怪訝な顔をした。

「別れの挨拶に来たのでしょう？　時間厳守で」

不意にドアが三回ノックされた。肉が鉄を打つ鈍い音が等間隔で響いた。

博人は後ろ手に組んだ手を離し、腰の帯革に差し込んでいた自動拳銃を右手で引き抜いた。左側面にある指動式の安全装置を「安」から「火」に押し下げ、後端のボルトを素早く引いて薬室に銃弾を装塡した。

　博人は右手を突き出して拳銃を構え、銃把を握る三本の指を左手でしっかりと包み込んだ。銃身後端の照門を覗き、銃口上端の照星と一直線に重ね合わせて雪薇の頭部に照準を合わせた。

「やっぱり」

　雪薇は想いを吐露する乙女のような声で言い、続けて声を出さずに息だけで「やっぱり」と囁いた。

　博人は引き金を引いた。火薬の弾ける甲高い音が響き拳銃が跳ね上がった。雪薇が仰け反り、反動で前にのめった。飛び出した薬莢が足元の床に落ち、乾いた音を立てて勢い良く転がった。ドアが開き、稗田が飛び込んできた。その後に雌鶏ヘクセと婦長、そして初見の小太りな看護婦が続いた。

「お見事」

　稗田が、ぐったりと横たわる雪薇を見て叫んだ。博人は自動拳銃を腰の革嚢に戻した。右手にだけべったりと汗をかいており、軍袴の尻の部分に擦りつけて拭った。

　婦長たちは足早に進むと寝台を取り囲み、何事かを小声で囁き合った。小太りが寝台の側部に付いた把手を回して傾斜した背部を下げ、婦長と雌鶏がのめったままの雪薇の上体を元に戻した。みんなせわしなく両手を動かしながら、脈をとったり瞼を押し広げて覗き込んだりした。療回病棟専用の検死プロトコルでもあるような手際の良さだった。やがて婦長が下半身を覆っていた毛布を取り「シュナイデン」と言った。雌鶏がポケットから鋏《はさみ》を取り出し、雪薇の患衣を下から上に切り裂いた。露わになった裸体は青白く、異様なまでに痩せていた。左右の肋骨《ろっこつ》が透けて見えるように浮き出し、乳房の膨らみは消えていた。腹部は深く鋭角にへこんでおり、投げ出された手足は完全な棒切れと化していた。まさに骨と皮の状態であり（理科室の骨格標本のようだ）と博人は思った。

さらに異様なのが股間だった。中央にある膣口から赤黒いものが飛び出していた。一瞬小腸かと思ったが、すぐに違うことに気づいた。それは南瓜《かぼちゃ》ほどの大きさで白い粘液にまみれていた。臓器というより肉塊に近く、表面は水を吸ったようにぶよついていた。博人の脳裏を、蛸壺《たこつぼ》から這い出すマダコが過った。

「それはシャーベを宿した子宮です」婦長が、博人の心中を見透かしたように言った。

「シャーベとは、増殖した黒疸ベライヒが子宮内で黒虫化したものです。本人の意思とは関係なく体外に這い出し、己の欲求を満たそうとします」

「己の欲求？」博人は婦長の顔と赤黒い子宮を交互に見た。「何ですかそれは？」

「自分と真逆の存在を異物とみなし、同化・吸収しようとします。つまり端的に言うと、我々を含む健康なモグラやヒヨコを殺して喰ってしまうということです」

「幸い、このシャーベは幼虫期です」雌鶏が脇から口を挟んだ。加工した音声のように平坦な声だった。「ただし成虫期に近い形状なので尖突処置ではなく平突処置をします」

雌鶏は傍らに立つ小太りを見た。小太りはうなずき、腰のベルトに挿していた細長いものを引き抜いた。それは長さ三十センチほどの鉄製の工具だった。二枚の丸い鉄板を蝶番《ちょうつがい》でつなぎ、ものを挟めるようになっていた。針金や板金を掴むやっとこに似ていた。

「コップバサミ、準備ヨシ」小太りが婦長を見た。婦長はうなずくと雌鶏の方を向き「エフネン」と言った。

雌鶏は手にしていた鋏を黒ずんだ子宮に突き刺した。素早く右手を動かして外膜を切開し、膨張した子宮腔を露出した。同時にどす黒いものが盛り上がるようにして現れた。それは奇妙な形状をしていた。頭部は真円に近い球状で、胴体は万年筆のように細長く、なめらかだった。胴体の左右からは節のある脚が六本生えていたが、左右の後脚は飛び抜けて太くバッタそっくりだった。

「あと一日遅かったら子宮を喰い破っていた」婦長がわずかに眉をひそめた。

「いきます」小太りが叫び、コップバサミを開いた。シャーベの頭部を挟んだ途端「キーキー」という耳障りな響きが上がった。見ると頭頂部に胃の噴門に似た孔《あな》が開き、そこから金切り声が上がっていた。しかし小太りは全く意に介さずに前屈みになり、左右の取っ手を力任せに締めた。何かが砕けるような鈍い音がし、金切り声がピタリと止んだ。同時にバッタのような後脚が暴れ出した。遠くに逃れようとするように何度も何度も子宮腔を蹴り、寝台に灰色の羊水を飛び散らせた。

「くっ……」小太りは飛来する飛沫に舌打ちし、顔を伏せた。そのままの姿勢で取っ手をさらに締めると、ブチュッと湿った音を立てて頭部が破裂した。中から若草色の体液が噴き出し、溶けた鉛のようにどろどろと流れ落ちた。巨大な後脚が痙攣するように小刻みに震えると、そのまま動かなくなった。

「平突処置、完了」

小太りが叫び、コップバサミを開いた。頭部が平たく潰れたシャーベの死骸が子宮腔の中に音を立てて落ちた。

婦長は小太りに「遺骸ヲ速ヤカニ処分セヨ」と告げると雌鶏の方を向き、「俘虜ーラ・イナミユキラノ弾道ヲ確認セヨ」と命じた。

雌鶏は「ハイ」と答え、雪薇の頭部に顔を寄せた。

「うまく遂行できましたね」

稗田がようやくこちらを振り向いた。頬を薄らと赤らめ、面映《おもは》ゆそうな表情をしていた。

「旧知の女だから動揺するかもしれんとおっしゃっていたので、心配しておりました」

「すでにまともではなかったからな。しばらく会話をして、心を慣らしたのも良かったと思う」

博人は口元に笑みを浮かべ、稗田と寝台を交互に見た。そして安堵したように大きく息を吐いた時、突然ぐらりとめまいが起きた。視界が上下に揺らぎ、足元がおぼつかなくなった。思わずよろめき、体の均衡を崩した。

「一等兵殿っ」

耳元で声がし、脇から抱きかかえられた。両膝から急速に力が抜け、床にしゃがみ込んだ。博人は「すまぬ」と言ったつもりだったが、低い呻きが漏れただけだった。

「弾道確認。左顔面ニ射入口アリ。後頭部中央ニ射出口アリ。俘虜ーラ・イナミユキラ、八ミリ拳銃弾ノ貫通銃創ニヨリ心肺停止」

雌鶏のものと思われる高い声が、真綿に包まれたように遠く聞こえた。

4

博人は内界への亡命受諾にさいし、二つの条件を提示した。

一つが井波雪薇との面会であり、もう一つが妻・内野美佐の、内界における現状の把握であった。

手続き上、博人は補充兵としてⅠ層区北地区方面軍内務班に入営するという形をとっていたため、面会所には二人の徴兵官が来ていたが「新兵」の突然の申し出に動揺することしきりだった。二人はすぐに所内の有線電話によって〈上〉の判断を仰いだが、下された判断は、二つとも不可という厳しいものだった。

しかし博人は根気強く交渉を続け、回答次第では亡命の取消しもありうると強気の姿勢を崩さなかった。あのベテランの中尉をして「即戦力として極めて有用であり、得難い人材だ」とまで言わしめた己のポテンシャルを信じての賭けだったが、果たせるかな結果は吉と出た。

二日後、同面会所で人事課の准尉と話し合いがもたれ、先方から条件付きの妥協案が提示された。

雪薇との面会については、「可」トスルモ症状極メテ重篤ノタメ速ヤカニ処分スベシであり、美佐の現状把握については、「可」トスルモ極メテ特異ナル環境ニ在ルタメ相談サレタシであった。

博人は仰天し、声が出なかった。それらを極言すると〈雪薇と会いたければ殺しなさい〉〈美佐と会いたければ心の準備をしなさい〉となり、外界の常識では悪漢の冗談あるいは酔漢の戯言としてしか認識できなかった。

しかし准尉は落ち着いていた。まるで博人の反応を予期していたように穏やかな笑みを浮かべ「まあ聞くがよい」と静かに言った。

准尉の話は明快だった。

まず俘虜ーラ・イナミユキラは闇との相性が極めて悪く、症状は悪化の一途を辿りもはや回復の見込みはない。今後は極光乙体の残光に内側からジリジリと焙《あぶ》られながら、ただ死を待つのみだと断言。そして声を潜めると「正確には死にかけているのではなく、死んだ状態で残りの生を消費しているだけだ」と吐露した。

次は美佐だった。

しかし准尉は話をする前に幾つか説明したいことがあると断りを入れ、胸ポケットより紙片を取り出した。

博人は受け取り、目を凝らした。


『献陽館　特別優待券　御一名様有効』


それはいわゆる施設のタダ券だった。献陽館という名前になんとなく覚えがあったが、具体的な事は曖昧模糊としてうまく想起できなかった。

内界には古くからの風習が数多く残っているが献陽もその一つだ、と准尉は言った。

「外界のヒヨコが突然内界に来ると、肉体が闇を反射的に拒絶して残照反応を起こす。

体内に残存している太陽光を神経組織が吸収・保存して一部を光源に変換し発光させる。その時、ヒヨコと闇の相性がいいと発光体は暖光化して内界の者に有益となるが、たまに闇との相性が良過ぎるヒヨコがいる。その場合発光体は暖光甲体という最有益なものに変化し、内界の者たちにたいして著しい効力を発揮する。つまり極光乙体の逆の発光状態であり俘虜ーラ・イナミユキラの正反対の存在になるということだ」

「それがもしかして」

博人はそこまで言って口ごもり、二呼吸分躊躇してから意を決したように「美佐なんですか？」と訊いた。

「そうだ」と准尉は答えた。力強い声だった。

「闇との相性を数値化した測定値がある。デー深度測定値というやつだ。外界のヒヨコの場合平均が一・五から一・八程度であり、二・五を超えると相性が良い範疇《はんちゅう》に入る。ちなみに貴様の報知書にはデー深度三・八とあったが、これだけでも特筆すべき相性の良さだ。しかしウチノミサはそんなものではない。入界初日の測定でデー深度四・七、入界二日目で五・一を記録、入界一週間目にはなんと最高値五・三にまで達したのだ。これは内界の一般測定値をも上回る驚異的なもので、今後他のヒヨコに更新されることはまずないであろうというのが大方の見解だ。

当然ウチノミサの発光体は暖光甲体に変化したが、ここで一番大事なのはウチノミサがヒヨコの男ではなくて女であるということだ。女である場合、例外なく胎陽を有しているからだ。つまり子宮内にのみ存在する特殊な熱のことで、暖光甲体の光線が胎陽を照射することで二つは混じり合い、子宮内で光陽体が生ずる。この光陽体こそが内界の者にとって、決して大袈裟ではなく万能の光であり、魔法の小太陽であり不老不死のまばゆいきらめきなのだ。

我々が地下深くで千数百年以上高度な文明を維持しつつ生きながらえてこられたのも、全て光陽体を有したヒヨコの女を加工する技術＝献陽を発明し、時代と共に幾度となく改良を加えながらも、その本質だけは決して変えることなく維持し続けてきたからに他ならない。このたゆまぬ努力と忍耐のひたすらの反復を、偉業と呼ばずになんと呼べばいいだろうか？」

准尉は己で発した言葉に感動したらしく、語尾を震わせながら目に涙を滲ませたが、博人の意識は全く違う一点に集中していた。つまり准尉が前述した『ヒヨコの女を加工する技術』の中の加工に、である。

5

献陽館は、Ⅰ層区南地区の中央を南北に縦断するイ號大路と、東西に横断するロ號大路が交わる大交差点の角にあった。

公共の施設らしく戸口は通常の二倍ほどあり、亜鉛メッキが施された厳めしい鉄扉も両開きではなくレール上を移動するスライド式になっていた。

入口脇の小窓に特別優待券を突き入れて入場すると、タイル張りの広い廊下が二十メートルほど延び、その両側には等間隔で三つずつ、淡黄色に塗装された木製のドアが連なっていた。ドアの上には合成樹脂製のプレートが貼られ、それぞれ『旭日の間』『日章の間』『日輪の間』『天日の間』『烈日の間』『火輪の間』と室名が記入されていた。

博人は教えられた通り右側二番目の『日輪の間』に向かい、ドアを開けて中に入った。

薄暗い室内は縦に長かった。

高校の教室三つ分ほどの奥行きのある空間が直線的に広がり、その左右には、白いレースのカーテンが四面に垂れた天蓋付きのベッドがずらりと並んでいた。中央を貫く通路にはセセッション式の白い絨毯《じゅうたん》が敷かれ、天井には淡い光を放つシャンデリアが朧月のように垂れ下がっていた。室内には薄らとお香の煙が漂い、静かなクラシック音楽がどこかから微かに流れていた。

博人は通路を歩いていくと、中ほどで足を止めた。

左側のベッドのカーテンだけが半分ほど開いており、ベッドの上に横たわる人影の上に一輪の赤い薔薇《ばら》が見えた。准尉から連絡を受けた館長が目印として置いたものと一致しており、ここが美佐の〈場所〉だと分かった。

博人は歩いていくと、天蓋から垂れたカーテンを勢い良く引き開けた。薄闇に目が慣れたらしく、視界がいつの間にか鮮明になっているのが分かった。博人はベッドの端に腰を下ろし、小さく息を吐いた。

美佐が、ベッドの上に仰向けで横たわっていた。

フリルとレースで飾られた、白いロングワンピースの寝間着に身を包み、綺麗に梳《と》かされた髪を左右の肩に垂らして、ふかふかの枕に頭を沈めていた。薄化粧を施された顔は血色が良く、もし事前に説明を受けていなかったら眠っていると思い込んで話し掛けていたところだった。

博人は指先で美佐の頬に触れてみた。見た目とは裏腹に蠟被加工を施された皮膚は冷たく、なめらかな磁器のような感触がした。

しかしそれはあくまで太陽を浴びて育ったヒヨコの感覚だった。

内界の闇にまみれて育ったモグラにとって美佐は温かく、それどころか熱を帯びているとさえ感じられるのだ。実際その熱＝光陽体を数時間から十時間程度〈抱擁〉するだけで、彼らの疲弊した肉体が癒され、摩耗した精神が再生されるのが未だに信じられなかった。

（美佐と、おんなじ匂いだっ）

耳の奥でしわがれた声が響いた。

工房療を初めて訪れた日、老いさらばえた作音師範が叫んだ言葉だった。他にも中尉たちの口から繰り返し「献陽」という単語が発せられた記憶はあったが、まさか麦丸の言う「美佐」と中尉たちの言う「献陽」が結果的に同義であり、そのまま内野美佐に収斂《しゅうれん》するとは夢想だにせず、ただただ唖然とするばかりだった。

美佐の頬から指を離した博人は、少し躊躇した後、自分の妻が全裸にされ、同じく全裸となった麦丸に力一杯抱きしめられるシーンを想像してみた。しかし意外にも嫌悪感は湧いてこず、逆に病人を救ったという安堵と、老人を元気にしたという喜悦が込み上げてきた。

思わず苦笑した博人はゆっくりと立ち上がり、改めてベッドに横たわる妻の〈寝顔〉を見下ろした。そして、こんな安らかな表情をした美佐を見たのは本当に久しぶりだ、と心から思った。

反射的になぜだろうという疑念が過ったが、すぐに合点がいき、うなずいた。

「だって、お前が心から望んだことだもんな」

博人は囁くとカーテンを閉め、踵を返した。

6

「貧血ですよ」

稗田はそう言って、湯呑茶碗を差し出した。

Ⅳ病の、待合室のベンチに腰かけた博人は「すまぬ」と言って受け取った。てっきり出がらしの熱いお茶だと思っていたが、指先の感触でそれが冷たい水だと分かり、思わず声を上げた。

「冷水など、どこから持ってきたのだ？」

博人は呻いた。内界に水道はなく、飲料水は常に行軍水筒やゴム製の水枕、あるいは給水缶と呼ばれる、ドラム缶に似た巨大な容器に入れて所属部隊から配給されるのが常で、勿論常温だった。

「病院にないものはないのです」

稗田は楽しそうに言い、自分の秘密基地を自慢する子供のような顔をした。

「製氷機があれば、必ず冷水もどこかにあるのです」

「なるほど」

博人は妙に納得しながら茶碗に口を付け、一気にあおった。冷え切った水が喉を通った瞬間、炭酸の痺れにも似た爽快さが頭蓋に広がり、眼前の霧が一気に吹き飛んだような気分になった。

「うまいな」

博人が堪らず言うと、稗田は当然のようにうなずいた後「貧血ですよ」と再び言った。

「何か理由でもあるのか？」

博人が怪訝に思い、素人診断の根拠を尋ねた。

「自分もそうでしたので」稗田は無造作に言った。

「つまり」博人は言い淀んだ。「貴様も初めての時に？」

「自分の時も銃殺でしたが、手が震えてしまい、近距離にもかかわらず三発目がやっと命中しまして、結局五発目で相手は絶命しました。その直後いきなり貧血が起きまして、隣にいた小隊長に倒れかかって怒鳴られました」

「原因は何だ？」博人は身を乗り出した。

「簡単に言うと、それだけ衝撃だってことですよ。人を殺すということが。本人は平気なつもりでも体は正直だから、たちまち血が逆流してぶっ倒れちまうんです。でも大丈夫です。心配はいりません」

「……なぜだ？」博人は真剣に十秒ほど考えた後、分からずに訊いた。

「すぐに、慣れます」稗田はまた無造作に言い、博人の隣にどっかと腰を下ろした。

博人は遠回しにからかわれた気がしたが、これまでの恩もあり胸中で相殺し、折り合いを付けた。

雪薇の「処分」を強く勧めたのは稗田で、理由は得をするからであった。

いくら看護兵といっても基本は兵隊であり、極言すれば統制された人殺しの集団だった。人殺しの中で認められるには、やはり人を殺すことが一番であり、これはもう理屈ではない。それに妥協案を提示したのが人事課の准尉だということも考慮すべきで、人選のプロにその実力＝度胸を認められれば、新兵ではあり得ない部署への配属や、実力以上の昇級・加給も夢ではなく百利アッテ一害ナシの好機だと訴えた。

その熱き主張は「旧知の女」と対面した際の動揺に怯え、逡巡する博人の背中を強く後押しし、「処分」を決断させる主因となった。

「いよいよ明日ですね」稗田が、前を向いたまま呟くように言った。

「そうだな」博人も、前を向いたまま答えた。

「自分が言うのはおこがましいですが、参考にはなると思うので取り敢えず話します」

稗田は横目でこちらを見た。博人も横目で稗田を見ると「頼む」と言った。

「外界への斥候の際、より重要なのは復路ではなく往路です。つまり出発時の侵空移動に全てが掛かっているということです。適性試験は何度受けましたか？」

「えーと」博人は記憶を辿った。「三度だ」

「平均点は如何ほどで？」稗田が遠慮がちに訊いた。

「九・八……だったと思う」

「毎回ほぼ満点じゃないですか。なら精神的な被弾窩《ひだんか》や過去体験の瘢痕《はんこん》が移動時の障害になることはあり得ないのでひとまず安心です。これは自分の体験談なのですが、当然軍秘なので他言しないで頂きたいのですがよろしいですか？」

　稗田が急に神妙な顔をした。

「約束する」博人は力強く言った。

「三回目の斥候の時です。前回、前々回と同じ人員で、三人組の遊撃隊を編成しまして、夜間に出発しました。自分はずっとI病勤務なので、北地区の軍司令部に集合した後、いつも通り鰐口《わにぐち》神社まで行軍し、みなで参拝した後、本殿内より侵空移動に入ったのです。つまり外界地図でいうキ地区－⑥の美濃《みの》神社＝通称オバケ神社本殿に○・○五秒ほどで直結瞬着しまして、即刻本殿より退出したのですが、その際同隊指揮官だった伍長殿の様子が明らかにおかしいのです。それで、もう一人の看護兵見習いの者と伍長殿を抱きかかえて近くの竹林に退避したのですが、防毒面を外してみると、伍長殿の顔面がこう、飴《あめ》を引き延ばしたように細長くなっていたのです。まるで巨大な手でぎゅっと握り潰されたように、です。後で聞いたところ、何でも移動前日に派手な痴話喧嘩《ちわげんか》をし、その結果奥様を絞殺してしまったらしいのですが、死体を埋めたことは勿論、精神に無数の被弾窩が生じたことも隠したまま斥候登録していたのです」

「つまり侵空時……時空の歪みに侵入した際、その伍長の錯乱した精神に〈何か〉が反応したということか？」

「時空の歪みというよりは隙間です。正確にはエーテル彗道《すいどう》といいまして、葉面を走る葉脈のように網目状に広がっているのですが、その彗道が伍長殿に対して攻撃反応を起こしたのです。被弾窩の種類によっては同化や排出といった他の反応が引き起こされることもあります。これは理屈ではありません。たとえるなら生体防御機構のようなもので、異物は直ちに攻撃されるのです」

「うーん……」博人は腕組みをして唸った。「……とにかく、精神状態が不安定なら申し出よということだな？」

「ええ」稗田は大きくうなずいた。「伍長殿は適性試験の平均も七点台と低く、要注意人物だったので基準にはならぬと思いますが、一等兵殿は根が真面目なので、心痛を抱えていてもジムグって職務を優先してしまう恐れがあります。お気を付けください」

「……ジムグって？」

博人は一呼吸分の間を置いて訊き返した。

稗田は一瞬きょとんとしたが、すぐに「状況」を把握したらしく納得したようにうなずいた。

「『ジムグって』とは、こちらの方言で我慢するとか耐えるという意味です。すみません、基本的に軍では標準語のみ使用可であります。油断しておりました」

稗田はバツが悪そうに頭を掻いた。

「以前、似た言葉を聞いたことがある」

博人は記憶を辿った。すぐに軽自動車をカージャックしたモグラ兵を想起した。

「その時は『ジバクれる』と言っていた。自らに曝すと書いて『自曝れる』で、意味は単純に『キレる』だった。他にも外交的な性格や、自己の探求をしない者という意味合いの『自曝り』という言葉があった」

「その通りです。ちなみに『ジムグる』は自らに潜ると書いて『自潜《じむぐ》る』です。『自曝り』と対になった言葉で、内向的な性格や、自己探求をする者という意味合いの『自潜り』があります」

稗田は快活に言うと、ふと何かを思い出したような目をした。

「一等兵殿、学科の授業で大田原樂の本はもう読みましたか？」

「全て読んだ」博人は即答した。

「遺作となった未完の短編を覚えていますか？」

「ああ、あれか……」

博人は大きく二回、うなずいた。

大衆小説の大家として名を馳《は》せた大田原だったが、その最後の一編、というか断編だけは情念と私怨に満ちた純文学だった。

主人公は明らかに大田原自身がモデルと思われる文豪で、都内の神楽坂に豪邸を構え何不自由ない生活を送っている。しかしある夏の終わり、X県小仲代郡獅伝町の実家に帰省した際、土蔵の中から謎のフィルムを発見、映写機に掛けてみると十年前に他界した実母が、父親と妾に拷問され、惨殺される画像が映しだされる。激怒し我を失った主人公は代々伝わる名刀村正で実父と妾を斬首、腹違いの妹二人を強姦して屋敷に放火すると、さらに猟銃二丁で武装して町の南東にある蛇狗隧道へ出発する。東京から同行した内弟子が泣いて引き止めるが、文豪は迷わず射殺してこう宣言する。

「我ハ怒鬼ナリ。土竜ヲ率イテ蜂起セン」

ここで物語は唐突に中断され、終わりを迎える。

「自分は正直大田原のファンではないのですが、あの最後の短編だけは好きなのです」

稗田は声を潜め、照れたような表情をした。

「男が絶賛し、女が酷評する問題作であるからな」博人は腕組みをした。「『無限軌道の夢』の第五話収録で、題名が確か……」

「『自潜り』です」稗田が先に答えを言った。

「そうだ、思い出した。『自潜り』だ。じゃあ、第五話というのは大田原が自己探求した結果だというのか？」

「まさしく。大田原が自らの精神世界に潜り込み、鬱積していた不平不満をこれでもかとぶちまけた世紀の怪作です。結局彼はトンネル＝内界の王になりたかったんでしょうな。その文豪らしからぬ幼稚さ、直情さが、自分はたまらなく好みなのです」

　稗田は語尾を強め、また照れたような表情をした。

「なるほど。それを前提にまた読み返してみるか」博人は小さくうなずきながら、独りごちた。「話はずれたが、結局貴様の言いたいことは、ジムグって職務を優先せず心痛を正直に申告せよということだな？」

「そうであります」

　稗田は急にかしこまり、ベンチの上で居住まいを正した。

「了解した。肝に銘じる」

　博人もつられ、背凭れから上体を起こした。

「で、これからどうしますか？」

「一九三〇《ヒトキューサンマル》より、軍司令部において明日の斥候に携行する銃及び実包の交付がある」

博人は新たに支給された腕時計に視線を落とし、文字盤の針を目で追った。「その後二《フタ》〇三〇《マルサンマル》より防衛課において外界における注意事項の説明を受け、二一四〇《フタヒトヨンマル》より人事課においての担当の准尉殿に本日の処分の報告をし、了解を得る」

「大忙しですね。自分の初陣を思い出します」

稗田はベンチから立ち上がり、右手を差し出した。

博人は空になった湯呑茶碗を手渡し、「うまかった」と礼を言った。

「一等兵殿はI病勤務なので自分と同じ行程を辿って外界に移動しますし、斥候する地域も自分と同じキ地区ですので、全てが手に取るように分かります。とにかく焦らないことです。そして訓練の成果を信じることです。いざという時頼りになるのは訓練で培ったものだけです。体が覚えていること、体に染み込んでいることだけが、非常時に唯一〈稼動〉するのです。だから大丈夫、何の問題もありません。あとは指揮官の命令さえ守っていれば無事帰還できます。まあ、帰りは色々と鹵獲物があるので車両移動になりますけど、中々いいものですよ。鹵獲した車の乗り心地は」

稗田は楽しそうに言い、頬を緩めた。

「知っている」博人も頬を緩めた。「昔、乗ったことがある」

7

気づいた時、博人は白光の中にいた。

目を見開いても何も見えなかった。手を伸ばしても何も触れなかった。ただただ全てが白かった。霧が立ち込めているようでも雲に埋もれているようでもあった。同時に空を飛んでいるような水に浮いているような浮遊感があり、さらに上昇しながらも下降していくような、不可思議な力の流れを感じた。

なんだこれはと思い「なんだこれは」と叫んだが自分の声は聞こえず、代わりにか細い音が鳴り響いた。それは遠くから響くサイレンのようにもポケットの中で鳴るアラームのようにも聞こえた。

博人はもがいた。両手を振り乱して、なんだこれはなんだこれはと叫び続けた。

不意に体が落下し、ドンッ……という衝撃と共に左右の足裏が硬い地面に着いた。

博人はああっと思い大口を開けたら「ああっ」と声が出た。次の瞬間、画面が切り替わるように一瞬で視界が戻った。

博人は、息を呑んだ。

眼前で無数の悲鳴が上がっていた。女の声だと思ったが、顔を歪ませて逃げていくのは七、八人の小学生の男子だった。彼らは境内から一直線に走っていくと鳥居の下で立ち止まって振り向き、三秒ほど停止した後、また声を上げて走っていった。

博人は辺りを見回した。両脇に一対の狛犬があり、背後には古びた本殿があった。足元に目を遣るとゴムボールが一つ、転がっていた。

「そうかっ」

博人は理解した。

ここはオバケ神社だった。イコール獅伝町であり外界だった。すると内界より侵空移動したことになったが、記憶が全くなかった。博人は驚き、慌てて思考を巡らせた。しかしどれだけ必死になっても想起できるのはⅣ病における稗田との会話までで、それから先がすっぽりと抜け落ちていた。

何かが起きた、と思った。稗田の話が蘇った。伍長のエピソードだ。妻を殺してできた精神の被弾窩を申告せずに侵空移動に参加して、顔面が残念なことになった。

それと似たことが起きたと分かった。それ以外考えられなかった。落ち着けと思い「落ち着け」と叫んだ。「いざという時頼りになるのは訓練で培ったものだけ」という稗田の言葉が耳の奥で響いた。

そうか訓練だと博人は思った。まず怪我の確認をした。四肢や指先、首の関節などを順番に動かしていった。次に装備品と携帯した自動拳銃の有無を確認し、最後に被服のチェックをした。

大丈夫だった。どれも問題はなかった。怪我もなく、装備品も拳銃も無事だった。灰色のドリュウ服に損傷は見られず、被っている防毒面も、両手の黒い手袋も、履いている黒い編上靴もちゃんと揃っていた。

博人は大きく息を吐いた。熱気で、防毒面の防塵眼鏡が曇った。何とか落ち着きを取り戻すと、ここにいてはいけないということに気づいた。子供たちに目撃されており、通報されたと考えて間違いなかった。

逃げよう、と思った途端博人は走りだした。足が勝手に動いているような奇妙な感覚だった。腰に下げた雑嚢には外界地図が入っていた。この辺りは博人の元・地元で土地勘があったが、交付された地図には内界と直通する有線電話の設置場所や非常時の退避場所、予備の武器・被服の隠し場所など外界の者が知り得ない情報が克明に記されていた。

博人は境内を出、鳥居を潜ると住宅街の路に出た。辺りに人影はなく、妙に閑散としていた。博人は路の左右を交互に見た。どちらに向かおうかと逡巡していると、背後で悲鳴が上がった。

驚いて振り向いた。三十メートルほど後方の民家の前に人だかりがあった。五、六人の中年の男女が身を寄せ合って立っており、その背後に一人の子供が隠れていた。間違いなかった。先ほど逃げた小学生の誰かが大人を呼んで戻って来たのだ。

「モグラだっ」と男が叫んだ。「家に帰ってろ」と他の男が子供に叫んだ。「もう一回電話してくる」エプロン姿の女が子供の手を引いて玄関に入った。

「ちっ」

博人は舌打ちをして、反対方向に走り出した。「逃げたぞっ」と怒声が上がり、複数の足音が聞こえた。博人はとにかく走った。振り向かずに、前だけを見て走り続けた。右腰に下げた拳銃の重みがしきりに意識された。装弾数は八発で、あの大人たちなら全員射殺できた。しかしここでも訓練がものを言った。外界住民ノ殺傷ハ極力控エ出来ウル限リ退避セヨという指示が反射的な状況判断をした。博人は家屋が連なる路を闇雲に走り抜けた。人通りは少なかったが、たまに誰かとすれ違うとみな短い悲鳴を上げた。走り続けるうちに、しだいに意識が朦朧としてきて思考があやふやになった。全身から汗が噴き出し、ドリュウ服の内部をしとどに濡らした。汗は熱気となって隙間に充満し、防塵眼鏡を曇らせた上、呼吸をさらに苦しくした。すぐに、どこをどう走っているのか分からなくなった。ただ機械的に四肢を動かして舗装された路の上を移動しているだけのような気分になった。幾つ目かの角を曲がった時右足が外側に滑り、大きくバランスを崩した。我に返った時には足裏が地面を離れ、背中が地面に打ち付けられた。

「うがっ……」

　博人は体を反転させて背中を押さえ、呻き声を上げた。全力で疾走し続けた反動で、一度停止した途端どっと疲労が込み上げて動けなくなった。しかし、追手が諦めたとは思えず、また通報されたことから警察が急行している可能性が高かった。博人はうつ伏せのまま顔を上げると、訓練で習得した匍匐《ほふく》前進で路を前方十一時の方向に斜め横断し、行き着いた路肩の先にある木造住宅の敷地に侵入した。鉄扉を押し開き、二本の門柱の間を這いずって進んだ。意識が朦朧としたままで、思考がうまく働かなかった。住宅の玄関ドアの前まで来た時、突然背中に強い衝撃を受けた。ドゴッという鈍い音がし、右肩甲骨付近に硬い肉の丸みを覚えた。

　膝だ、と博人は思った。

　誰かがうつ伏せになった自分の背中に片膝を突き、制圧しているのが分かった。膝は相応の重みを伴いながら沈み込んできて、激痛が背中全体に広がった。やめろ痛《いて》ぇよ馬鹿野郎と言いたかったが声が出ず、「うぐぐぐ」という低い呻きが鼻水と共に流れた。

「貴様、何者だ？」

　頭上で声がした。聞いた瞬間、モグラ兵だと分かった。博人は右手の母指、示指、中指の三指を立て、左右にひらひらと振った。内界のみで通用する降伏のジェスチャーだった。

　男はすぐに反応した。背中から膝を離すと博人の両肩を摑み、力任せにひっくり返した。

「両手を上に伸ばせ。バンザイしろ」

　仰向けになった博人の鼻先に銃口が突き付けられた。博人が言われた通りにすると、男は左手を伸ばして博人の右腰の革嚢に入れ、自らが構えているのと同型の自動拳銃を引き抜いた。

その恰好、というか軍装も博人と全く一緒だった。灰色のドリュウ服を着て防毒面を被り、黒い編上靴を履いている。

「動くなよ」

男は博人の自動拳銃を傍らに置くと、押し殺した声で言った。博人は無言でうなずいた。

男は左手のみで素早く身体検査を始めた。ドリュウ服の左右の胸ポケットを探り、出てきた仁丹の薬包紙と数枚の絆創膏を放り投げた。続いて中央の釦《ボタン》を外し、内ポケットに指を突き入れた。

「ん？」

男は何かを探りあてたらしく、眉を僅かにひそめながら手を引き抜いた。

それは灰色の厚紙でできた「シガレットケース」だった。亡命する前夜にI病の四一六號室を訪ねてきた憲兵が、とりとめのない会話の後でくれたものだった。博人は三本の紙巻煙草のうち二本は吸ってしまったが、いわゆる恩賜の煙草は残したままだった。どうせ吸うなら何かの記念にと思い、大切に保存していた。

「…………」

男は取り出した厚紙の箱を凝視すると、燐寸の火を消すように左手で強く振った。上部の蓋が飛び、同時に温存していた恩賜の煙草が飛び出して地面に転がった。

（この野郎っ！）

博人は反射的に怒鳴りそうになったが、すんでのところで堪えた。形勢は圧倒的に不利であり、状況しだいでは射殺される恐れもあった。男がなぜ同じ内界の正規兵である自分をここまで執拗《しつよう》に疑い、「粗《あら》」を探そうとするのか理解できなかったが、とにかく今は身の安全、命の保証を最優先する必要があり「我が儘《わがまま》」は言っていられなかった。

男は傍らに落ちた恩賜の煙草を無視した。ニコチンに興味がないのか、日本の伝統に無関心なのかは不明だった。男が空になった「シガレットケース」を尚も強く振ると、一枚の紙片が落ちた。

（あれは……）

博人は記憶を辿った。憲兵が領収書と呼んだ需品証明書だった。一度見て仕舞い込んだまま忘れていた。

男は博人の腹の上に落ちた紙片を取り、左の指先だけで器用に広げた。

「？」

男は紙面に目を凝らした。そして記された文字に無言で視線を走らせていたが、突然低く呻いた。

「そうか、やっぱりそうであったか」

男は食道と胃を続けざまに吐き出すような声で言い、納得したように何度もうなずいた。

「貴様、ここに来るまで誰かと会ったか？」

「えっ」博人は虚を衝かれてうろたえた。「き、近隣の住民に姿をみられ、それで走って」

「違うっ」男は怒鳴った。「他の隊員と顔を合わせたかと訊いているんだ」

「い、いえ」

博人は頭を左右に振った。侵空移動直後から残り二人の隊員はすでにいなかったし、その隊員がいったい誰だったかも覚えていなかった。

「合わせていません」

「やはりそうか、そうであったか、ずれおったな」

男は呪詛《じゅそ》の呟きのように小声で言い、何かを思案するように顔を伏せた。そしてそのまま大きく二回うなずき、紙片をこちらに突き返した。博人は反射的に受け取ると、肘を突いて上体を起こし、立ち上がった。

「自分はこれから報告に行って来る。キ地区のどこかに小隊長殿がおるはずだ」

「報告……？」

博人は訳が分からなかった。眼前の男の正体も、自分が置かれている立場も、他の隊員たちの行方も、全てが深い霧に包まれたように曖昧模糊としていた。

「貴様はここで待機せよ。絶対に敷地外に出るな。すぐに戻る」

男は自動拳銃を腰だめに構えると、左右を見回しながら歩いていき、門の外へと出ていった。

「どうなってんだよ」

博人はやけくそ気味に言い、握り締めた紙片を胸のポケットにしまった。とにかく今はあの男の指示に従う以外術がなかった。

不意に前方の門柱の間を黄色い光芒《こうぼう》が掠めた。それはライトを点灯した自転車で、住宅を囲むブロック塀沿いを十キロほどの速度で通過した。

博人はハッとした。薄闇が漂っているとはいえ、こんな場所に突っ立っているのは自殺行為だった。自分は近隣住民に追われているモグラであり、捕えられれば殺されても文句は言えなかった。何よりもこの住宅の住人に発見される恐れがあった。

博人は足音を忍ばせて敷地の奥へと歩いていった。二十メートルほど進むと庭に出たが、隣家の二階から丸見えだった。博人は中腰になって右折すると縁側沿いに進み、そのまま対面のブロック塀の下にしゃがみ込んだ。うずくまるように座り両膝を立て、両手で抱えた。膝頭に顎を乗せ、虚空を見つめた。

頭の片隅に何かが引っ掛かっていた。

似ているけど違う、あるいは同じだけど異なるものが、交錯して絡み合っていた。どこにあるのかは分かっているけど、目を向けると見えなくなる。それも遠過ぎて視認できないのではなく、近過ぎてピントが合わなくなる。今自分に肉薄しているのはそういったタイプの謎だった。極言すると、答えが思いつかない時の焦りではなく、答えを思い出せない時のもどかしさに似た〈好奇と疑念の塊〉が意識と無意識の狭間《はざま》で揺れていた。

「くそっ」

博人は下唇を噛み、目を伏せた。記憶を辿り、映像を巻き戻して会話を反芻したが、やはり行き着くところは侵空移動だった。

想起することはできないが、ここにいるということは、昨日稗田が説明した通りI層区北地区の鰐口神社本殿より、獅伝町キ地区-⑥の美濃神社＝オバケ神社に直結瞬着した何よりの証拠だった。そしてこれも稗田が言った通り「より重要なのは復路ではなく往路」であり、移動中＝時空の隙間に侵入した際、伍長の顔面が変形してしまったように〈何か〉が起きたのだ。

そこで博人はある疑問を持った。

伍長が不幸に見舞われたのは、妻殺しから生じた被弾窩＝心の裂傷が原因だった。となると自分にも、あるいは自分が所属していた探撃隊の隊員の中にも、不幸に見舞われる原因＝被弾窩を有した者が存在しているはずだった。

「心の裂傷……」

博人は首を捻った。他の二人に関しては知る由もなかったが、自分に関して言えばシロのような気がした。三度の適性試験の平均値も満点に近く障害になることはあり得ないとのお墨付きを軍から直接得ている。

しかし……、と博人は思った。可能性はゼロではなかった。

もし自分が原因で移動中にトラブルが起きたと仮定した場合、可能性はただ一つ。昨夜、稗田と別れた後から本日未明に内界を出発するまでの間に、伍長の妻殺しに匹敵するような経験を自分がし、その結果精神に被弾窩が形成された場合だった。

では、あの短時間にそんな経験ができるのかと思った時、博人の心臓がどくりと鳴った。

「あっ……」

博人は思わず声を上げ、膝頭の上から顎を離した。

脳裏を、雪薇の顔が過った。それは眼球が黒染した〈Ａｆｔｅｒ〉の顔ではなく、仔猫のように澄み切った目の〈Ｂｅｆｏｒｅ〉の顔だった。

「そうか、あの時」

博人は叫び、思わず膝立ちになった。意識の底で埋もれていた記憶が、もうもうと土煙を巻き上げて浮き上がった。すでに想起していた記憶の中にも、その一端は含まれていた。

　初陣について意見を交わした後、稗田に「これからどうしますか？」と訊かれ、博人は以後の予定を列挙した。その最後が「二一四〇より人事課において担当の准尉殿に本日の処分の報告をし、了解を得る」だった。

　そして実際昨日の午後九時四十分に「処分」を提示した准尉と人事課で面会、雪薇を射殺した旨を正式に報告した。准尉は満悦で、博人に椅子を勧めると当番兵に茶を淹《い》れさせ、さらに厚切りの羊羹《ようかん》も供した。しばしの談笑後、帰りしなに准尉は一通の茶封筒を取り出し「あの俘虜の定期入れに入っていたものを資料作成のため保存していたが、もう用済みなので貴様が適当に処分せよ」と告げた。博人は訳の分からぬままその茶封筒を受領、Ｉ病の宿舎に持ち帰っていた。

　博人は腰の雑嚢に手を突き入れ、数回まさぐった後、一枚のカードを取り出した。それは一般的なＬ版サイズの写真にラミネート加工を施したものだった。

　博人は光沢のあるカードを鼻先に近づけ、目を凝らした。

　眼前で、雪薇が笑っていた。

　半袖のポロシャツ姿で公園のベンチに座り、左手でピースサインをしながら口元を上品に緩めていた。頭上には青空が広がり、降り注ぐ日射しが雪薇の全身を照らしている。

　これだ……っ、と博人は思った。

記憶が完全に〈浮上〉した途端、キュルキュルと音を立てて映像が巻き戻され、唐突に止まると同時に〈再生〉が始まった。

カードを持つ指先が、微かに震えた。

昨夜宿舎に戻った博人は、茶封筒の中からこの加工されたスナップ写真を見つけ、愕然とした。

その何気ない日常の一瞬を切り取った画像は、圧倒的な色彩に満ちていた。特に雪薇の磁器のように白い肌と、絹のように艶やかな黒髪が日射しを反射し、微細な光の粒をキラキラと放つ様が博人の目を射った。光は太陽の欠片であり、太陽は外界の命だった。命は煌めきであり、煌めきは若さだった。若さは美しさであり、それは雪薇そのものだった。そこで博人は初めて、自分はヒトでもなくヒヨコでもなく死にかけの病人でもなく命を、たった一つしかない命という美しさの結晶を、無造作に潰してしまったということに気づいた。その事実は衝撃となって博人の頬を張り飛ばし、電流となって脳を痙攣させた。そして痛みと苦しみと後悔の念は鉄塊の如き罪悪感と化し、胸の中にめり込んでどこまでも深く切り裂いていった。

「違う……」

博人は上擦った声で呟き、頭を左右に振った。口の中が妙に乾くのが意識された。

「言えなかったんだ……言おうとはした……言おうとはしたけれど……言えなかっ

た……心が痛むんですと申告すると……腰抜けだって思われるから……それでも兵隊かって嗤《わら》われるから……それが嫌で、言えなかった」

博人は下唇を強く噛んだ。指先の震えが増し、額に汗が滲んだ。

己が大罪に耐え切れずに背中を波打たせて号泣した後、博人は放心状態に陥った。

しかし廊下に響く呼集の声で我に返り、出撃時間が迫ったことを知る。博人は准尉の言葉を思い出すが、写真を処分することがどうしてもできない。思いあぐねた末、四つ折りの外界地図に挿し込み、他の荷物と共に雑嚢に入れて宿舎を後にした。

「くっ……」

博人は歯を食い縛り、滲み出た涙をすんでのところで堪えた。

泣かないのには理由があった。泣いている余裕がないからだった。

自らの精神に穿たれた被弾窩が原因で移動中に何かが起き、混乱が生じていた。しかもその影響は本人だけでなく他の二人の隊員、さらには他部隊とみられる兵士にまで及び、被害の大きさが窺い知れた。

しかし博人は驚かなかった。雪薇を殺したと自覚したことで湧き上がった感情は、純度百パーセントの罪の意識、混じりけのない悔恨の念であり、伍長の被弾窩など比較対象にすらならなかった。勿論それは引き起こされる結果に対しても同様であり、頭蓋骨の変形などという「些事」で済むとは到底思えなかった。

博人は大きく息を吐くと、また塀の下にしゃがみ込んだ。

頭の片隅には、依然として何かが引っ掛かっていた。似ているけど違う、あるいは同じだけど異なるものが、交錯して絡み合っていた。

「なぜだ、なぜそんなに気になる？　……知っているから。知っている？　何を？〈答え〉を知っているから気になるんじゃないのか？〈答え〉を知っている？　俺が？」

博人は自問自答しながら、必死で記憶を辿り、再生して反芻した。

「違う。内界じゃない。外界だ。移動後にそれは起きた。だから違うと感じる。異なると感じる。つまり、内界と違う。仲間と違う。そうか、あの兵士だ。あのモグラが鍵だ。あいつは知っている。何が起きたかを知っている。なぜ分かる？　なぜなら……」

謎の兵士が脳裏に浮かんだ。兵士は紙を……需品証明書を見ていた。

「そうか」

博人は叫び、上体を起こして片膝を突いた。胸ポケットから紙片を取り出し、慌てて広げた。兵士は需品証明書を読んでいる最中に突然低く呻き「そうか、やっぱりそうであったか」と言って納得したように何度もうなずいた。次に「他の隊員と会ったか？」と訊き、博人が会っていないと答えると「やはりそうか、そうであったか、ずれおったな」と言い顔を伏せた。

「……ずれおったな？」

博人は眉根を寄せた。これが答えのような気がした。というか、この言葉以外取っ掛かりが何もなかった。

「兵士は需品証明書を読み、ずれたことに気づいた。そこまでは理解した。では、一体何が？」

博人は、紙面を鼻先に近づけて凝視した。それは以前見た時のままだった。和文タイプで打たれた文字にも捺された認印にも滲み一つなかった。

「どういうことだ？」

博人は低く唸った。

右端に「需品証明書」とあり、続いて「需品」の内容が簡潔に記されていた。後は「右ノ物品ヲ需品トシテ支給ス」とあり、日付と部隊名が記されているだけだった。

（やはりそうか、そうであったか、ずれおったな）

兵士の声が耳の奥で響いた。

「あっ」

不意に博人の心臓がどくりと鳴った。「ずれる」か「ずれない」かの二択で選別していった場合、「ずれる」のはこれしかなかった。

「捷和七十年、十一月九日」

博人は掠れた声で日付を読み上げ、需品証明書から目を離した。

「つまり、僕だけ『ずれ』たってことか……？」

博人は虚空を見つめた。視界に映るものから急速に現実感が失われ、酷く虚ろに感じられた。脳の奥で痺れに似たものが湧き起こり、思考を巡らすことが煩わしく感じられた。

不意に物音がした。

博人は弾かれたように顔を上げ、耳を澄ました。前方から、土を踏みしめる低い音が等間隔で聞こえてきた。

博人は安堵した。あの兵士だった。「すぐに戻る」と言っていたのを思い出した。質問したいことが山ほどあった。とりあえず今日の日付が知りたかった。

家の陰から兵士が現れた。薄闇が漂う中、淡いシルエットになっていた。先ほどと同じく右手で拳銃を構えており、酷く用心していた。博人は証明書を折り畳んで胸ポケットに戻した。ここだと声を掛けたかったが、家の者や隣家のことを考えてやめた。博人は兵士を驚かせないよう、腰の雑嚢を押さえながらゆっくりと立ち上がった。兵士は用心したまま、一歩一歩踏みしめるようにして近づいてきた。縁側の前に差し掛かった時、その姿がぼんやりと浮かびあがった。通りの街灯の光が家の壁に反射し、その箇所だけが仄《ほの》かに明るくなっていた。

兵士は意外な恰好をしていた。被っていた防毒面を取り、ドリュウ服を脱いで、サラリーマンのような背広姿になっていた。顔を見ると兵士は若かった。声の質から中年かと思ったが二十三、四の青年だった。俺と同じ位だと思い、さらになんとなく俺に似ている、昔の俺のようだ、ちょうど美佐を探しに家を出て歩き回っていた時の、と思った瞬間、博人は何の前触れもなく、それが自分だと理解した。

「あっ！」

博人の口から声が飛び出した。

甲高い銃声が響き、バットで強打されたような衝撃を胸に受けた。博人は仰け反り、背中から勢い良く地面に倒れた。

視界が消え、音が消えた。体の感触が消え、消えるという感覚が消えた。

真っ暗になった。

遠く彼方に、アセチレンガスの炎のような青白い光だけが揺らいでいた。その光の中に、自分と思われる人影が恐る恐るこちらを覗き込む姿がぼんやりと映った。

解説

関根　勤

僕が初めて飴村さんの小説に出会った時の事は、今でもハッキリ覚えています。いつもの様に、書店をぶらぶらしていたら、赤とグリーンの不気味な表紙と、タイトルの「粘膜人間」が目に飛び込んで来ました。

その瞬間まるで、雷に打たれたかの様に体中に電気が走りました。

「何だこのタイトル、そもそも粘膜は、人間の内側に所属しているものだろう。なのに『粘膜人間』とは」面白そうな予感でいっぱいでした。

さらに作者名を見ると、飴村行とあり、またまた期待が膨らみました。

そして、手にとり裏表紙のあらすじを読むと、小学生なのにでかくて暴力的な弟に怯《おび》える兄二人が、どうにかしなければと思い詰め、村はずれに棲《す》む河童《かっぱ》に殺害を依頼すると書いてあるではありませんか。

「凄《すご》い、凄すぎる、素晴らしすぎる」

そして買って読んでみたら、まぁ面白い、面白い。そのうえおどろおどろしさもあり、最高の時間を持てました。

この僕の好みにぴったりの小説が飴村さんのデビュー作だったのです。

「関根さんはいつも明るくて楽しそうですね」

そんな言葉をかけていただくことがよくありますが、僕が好きなのは小説でも映画でも、みなさんの印象とは正反対のグロい作品。テーマはいろいろですが、選ぶのは腹黒い人間が出てきたり、殺し合ったりするものばかりです。自宅の本棚を見るとしみじみ「趣味が偏っているな」と思いますね。

内心「人として大丈夫なのか?」という気持ちもあったのですが、ある心理学の本によると、グロい作品が好きなのは精神的に健全な証拠らしい。ちょっとほっとしました(笑)。

じゃあなぜこんなにもダークな小説や映画ばかり好むのか? 自分なりに考えてみたのですが、日頃抑えている欲求が解き放たれるからじゃないかな、という気がします。

日本には昔から「和を乱すな」という考え方がありますが、特に教育の場では「授業中は静かに」「先生の言うことをよくきいて」が基本。「それを守って勉強して、いい会社に入ったら幸せになれますよ。だから忍耐が必要です」という空気があるので、それを読んで行動しなくちゃいけない。

こういう考え方ももちろん理解できるのですが、その一方でやはり人間の心髄には自分の欲望を自由に謳歌《おうか》したい気持ちがあるはず、と思えて。それを疑似体験でかなえてくれるのが、僕にとって小説であり映画なんですね。

たとえば僕は格闘技が好きなので、総合格闘家やボクサーになれたらいいなと思ったけれど、現実的には無理。だからたとえ頭の中であれ、力でトップに立てたら凄くうれしいんです。

そして飴村さんの小説は、そんな僕の秘めた欲望を刺激して、ときには支配欲みたいなものも味わわせてくれる……ページをめくる手が止まらなくなっちゃうんです。

さて本書『ジムグリ』ですが、まさに期待を裏切らない面白さでしたね！

おおまかに説明すると、孤独を抱えた博人という青年が、地下帝国につながるトンネルがある町に移り住み、地元の女性と結婚をする。ある日妻が「トンネルにまいります」という置き手紙を残して失踪し、彼女を追ってトンネルに入っていくと、そこには独自の発展を遂げた地下帝国が広がっていた、というストーリーです。

まずびっくりしたのは、地下帝国があるという設定が、以前僕が撮った映画と似ていたこと。といっても僕の場合は「お金をかけずにＳＦアクションを作りたい」という理由で、地底人と人間の戦いにしたんです。同じＳＦでも、宇宙人が出てきたり未来を舞台にしたりすると特撮になって費用がかさむので（笑）。

　僕の映画はドタバタ喜劇、『ジムグリ』はダークファンタジーと作風は違いますが、人間が地下の世界に入っていったら肉体的・精神的にどうなるか？　そこの部分を、飴村さんはものすごく細かくリアルに書き込んでいます。博人の心身が闇の世界に順化していく様子が「こんなにも!?」というくらい丁寧に描かれていて、それにつれて物語全体がどんどん深みを増していく。

「飴村さんっていい意味で頭がおかしい！　やっぱりすごいな」とつくづく思いましたね。

　また、さっき映画で未来ものを避けたわけに触れましたが、実はもうひとつ理由があります。それは、未来を舞台にするとやりたい放題にできるから。

　僕はある程度制約がある中で面白いことを表現するのが好きだし、読むときもそういうものに惹《ひ》かれます。だから、物語に戦前や昭和の雰囲気を色濃く漂わせ、その枠内で思い切り想像を膨らませた飴村さんの小説とすごく相性がいい。妄想が大好きなので、いつも頭の中でキャスティングを始めてしまうほどです。

　主人公の博人は人づきあいが苦手でまったくモテず、どんどんドロップアウトしていく男。変わったヤツですが、根っこの部分は自分と近い気がします。

僕もそうだったからわかりますが、モテないということは女性心理を理解できないということ。だから、せっかく結婚したのに子どもが亡くなったとき奥さんの気持ちに寄り添うことができず、結果的に彼女は失踪してしまったんじゃないかな。女性って「共感してほしい」という気持ちが強いみたいですからね。

トンネルに入ってからの博人の気持ちも「わかるな、そうなるだろうな」と思いました。というのも、彼は現実社会にはうまく適応できなかったのに、地下帝国では「闇との相性がいい」と言われて、特別な処遇を受ける。つまり、生まれて初めて「才能がある」と言われたようなものだから悪い気はしないし、「あれ、オレの居場所はここだったのかも？」みたいに思い始めちゃうわけです。

ただ、そこで「よかったね」にならないのが飴村さんの小説。人間としてのアイデンティティの問題が投げかけられるし、最後の最後にはどんでん返しも待っています。コールタールのような粘着質の手触りがありながら、炭酸をぐいっと飲んだときのような爽快さもある……そんな二面性が飴村作品の魅力だと思いますが、『ジムグリ』にもそれが発揮されているから、スーッと読めたんでしょうね。

博人のことを「ドロップアウトしていく男」と書きましたが、僕自身、そして芸人というジャンルにいる人たちからよく感じるのもそういう雰囲気だったりします。

僕の場合、学生時代は消防署員を志望していたけど、芸能界にも興味があった。それで青春の思い出として「ぎんざＮＯＷ！」というテレビの素人参加番組に出たら、五週勝ち抜いちゃったんです。すると今の事務所の社長から「才能があるよ」と言われ、そのまま仕事をするようになり……もう、博人とそっくり。「ぎんざＮＯＷ！」というトンネルに入ったら、芸能界という地下帝国みたいな魑魅魍魎《ちみもうりょう》の世界が待っていたんです。堅気の世界からドロップアウトしたような気がするし（笑）、芸能界に親和性があったから「呼ばれた」ような気もします。博人もそんな感じですよね。

『ジムグリ』の地下帝国は軍隊式で上下関係が厳しいところですが、芸能界も軍隊式ではないにしろ底辺から頂上まである世界。博人が地下帝国でもがきあがく様子に心苦しくなったり、応援したくなったりしましたが、それは他人事と思えなかったからかな。

もうひとつこの小説から感じたのは、純文学の香りなんです。生き方を模索する博人が社会に出た青年の普遍的な姿を表しているようで、飴村さんの新たな一面かも、と思いました。

ところで、こんなに熱く語るほど小説が大好きな僕ですが、昔からそうだったわけじゃないんです。

そもそものきっかけは、二十一歳のときに知り合った妻の「小説って面白いよ」というひとこと。「僕にはそう思えないけど」と言ったら、「これなら読みやすいよ」と星新一さんのショートショートを勧められて。

そうしたらものすごくはまって、次に筒井康隆《つついやすたか》さんに行って、おかげで長編を読めるようになった。そんなとき知人から「大藪春彦《おおやぶはるひこ》さんも面白いよ」と言われて読んだらこれもまた大当たり。その大藪さんが夢枕獏《ゆめまくらばく》さんの本を推薦していたので夢枕さんの本を読み始めたら面白い上に、なんと格闘技について書いていらっしゃるじゃないですか。

そこから格闘技の小説を読むようになり……こんなふうにどんどん興味が広がっていきましたが、確信を持って言えるのは「好きな人や好きな作家さんがお勧めする小説にはほぼ間違いがない」ということ。みなさんも試してみてはいかがでしょうか？

読書のおかげで人生が豊かになったと感謝していますが、小説が特別だなと思うのは、頭の中に完璧なキャスティングやシチュエーションを作れること。例えば、映画化するとしたら、興業成績の事をふまえて不本意ながらも「人気の二枚目を起用しなくちゃいけない」とか「予算をオーバーしてはダメ」みたいな大人の事情は関係なしで、自分好みの世界を完成できるんです。

こんなメリットがあるのだから、やっぱり小説は最高ですよ！

（せきね・つとむ　タレント）

集英社文庫

ジムグリ

2018年1月25日　第1刷　　定価はカバーに表示してあります。

著　者　飴村《あめむら》　行《こう》

発行者　村田登志江

発行所　株式会社 集英社
東京都千代田区一ツ橋2-5-10　〒101-8050
電話　【編集部】03-3230-6095
【読者係】03-3230-6080
【販売部】03-3230-6393（書店専用）

印　刷　大日本印刷株式会社

製　本　大日本印刷株式会社

フォーマットデザイン　アリヤマデザインストア　　マークデザイン　居山浩二

ISBN978-4-08-745689-9 C0193